Dirk Bi

Kehraus
Mulders zweiter Fall

Kriminalroman

Dirk Bierekoven
Kehraus

Kriminalroman

Impressum

Bibliografische Information der Deutschen Nationalbibliothek: Die Deutsche Nationalbibliothek verzeichnet diese Publikation in der Deutschen Nationalbibliografie; detaillierte bibliografische Daten sind im Internet über http://dnb.dnb.de abrufbar.

Die automatisierte Analyse des Werkes, um daraus Informationen insbesondere über Muster, Trends und Korrelationen gemäß §44b UrhG („Text und Data Mining") zu gewinnen, ist untersagt.

Text: © Copyright 2024 Dirk Bierekoven
dirk.bierekoven@gmx.de

Cover: © Copyright 2024 Nicole Ditges

Verlag: BoD · Books on Demand GmbH, In de Tarpen 42, 22848 Norderstedt

Druck: Libri Plureos GmbH, Friedensallee 273, 22763 Hamburg

ISBN: 978-3-7693-1117-4

Für:

Dirk Jansen und Philipp Eichstädt

Prolog
Eine Wahrheit

Auszug aus der Verfassung der Deutschen Demokratischen Republik:

Abschnitt II
Kapitel 1
Artikel 33
Absatz (2)

Kein Bürger der Deutschen Demokratischen Republik darf einer auswärtigen Macht ausgeliefert werden.

„*Seiner Majestät, dem Herrn Admiral auf SMS ‚Seebad Binz' untertänigst übermittelt.*
In Anbetracht der guten Stimmung auf dem Oberdeck bitten 10 Berliner stellvertretend für die meisten Passagiere um Fortsetzung der Fahrt in Richtung Bornholm."

Dietrich Gerloff und Jürgen Wiechert, Mitglieder der Jungen Gemeinde Berlin-Schmöckwitz, feiern am 18. August 1961 ihre Rüstzeit mit weiteren Angehörigen der Kirchengemeinde auf einer Dampferfahrt mit ursprünglichem Ziel der Dreimeilenzone vor der dänischen Insel Bornholm. Doch zur Enttäuschung aller Passagiere an Bord verkündet der Kapitän, dass es wegen der rauen See nur eine Fahrt rund um Rügen gibt. Es wird vermutet, dass der Kapitän wegen des kurz zuvor begonnenen Mauerbaus die Anweisung hat, nicht bis nach Dänemark zu fahren. Die Gruppe klatscht, pfeift und skandiert: *„Wir wollen nach Bornholm!"*

Jürgen Wiechert kommt auf die Idee, einen Zettel zu schreiben und ihn gemeinsam mit Gerloff dem Kapitän zu übergeben.

„Es war ein Spaß. Etwas übermütig. Aber ohne böse Absicht."

Der Kapitän informiert per Funk die Grenzpolizei und vierzehn Mitglieder der Gemeinde werden verhaftet.

Am 26. August 1961 werden Gerloff und Wiechert vor das Bezirksgericht Rostock gebracht, wo sie wegen *„planmäßiger und staatsgefährdender Hetze und Nötigung"* zu je acht Jahren Zuchthaus verurteilt werden. Die Staatsanwaltschaft hatte fünf Jahre Haft für beide gefordert.

„Ich wollte mich nicht für die DDR-Staatspropaganda einspannen lassen. Außerdem weigerte ich mich, seltsame Getränke einzunehmen, die angeblich für mich als Sportler gut waren. So flog ich aus der Mannschaft für Olympia 1960, obwohl ich mich dafür qualifiziert hatte."

Hans Seidel, prominenter Radrennfahrer, DDR-Meister und Mitglied der Bahnsport-Nationalmannschaft, wird zum erbitterten Gegner des SED-Regimes. Er wird Fluchthelfer, schneidet Löcher in den Grenzzaun, zerschießt Scheinwerfer im Todesstreifen, bis er gefasst wird. Doch während des Verhörs gelingt ihm die Flucht, er springt aus einem acht Meter hohen Fenster und schlüpft in der Kiefholzstraße durch den Zaun in den Westen. Danach schließt er sich mit weiteren Fluchthelfern zusammen und wird zum Tunnelgräber. Sechs Tunnel graben sie vom Westen bis in den Osten. Aus dem Keller einer Gaststätte in Westberlin bis zu einem Fotogeschäft in der Elsenstraße auf der Ostseite. Rund 150 Menschen verhilft er zur Flucht. Sein Kamerad Jens Jercha wird angeschossen, kann sich zurück in den Westen schleppen und verstirbt. Kurze Zeit später tappt Seidel in eine Falle des Staatssicherheitsdienstes. Er schafft es noch, seine Helfer zu warnen, sodass sie einer Festnahme entkommen. In einem Schauprozess wird er am 29. Dezember 1962 wegen des Verstoßes gegen das *„Gesetz zum Schutze des Friedens"* als *„republikflüchtiger Gewaltverbrecher"* mit *„staatsgefährdender Gewalttätigkeit"* zu lebenslangem Zuchthaus verurteilt.

„Dass einer an mich gedacht hat."
Ein Tischler, der achtzehn Jahre zuvor von einem sowjetischen Militärtribunal zu lebenslanger Haft verurteilt worden war, die er teilweise in Einzelhaft, teilweise in Dunkelhaft verbringen musste, bricht nach seiner Freilassung zusammen und stammelt nur diesen einen Satz.

„Als ich seine Akte gelesen hatte, erschloss es sich mir nicht, weshalb dieser Mann so hart bestraft worden war", erklärte Ludwig Rehlinger, Rechtsanwalt und Beamter im Ministerium für gesamtdeutsche Fragen in der BRD. Ihm obliegt die schwere Aufgabe, unter strengster Diskretion 1.000 DDR-Häftlinge aus den Akten von 12.000 Häftlingen, die in der Westberliner Rechtsschutzstelle lagern, herauszusuchen. Eine „... *Qual, abzuwägen, wessen Schicksal schwerer wog, wer den größeren Anspruch auf Freilassung hatte ..., gern hätte ich Rat von Dritten geholt, doch die Notwendigkeit zur absoluten Geheimhaltung verbot es ...*"

Alle vier oben genannten Personen waren unter den ersten Häftlingen, die zwischen 1963 und 1989 von der Bundesrepublik aus DDR-Gefängnissen freigekauft wurden.

135.000 D-Mark war der Preis für die ersten acht Freilassungen. Das Geld wurde in bar über die Grenze geschmuggelt. Mit der S-Bahn vom Bahnhof Lehrter Straße im Westen zum DDR-Bahnhof Friedrichstraße im Osten und dort an einen Rechtsanwalt übergeben.

Die Freigelassenen verblieben in der DDR. Die meisten bis 1989 Freigekauften verblieben in der DDR und ihr Leben wurde wenig besser. Nach ihrer Entlassung wartete ein wahrer „Spießrutenlauf" im DDR-Alltag auf sie. Minderwertige Arbeitsplätze, Schikanen gegen sich und die Familie, Überwachung durch offizielle und inoffizielle des MfS, Bildungs- und Ausbildungsbeschränkungen und das Versagen von Aufstiegschancen. Die

Enttäuschung bei diesen Freigekauften war somit trotz wiedererlangter Freiheit entsprechend groß. Oftmals wurde eine Eingliederung in die sozialistische Gesellschaft so nicht mehr möglich. Viele fanden sich schnell im Gefängnis wieder, einige flüchteten in den Suizid.

Das sollte sich zum großen Glück einiger ändern. Im Laufe der Jahre wurden mehr und mehr Freigekaufte unmittelbar aus den DDR-Gefängnissen in den Westen ausgeliefert. Dies sparte den Behörden im Osten erhebliche Mühen und Kosten. Während die ersten „Abgeschobenen" noch persönlich mit der Limousine von Vertretern der westdeutschen Behörden im Osten aus den MfS-Gefängnissen abgeholt wurden, setzte man später ganze Busse für den Transport in die BRD ein.

Manchmal gab es Übergaben auf der Glienicker Brücke im Ostteil von Berlin.

Das führte zu einem immensen psychologischen Druck unter den Freigekauften, da keiner bis zu dem Moment der Entlassung wusste, ob er in den Westen durfte oder im Osten zu bleiben hatte.

Der Preis für einen Gefangenen wurde von den Behörden in der DDR festgelegt beziehungsweise zwischen Anwälten, die zu Vermittlungszwecken auf beiden Seiten eingesetzt wurden, ausgehandelt. Zu Beginn war er am Ausbildungsstand des Freizukaufenden orientiert und lag zwischen 15.000 und 25.000 D-Mark. Später einigte man sich auf einen „Pauschalpreis" von 40.000 D-Mark. Jedoch war dieser nur ein Richtwert. Bald setzten sich gestaffelte Preise durch. Danach musste für einen mit einem „X" gekennzeichneten Häftling 40.000 D-Mark bezahlt werden, für die mit „XX" 80.000 D-Mark und für solche mit einem „(X)" 20.000 D-Mark. Für Personen, für die Ostberlin nichts in Rechnung stellte, stand eine „0" hinter dem Namen.

Es glich einem Sklavenhandel.

Während man der Bundesrepublik einen Akt der Menschlichkeit und der Güte in diesem zu verachtendem Geschäft unterstellen darf (die Alternative, sich nicht darauf einzulassen, hätte weit schlimmere Konsequenzen für die Häftlinge bedeutet), kann man den Verantwortlichen in der DDR nur schamlose Unmenschlichkeit, Heuchelei und Gier vorwerfen.

Am Ende waren es mehr als 33.000 Menschen, die so durch die Bundesrepublik ihre Freiheit wiedererlangten.

Über 3,4 Milliarden D-Mark lässt sich die Regierung in Bonn, verteilt über verschiedenste Regierende, diesen Austausch kosten.

Ausgezahlt in:
bar
Waffen
Kalisalz
Eisenblech
Kunstdünger
Steinkohle

Des Weiteren benötigte der *Arbeiter- und Bauernstaat* dringend auch:
Butter
Mais
Kaffee
Südfrüchte
Zink

Blei
Kadmium
Mangan
Kupfer
und
Erdöl,
welche über verstrickte Netzwerke, Klüngeleien, Zwischenhändler, eingeweihte Firmen und die Kirchen in ausgeklügelten Wegen über speziell definierte Grenzen transportiert wurden.
Verheimlicht vor Öffentlichkeit und Presse.
Zur Wahrung des Scheins auf der einen Seite und zur Entscheidungsfreiheit ohne Debatten auf der anderen.

Die Geschichte
Kapitel eins

Ich habe mal etwas gelesen:

„Die Anstrengung, diszipliniert zu sein, schmerzt weit weniger als die Reue, es nicht gewesen zu sein."

oder so ähnlich ...

Hätte mir Weihnachten '89 jemand erzählt, dass es mir in ein paar Monaten noch beschissener gehen würde, hätte ich mir wahrscheinlich einen Strick genommen, oder mich totgelacht. Doch tatsächlich ist es dann so gekommen. Das Loch, in das ich nach den letzten Ereignissen gefallen war, hatte eine Tiefe, dass ich mir beim Aufprall das Rückgrat gebrochen habe. Also blieb ich liegen und rührte mich nicht. Ich versuchte erst gar nicht, mich aufzuraffen und zu befreien, stattdessen gab ich mich meiner Lage hin und betäubte die Schmerzen mit allem, was ich bekam.

Sarah Schuhmann hatte ihren Mann getötet und ich war dafür verantwortlich gewesen.

Das war mein Loch.

Und das gebrochene Rückgrat ...

war in Wirklichkeit mein Herz.

Und ich hatte weder die Medizin noch das Wissen, um es allein flicken zu können. Nur Mittelchen gegen die Schmerzen.

Also gab ich auf.

Jeden Kampf, den ich täglich zu kämpfen hatte, trat ich einfach nicht mehr an.

Alkohol
Tabletten
Gebrochenes Herz
Scham
Versagen

Ließ ich alles geschehen. Betrank mich stattdessen jeden Tag aufs Neue, schüttete Pillen obendrauf bis zur Besinnungslosigkeit und verdrängte auf Teufel komm raus. Das raubte mir den Verstand und die letzte Kraft, mich meinen Dämonen zu stellen.

Ich wollte nur noch meine Ruhe.

...

Doch das Glück ist ja bekanntlich mit den Doofen, oder in meinem Fall mit mir Doofen, der einen ehemaligen weichherzigen Kollegen besaß, der mir ein Lasso überwarf, mich damit aus der Gosse zog und wieder halbwegs zurück auf Spur brachte.

Sein Name war Manfred Krug.

Oberleutnant bei der Morduntersuchungskommission Ostberlin, kurz MUK.

Das, was ich auch einmal war. Und nun nie wieder sein werde.

Ihm hatte ich vor ein paar Wochen, im Zuge meines ersten Auftrags als privater Schnüffler, die Familie Schulte mit ihren Missetaten zugespielt und er hatte sich in sie verbissen. Doch er brauchte weitere Informationen. Also suchte er nach mir. In den Wirren des Wandels durchpflügte er alle für mich in Betracht kommenden Kneipen Berlins und ich muss ihm ehrlich zugutehalten, dass das ein enormer Aufwand für ihn gewesen sein musste. Es gab Dutzende, in denen ich mich aufhielt. Ich trieb wochenlang durch meine Stadt und ihre Tavernen wie ein heimatloses Piratenschiff auf der Suche nach einem Hafen. Verbrachte die Nächte in kalten Gärten, auf harten Bänken oder in Gassen und Gossen, auf kantigen Stufen. Manchmal, wenn es etwas besser lief, schaffte ich es bis zu mir nach Hause, bis in den Keller. Und wenn die alte Frau Arendt aus dem zweiten Stock das mitbekam, schleppte sie sich zuerst die Stufen herunter zu mir in den Keller und dann mich hinauf in meine Wohnung.

Und wie dankte ich es ihr?

Gar nicht.

Wenn es wieder ging, war ich wieder weg.

Ohne Gruß, ohne Reue oder schlechtes Gewissen.

Bis mich Krug fand.

„Heilige Scheiße, Mulder", waren die einzigen Worte, an die ich mich erinnern konnte.

Dann erst wieder, als ich von Sonnenstrahlen geblendet auf einer fremden Couch aufwachte. Ich schaute mich um. Weiße Wände, hohe Decken, bodentiefe Fenster und ein alter Holzfußboden, auf dem ein Eimer unmittelbar neben meiner Liege stand. In weiser Voraussicht. Ich teilte ihn gleich seiner Bestimmung zu. Füllte ihn mit Galle und kläglichen Resten aus meinem Magen.

Bis auf meine Jeans war ich kleiderlos und während ich würgte, stand Krug im Türrahmen.

„Deine Hose wollte ich dir nicht ausziehen. Die stinkt zwar zum Himmel und mein Rat lautet, verbrennen, aber das ging mir dann doch einen Schritt zu weit."

„Schon in Ordnung", antwortete ich kopfüber im Eimer, „danke, dass du meine Lage nicht für dich ausgenutzt hast. Ich hoffe, ich habe dir die Couch nicht versaut."

„Liegt ne Decke drunter."

„Gut."

„Wenn du fertig bist, komm in die Küche, ich muss mit dir reden. Da liegen saubere Sachen für dich, die müssten passen. Deinen alten Kram habe ich entsorgt."

Drehte sich um und ging in die Küche.

Ich hörte Geschirr klappern und roch frischen Kaffee. Zog die fremden Klamotten an und schlurfte ihm hinterher. Nahm am Holztisch platz und hielt mir den Kopf. Die Sonne blendete, so schob ich mich mit dem Stuhl geräuschvoll weiter in den Schatten.

„Hier trink, ist echter Kaffee, hab ich drüben geholt. Kostet ein Vermögen, aber nachdem ich ihn einmal probiert habe, geht nichts mehr anderes."

„Danke." Ich nahm eine Nase voll vom göttlichen Geruch, griff die Tasse mit beiden Händen, um das Zittern besser zu kontrollieren, und schlürfte die Oberfläche ab.

„Herrlich, hast du ein paar Titretta für mich?"

Er sah kurz prüfend auf.

„Ist nur gegen die Kopfschmerzen."

Dann ging er ins Bad, kam zurück und legte mir zwei strahlend weiße Tabletten auf den Tisch.

„Aspirin. Ist auch von drüben. Helfen schnell und kann man keinen Mist mit bauen."

Ich hatte meine Zweifel, ob sie stark genug sein würden, darum nahm ich sie gleich beide in einem Schwups.

„Und", fragte Krug dann, „wie geht das jetzt mit dir weiter?"

Ich zuckte mit den Schultern, denn ich hatte keine Ahnung.

„Kann ich mir die Mühen sparen, meine Zeit mit dir zu verschwenden? Wirst du dich weiter in deinem lächerlichen Selbstmitleid suhlen?"

„So ist das nicht", antwortete ich, doch tatsächlich war es genau so, das wollte ich mir zu dem Zeitpunkt nur noch nicht eingestehen.

„Okay, und wie ist es dann?"

„Es ist kompliziert."

„Mann, Ben, was ist nur aus dir geworden. Krieg endlich deine Scheiße auf die Kette. Das ist nicht *„kompliziert"*. Deine Nachbarin hat ihren Mann erstochen, okay, das ist hart, verstehe ich, aber ein Grund, sich so gehen zu lassen? Oder hat das noch etwas mit den Schultes zu tun? Das kann doch nicht sein, da haben wir doch ganz andere Dinge hinter uns gebracht, oder? Also, was ist das Problem? Was schiebt dich so aus dem Gleichgewicht?"

„Du kannst das nicht verstehen."

„Was kann ich nicht verstehen?"

Ich schaute auf von meinem Kaffee und ihm in die Augen. Er zog die Brauen hoch. Doch mich selbst zu entblättern und Gefühle zu offenbaren, vor einem anderen Mann …, Herr im Himmel, was gibt es Schlimmeres? Obwohl meine Selbstachtung längst im Ausguss die Elbe hinuntergespült und ich kurz davor war, die große Grätsche zu machen, fiel es mir unbeschreiblich schwer, Krug zu sagen, dass mir Sarah Schuhmann mein verknotetes Herz zerrissen hat und dass ich verantwortlich für ihre Lage war.

Er schwieg und sah mich durchdringend an, wie bei einem Verhör, wenn wir einen vermeintlichen Täter oder einen entscheidenden Zeugen so weit hatten, dass er kurz davor war auszupacken. Und normalerweise konnten wir beide das gleich gut, schweigen und ausdrucksvoll starren. Waren wir jahrelang drauf trainiert worden, nur war ich zu diesem Zeitpunkt mit meiner Kraft am Ende gewesen, sodass ich schnell nachgab, und zu erklären versuchte:

„Es ist ein bisschen mehr als das", ich nahm einen dritten Schluck Kaffee und hoffte, dass Krug mich doch noch unterbrechen würde, um zu sagen, dass ihn das nichts angeht, aber er starrte weiter erwartungsvoll, „ich meine, das zwischen Sarah Schuhmann und mir." Jetzt lehnte er sich in seinen Stuhl zurück, entspannte und sagte:

„Okay und weiter?"

„Nun, ich habe gewisse Gefühle für sie, schon lange Zeit, zuerst ganz harmlos, nur ein leichtes Schwärmen. Doch dann, vor ein paar Monaten, ergab es sich, dass ich meinte ihr helfen zu müssen, sie zu beschützen, vor ihrem Ehemann, und es entwickelte sich etwas zwischen uns, etwas, womit ich nie gerechnet hätte. Sie gab mir das Gefühl, dass sie mich braucht, dass ich sie retten sollte, und ich ließ mich blind darauf ein. Ich habe ihren Mann bedroht, sie hat aus Angst die Nacht bei mir verbracht, es ist nichts passiert, doch es war trotzdem intim, vertraut und verbindend, bis ich es verbockt habe und die Kontrolle verlor."

Krug sah mich scharf an.

„Was heißt das, die Kontrolle verloren? Was ist passiert? Was hast du getan, Ben?"

„Gar nichts habe ich getan, zumindest nicht direkt, ich habe IHM nichts angetan und ich habe SIE nicht angestachelt, wenn du das meinst", schob ich schnell ein, um dann kleinlaut weiterzureden, „aber ich habe ihn getrieben, nicht absichtlich, aber zu weit. Ich war dumm und überheblich, sodass er Hand an Sarah angelegt, sie geschlagen und bedroht hat, offensichtlich mehr als je zuvor und so sehr, dass sie nur noch einen Ausweg für sich sah, ihn zu töten, um selbst zu überleben."

Krugs Anspannung löste sich.

„Mann, Ben, das tut mir leid, hört sich aber verdammt nach Selbstverteidigung an."

„Und doch sitzt sie im Gefängnis."

„Na schön, und was willst du jetzt tun? Oder ist das hier …", dabei wedelte er mit seiner Hand vor mir auf und ab, „... deine Antwort? Aufgabe und Selbstzerstörung?"

„Vielleicht, ja", wurde ich kurz laut, „vielleicht ist das meine Antwort darauf. Möglicherweise kann ich gar nicht anders als so, jedenfalls nicht mehr." Und aus irgendwelchen Gründen schossen mir Tränen in die Augen.

„Siehst du, das meine ich, jetzt heule ich. Irgendetwas in mir ist gebrochen und ich bekomme es nicht repariert. Ich kämpfe jeden Tag dagegen an: das erste Bier, den ersten Schnaps, das erste Glas Wein zu trinken und verliere jeden Tag. Und dann ist es vorbei, ich kann dann nicht mehr aufhören, muss es durchziehen, bis zur Bewusstlosigkeit. Ich schaffe es nicht mehr, dagegen anzukämpfen, es ist wie ein Schalter, der umgelegt wird, dann vergesse ich alles, das Kämpfen-Müssen, die Schmerzen, dann geht es mir gut. Und ich will, dass es mir gut geht, auch wenn ich weiß, dass es mich umbringen wird. Und am nächsten Tag beginnt es von vorne."

Ich konnte Krug ansehen, dass er damit nicht gerechnet hatte. Er war erschrocken.

„Ben, du brauchst Hilfe."

„Ich brauche keine Hilfe, ich kann mir nur selbst helfen, und ich muss Sarah Schuhmann helfen, das schulde ich ihr."

„Okay, wäre das nicht etwas, woran du dich festhalten könntest, Sarah Schuhmann und ihr zu helfen?"

„Glaubst du etwa, das versuche ich nicht? Tue ich, jeden Tag, jede Minute, jeden verdammten Moment, bis ich nicht mehr denken kann, bis ich ausreichend intus hab, um nicht mehr denken zu müssen."

Krug wurde sichtlich ratloser, er realisierte, dass seine amateurhaften, nett gemeinten, aber plumpen Alltagsratschläge hier für mich bei weitem nicht ausreichen würden, also hörte er nur zu. Und ich ließ für einen kurzen Augenblick los. Einfach so. Da haben sich schon Dutzende Freunde, Familie und zwei Psychologen die Zähne dran ausgebissen, dass ich das einmal tue, loslassen und erzählen. Und an diesem Morgen am Frühstückstisch von Krug ließ ich einen kleinen Schwank herausschwappen.

„Manchmal fühle ich mich wie ein Gebilde aus Tausenden von Strohhalmen, das nur von sich selbst getragen wird und nur im Gesamten stabil ist. Und ich bin ständig damit beschäftigt, dass kein Halm bricht, verrutscht oder weggezogen wird, denn dann stürzt alles in sich zusammen. Um mich herum sind Dutzende Hände, die permanent danach greifen, und wenn ich nur einen Moment der Schwäche zeige, nur für einen Wimpernschlag abgelenkt bin, ist es schon zu spät und das Gebilde knickt ein und ich schmiere ab. Dann muss ich wieder alles neu aufbauen, auf null stellen und es beginnt von vorne. Ich kann es dir nicht anders erklären, oder wie es so weit gekommen ist, manchmal glaube ich, dass der Verlust von Charlotte und alles, was danach kam, mich heftiger getroffen hat, als ich mir zugestehen wollte. Doch das nutzt jetzt nichts mehr, ich muss jeden Tag neue Kraft finden, um zu kämpfen, an allen Ecken und Fronten. Nur bin ich des Kämpfens müde und es fällt mir schwer, gute Gründe zu finden, wofür ich kämpfen soll. Und der einzige Grund, der ausreichen sollte, um zu kämpfen, ist der letzte, der mich im Moment motiviert: mein Leben zu leben."

Dann war für eine lange Zeit Stille.

Krug stand auf und schenkte frischen Kaffee nach. Ich wartete darauf, dass die viel zu seichten Pillen aus Leverkusen endlich zu wirken begannen, und wir beide wussten zunächst nichts weiter zu sagen. Irgendwann klingelte es an der Wohnungstür. Krug stand auf und sprach mit einem Nachbarn. Da war ich kurz davor, aufzustehen und zu verschwinden. Ich kam mir mit einem Mal so dumm, schwach und verletzlich vor und ich schämte mich dafür, was aus mir geworden war. Doch Krug kam mir zuvor. Er kehrte zurück in die Küche und sagte:

„Ich kann dir hier keinen Rat geben, Ben, tut mir leid, dafür reicht meine Westentaschenpsychologie nicht aus. Du bist echt im Arsch."

„Danke für die aufmunternden Worte."

„Ich bin nur ehrlich und möchte dich bitten, dir dringend Hilfe zu suchen. Professionelle Hilfe, sonst wird es dich auffressen. Wenn dir dein Leben so egal ist, dann denk halt nicht mehr darüber nach. Such nicht nach Gründen, warum du weitermachen solltest, finde dich damit ab, dass es da im Moment nichts gibt, was dir hilft. Dass sich das aber wieder ändern wird und bis dahin halte dich an Sarah Schuhmann fest. Denke nur an sie, nicht an dich. Verdränge, so gut es geht, und konzentriere dich auf sie, wenn du dann wieder Kraft hast und lange genug nüchtern bleibst, um klar denken zu können, such dir Hilfe, um zu verarbeiten, sonst wird es dich wieder einholen. Verdrängen hilft vielleicht eine Zeit lang, um aus dem Gröbsten herauszukommen, die Realität wird sich aber irgendwann von hinten heranschleichen und dir mit Anlauf in die Nüsse treten."

Er setzte sich wieder hin.

„Möglicherweise ist das aber auch vollkommener Blödsinn, den ich dir da gerade erzählt habe, ich weiß es nicht, wahrscheinlich ist es das Falscheste, was du tun kannst", er zuckte mit den Schultern, „keine Ahnung. Mir fällt nur nichts anderes ein, es ist deine Entscheidung, und die eigentlich Richtige wäre sicher, dir einen Profi zu suchen."

Ich wusste, dass er recht hatte, doch ich wusste auch, dass ich das nicht tun würde.

Warum?

Stolz

Angst

Scham

Dann fügte Krug an:

„Wenn du dich ausnüchtern möchtest, kannst du ein paar Tage hierbleiben, das ist mein Angebot. Ein Bier, einen Schnaps und du fliegst raus."

„Was ist mit Claudia?"

„Die ist vor einem Jahr ausgezogen."

„Das tut mir leid."

„Mir nicht."

Zwei Wochen später saß ich zu Hause in meiner Küche auf meinem Stuhl und schaute über die Dächer Berlins ins Nichts hinein. Ausgenüchtert und voller Tatendrang. Krug hatte mich in Ruhe gelassen und ich in seiner Wohnung einen üblen Entzug durchgemacht.

Krämpfe

Schmerzen

Schwitzen

Leiden

Als ich einigermaßen ansprechbar war, haben wir uns über die Schultes unterhalten. Krug hatte viele Fragen, die ich aber, zu seiner Enttäuschung, nur spärlich beantworten konnte. Irgendwann ließ er es dann ganz sein und wir lebten wie ein altes Ehepaar. Er besorgte mir aus der Apotheke meine notwendigen Herzmittelchen und ging arbeiten. Währenddessen kümmerte ich mich um den Haushalt und das Essen.

Wieder zurück in meiner Wohnung, war es nötig, mich gleich zu beschäftigen. Bloß keine Langeweile aufkommen, bloß keine dummen Gedanken wachsen lassen. Aber so weit konnte es gar nicht kommen. Es glühte in mir, es glimmerte und ließ mir keine Ruhe. Ich wollte wieder produktiv werden und es gab nur eines, was mir wichtig war, genau wie Krug es gesagt hatte. So schob ich alles beiseite und widmete meine Konzentration nur einer Sache:

der Rettung Sarah Schuhmanns.

Kapitel zwei

„Was soll ich ihm sagen?"
  „Sagen Sie ihm, es ist vorbei."
  „Einfach so, nach all den Jahren, lassen wir ihn fallen wie einen lahmenden Gaul."
  „Ganz genau."
  „Das können Sie nicht tun, das bedeutet seinen Untergang."
  „Das können wir und das werden wir und seien wir ehrlich, das hat er auch verdient."
  „Nach allem, was er für uns getan hat?"
  „Das hat er nicht für uns getan, das wissen Sie ebenso gut wie ich, das hat er nur für sich getan, er ist ein Verräter."
  „Mag sein, trotzdem haben wir eine Verantwortung für ihn, wir sind eine Verpflichtung eingegangen."
  „Das hat sich erledigt und das war nie Teil des Abkommens, das konnte niemand vorhersehen."
  „Aber so sollte es sein."

„Vieles sollte sein und doch ist vieles nicht mehr, und er ist nur noch ein Problem, um das er sich jetzt selbst kümmern muss."

„Und was glauben Sie, wird er dann tun? Glauben Sie, er wird uns nicht mitreißen? Glauben Sie, er wird nicht versuchen, denselben Deal, das gleiche Abkommen noch einmal abzuschließen, um seine Haut zu retten?"

„Dazu wird es nicht kommen."

„Wie meinen Sie das?"

„Wir haben unsere Mittel."

„Sie wollen ihm etwas antun."

„Niemand wird ihm etwas antun. Machen Sie ihm das klar, beruhigen Sie ihn und sehen Sie zu, dass er das auch glaubt. Sprechen Sie ihm Mut zu, sagen Sie ihm, dass für ihn ein neues Leben beginnt, dass er es als Chance sehen soll, wie wir alle."

„Das ist doch Blödsinn."

...

Kapitel drei

Mittlerweile war es bereits Mitte Mai und der Frühling hielt Einzug. Nach dem langen, harten Winter mit seinen ungewöhnlichen Wetterkapriolen lag die Sehnsucht nach wärmeren Tagen überall in der Luft und schon die spärlichsten Sonnenstrahlen trieben die Massen aus den Häusern auf die Straßen.
Richtung Westen.
Klar!
Gebrauchtwagenhändler und Sexshops hatten jetzt Hochkonjunktur.
Ich schaute auf in ein tiefes Himmelblau. Keine Wolke kreuzte den Blick in die Ewigkeit. Schloss die Augen und genoss die warmen Sonnenstrahlen in meinem Gesicht. Die Luft war noch kühl und frisch und dieser Wechsel auf der Haut fühlte sich so sehr nach Leben an.

Ich träumte mich kurz auf eine grüne Wiese, unter einen schattigen Baum, wo ich auf einer warmen Wolldecke lag, voller Vorfreude auf einen tiefen, erholsamen

Mittagsschlaf, mit Träumen voll von Liebe und Erotik, bis mir, mit einem Mal, das hohle, metallisch laut widerhallende Öffnen des riesigen Stahltores, vor dem ich stand, um die Ohren knallte. Sicher gaben sie sich äußerste Mühe, das Tor so geräuschvoll wie irgend möglich zu öffnen, um seiner Bedeutung auch akustisch den gebührenden Stellenwert einzuräumen.

Das Tor wurde aufgezogen und ein Wärter in dunkelblauer Uniform stand vor mir, sah mich kurz an, dann rechts und links an mir vorbei, die Straße hinunter, nickte und gab den Weg frei. Ich trat ein und das Tor wurde laut scheppernd wieder hinter mir geschlossen. Ich war der einzige Besucher an diesem Tag gewesen und stand dann in einem Käfig aus grauem Rundstahl in dem zwei Lastwagen Platz gefunden hätten. Vor mir ein weiteres Tor aus demselben Rundstahl wie der Käfig.

Der Wärter schritt an mir vorüber, dass Tor öffnete sich und wir traten hindurch. Dann über einen Hof und in das Hauptgebäude hinein. Links ein Tresen mit einem zweiten Wärter dahinter. Geradeaus die nächste Tür, jetzt aus Massivstahl mit einem kleinen viereckigen Schaufenster darin.

Ausweis abgeben bei dem Wärter hinter dem Tresen und weiter in den nächsten Raum.

Durchsuchung und mehr Türen und Räume. Bis ich letztlich einen Gang entlanglief. Auf beiden Seiten Reih an Reih einzelne Zellen, manche belegt, die meisten aber leer.

„Halt", rief die Stimme des Wärters hinter mir und ich blieb stehen. Er schob mich beiseite und öffnete die schwere Holztür, mit der eisernen Klappe in der Mitte, gleich zu meiner Rechten. Die überdimensionalen Schlüssel, die er dafür benutzte, schlugen klappernd bei jeder Umdrehung gegen das Holz. Mit Hand und Fuß öffnete er die beiden Schieber, die die Tür von außen zusätzlich absicherten, und ich kam nicht umhin, ihn für diesen geschickt ausgeführten Move leicht zu bewundern. Ich sah in die geöffnete Zelle und fast hätte ich sie übersehen. Sie saß in der linken Ecke des Raums, ganz hinten an der Wand im Halbdunkel, auf einem Stuhl und schaute auf den Boden. Der Wärter öffnete die Zellentür und forderte mich auf einzutreten. Ich tat, wie mir geheißen. Die Zelle war rundherum in einem kühlen Weiß gekachelt, mit einer Pritsche rechts, einem Waschbecken und einer Kloschüssel aus Edelstahl links. Ein kleines vergittertes Fenster in der Außenwand. Sarah Schuhmann hatte sich nicht gerührt. Sie hatte nicht einmal gezuckt, als die Zellentür donnernd aufgeschlagen worden war, geschweige denn aufgeschaut. Ich trat vorsichtig an sie heran, wie an ein pickendes Huhn. Ich befürchtete, sie zu verschrecken, wenn ich mich zu hastig bewegte.

„Sarah?", sagte ich zaghaft. Doch sie rührte sich nicht. Fragend sah ich zu dem Wärter zurück, der in der offenen Tür stehen geblieben war. Der zuckte aber nur mit den Schultern, drehte mir dann den Rücken zu und stellte sich auf dem Gang neben die Zelle. Ich setzte mich auf das Bett, dicht an Sarah heran. Streckte meine Hand aus und berührte ihren Arm leicht. Dann sah sie auf. Ihre einst so wunderschönen blonden Locken, die wie Sprungfedern wild von ihrem Kopf in alle Himmelsrichtungen abgestanden hatten, waren kurz geschnitten worden und die mickrigen Reste schienen jegliche Kraft verloren zu haben. Sie hingen blass wie schwere Lianen an zu schwachen Ästen herunter. Von grauen Strähnen durchzogen, fahl wie ihre Gesichtshaut. Sie war ausgemergelt. Ihre Wangenknochen stachen hervor und ihre Augenhöhlen waren tief und dunkel. Sie sah mich an. Und es schien so, als würde sie einen Augenblick brauchen, um mich zu erkennen, doch ihr Blick änderte sich nicht. Er blieb gleichgültig, auch nach einer Weile. Dann schaute sie wieder auf den Boden. Ich nahm ihre Hand. Hielt sie mit meiner Rechten und streichelte sie sanft wie ein Vogelbaby mit der Linken.

„Sarah", wiederholte ich, „ich bin's, Ben!"

Abrupt zog sie ihre Hand weg und verbarg sie zwischen ihren Schenkeln.

„Bitte Sarah", und dabei berührte ich sie leicht an ihrer Schulter, doch sie zuckte am ganzen Körper zusammen.

„Mein Gott, was haben sie dir angetan?"

Ich war echt schockiert und hatte das Schlimmste befürchtet, sie wäre gefoltert worden, eingeschüchtert, auf brutalste Weise versucht zu resozialisieren.

„Verdammte Kacke, was habt ihr mit ihr angerichtet, ihr miesen Schweine?"

Der Wärter drehte sich wieder um und wollte gerade ansetzen, da drosch Sarah dazwischen.

„Halt deine Klappe, Mulder!"

Kapitel vier

Ich kramte eine zerknautschte Packung Caminett aus meiner Hosentasche, nahm eine Zigarette heraus, strich sie glatt und zündete sie an. Dann drehte ich mich um und schaute zurück auf das Gefängnisgebäude in meinem Rücken. Hinter den Mauern und Zäunen konnte ich die Zellenfenster der oberen Stockwerke erkennen. Ich zählte sie einzeln ab in der vagen Hoffnung, Sarah dort noch einmal erblicken zu können, nahm einen tiefen Zug vom Glimmstängel, schüttelte den Kopf, warf den Sargnagel weg und stieg in meinen Wagen ein. Drehte den Zündschlüssel und der Motor startete. Nur einmal kurz den Anlasser gekitzelt und mein Baby war dabei. Was nicht der Regel entsprach. Doch es wurde Frühling und so entspannte sich mein Schatz sichtbar mit den steigenden Außentemperaturen. Und ja, ich rede von meinem Auto. Ein Citroën CX Prestige, eine Ausnahmeerscheinung zu dieser Zeit in dieser Stadt und in diesem Land. Und mein ganzer Stolz. Doch sie ist eine Französin und offensichtlich aus dem Süden Frankreichs, mit divenhaften Allüren. Sie hasst Kälte und verweigert so gerne einmal die Mitarbeit. Jetzt aber gleich dabei, also erst einmal zurück nach Hause.

Dietrich-Bonhoeffer-Straße vierzehn.

Was beängstigend nah war.

Runter zur Landsberger Allee und bis zur Danziger Straße nur geradeaus. Rechts die Danziger runter bis zum Arnswalder Platz. Links in die Bötzowstraße und wieder rechts in die Dietrich-Bonhoeffer.

Auf meinem Weg passierte ich zahllose gestrandete Automobile. Ladas und Trabanten entweder achtlos auf Gehwegen, in Grünstreifen am Straßenrand zurückgelassen oder absichtlich gegen Bäume und Mauern gecrasht. In manchen steckten noch die Zündschlüssel, andere qualmten vor sich hin, während weitere bereits komplett ausgebrannt waren. So wurden sie respektlos von ihren ehemaligen Besitzern verheizt, oder von wild gewordenen Jugendlichen gestohlen, bis zum letzten Tropfen Benzin ausgesaugt und zum Vergessen zurückgelassen. Früher einmal Jahre darauf gewartet, um Stolz wie Oskar präsentiert zu werden, waren sie nun nur noch als Ventil und Symbol der Verachtung gut genug. Niemandem mehr einen Pfennig wert. Jetzt wollten alle nur BMW und VW Golf fahren. Keinen nach feuchtem Muff stinkenden, klappernden Müllhaufen mit folgend, benötigtem Startablauf:

- Gang raus.
- Benzinhahn auf.
- Choke ganz rausziehen und **kein** Gas geben.
- Starten.

- Motor läuft; leicht Gas geben und den Choke zur Hälfte reinschieben.
- Zügig losfahren.
- Während der Fahrt, wenn der Motor wärmer wurde, Choke wieder ganz reinschieben.

Und das am Ende des zwanzigsten Jahrhunderts, um einen Wagen vernünftig zum Laufen zu bringen. Ist kein großer Fortschritt zu den Zeiten eines Henry Ford. Und doch tat es weh, zusehen zu müssen, wie ein einstiges Symbol so schnell fallen gelassen und gedemütigt wurde.

Überhaupt befand sich Ostberlin im Mai 1990 in einem Zustand, den man nur mit Anarchie beschreiben kann. Junge Menschen aus Ost und West fielen ein, um ganze Stadtviertel in Beschlag zu nehmen und eine monatelange Party zu feiern. Alte Gebäude und Keller wurden besetzt und zu illegalen Kneipen und Clubs umfunktioniert, bis sie vollends ruiniert, vollgeschissen und faktisch unbewohnbar geworden waren. Dann wurde eingepackt und eine Ecke weitergezogen. Wände wurden eingerissen, um Wohnungen zu vergrößern und zu besetzen. Auf den Straßen herrschte Chaos. Massen von Punks, New Waves und Ravern trieben sich rum, suchten Streit und verbarrikadierten Straßen.

Polizisten und Ordnungshüter waren völlig überfordert und unterbesetzt. Inmitten des Wandels wurden sie ihrer einstmaligen Macht beraubt und wussten nicht damit umzugehen. Konnten nicht erkennen, wo ihre neuen Kompetenzen begannen und ihre Zuständigkeiten endeten und sosehr ich diesen unbändigen Drang nach Freiheit und Chaos nachvollziehen konnte, ging mir das dann schnell zu weit. Hier wurde die Freiheit vieler durch das falsche Verständnis von Freiheit weniger beschnitten, und so sollte Freiheit auf gar keinen Fall aussehen.

Ich parkte den Wagen gegenüber der Hausnummer vierzehn, meinem Zuhause, ging dann aber die Straße zu Fuß weiter runter bis zur Greifswalder. Gleich um die Ecke war *Willy Bresch*, meine Stammkneipe.

Ich trat ein. Grete, Besitzerin und gute Seele des *Willy Bresch*, empfing mich mit einem herzlichen Lächeln auf dem Gesicht, kam um die Theke herum, breitete die Arme aus, umarmte mich und sagte:

„Ben, ich hab mir Sorgen gemacht. Wo warst du die ganzen Wochen? Als ich dich das letzte Mal gesehen habe, hast du mich nicht einmal erkannt oder wahrgenommen, so standest du neben dir."

„Ist nett von dir, Grete. Ich war bei einem Freund, jetzt geht es mir besser."

„Komm, setz dich, ich mache dir einen Kaffee."

Und sie verschwand wieder hinter der Theke und dort durch eine Tür in die Küche. Ich pflanzte mich an einen Tisch gleich neben dem Durchgang zu den Toiletten, mit Blick in Richtung Tür. Alte Gewohnheit. Grete kam mit zwei Tassen dampfendem Mona Kaffee und stellte sie ab. Ich hatte mich mittlerweile an echten West-Kaffee gewöhnt, doch hier in der Kneipe, zusammen mit Grete, schmeckte der Mona wie nach Hause kommen.

Wir saßen eine Weile und schwiegen. Was schön war. Kein peinliches Schweigen, weil keiner wusste, was es zu erzählen gab, sondern ein erholsames Schweigen, das beide genossen, weil man keine Worte brauchte.

„Du siehst besser aus", sagte Grete schließlich, „und nicht nur besser zu letztem Mal, sondern insgesamt."

„Ich hab mich gut erholt, bin zur Ruhe gekommen, regelmäßig gegessen, geschlafen, Dinge verarbeitet."

„Das ist schön. Ich freue mich wirklich, dich hier zu haben und zu sehen, dass du wieder auf dem Damm bist. Ich bin mir nicht sicher, an wie viel du dich erinnern kannst, aber bei deinem letzten Besuch hast du mir ernsthaft Angst gemacht."

Ich war echt erschrocken, als sie das sagte.

„Was, Grete, wieso?"

„Nun, wie gesagt, hast nicht einmal mit mir geredet oder mich begrüßt, hast nur dagesessen und in dich hineingekippt. Bis du irgendwann aufgestanden bist und wie wild herumgebrüllt hast. Du hast jedem Einzelnen, der da war, vor allen anderen lauthals um die Ohren gehauen, wann sie wen angeblich an die Stasi verraten haben und wie sie für die Stasi tätig waren, das war echt gruselig."

„Ernsthaft? Verdammt, das tut mir echt leid, Grete, und ehrlich, ich weiß überhaupt nichts, über irgendjemanden. Ich war bei der Mordkommission, wir hatten kaum Berührungspunkte mit der Stasi, geschweige denn, dass es mich interessiert hätte, wer für die arbeitet."

Ich schlürfte einen kleinen Schluck ab und fügte an:

„Konnte sich doch eh keiner dagegen wehren, also warum jemandem Vorwürfe machen?"

„Das sah aber anders aus", antwortete Grete, „eher, als hättest du bei einer ganzen Menge Nägel eine ganze Menge Köpfe getroffen. Die sind fast alle unmittelbar raus hier wie geprügelte Hunde, und ganz so entspannt wie du sehe ich das nicht, es gab verdammt viele, die genau wussten, was sie taten, und darin ihren Vorteil suchten."

„Mag sein, aber trotzdem, ich weiß gar nichts, ehrlich." Erneut entstand eine kleine Pause, dieses Mal allerdings, war sie unangenehm. Grete durchdrang mich mit einem wissenden Blick und schließlich gab ich auf. „Okay, ein bisschen was weiß ich schon, bleibt nicht ganz aus, so als Bulle, doch nur wenig, hat mich nie wirklich interessiert, wenn es nicht meine Arbeit betraf. Und noch mal, Grete, tut mir echt leid, du bist die Letzte, die ich verletzen will oder der ich schaden möchte. Ich hoffe, das hat dem Geschäft keinen Abbruch getan."

Sie nahm meine Hand, „halb so wild, mach dir keine Gedanken mehr, und ehrlich gesagt …", jetzt zog sie ihren rechten Mundwinkel zu einem hämischen Grinsen hoch, „… irgendwie war es auch lustig. Ich wünschte, du würdest dich an ihre Gesichter erinnern, als du ihnen das vor den Latz geknallt hast. Wie alte, adlige Damen, die beim Klauen erwischt wurden."

Dann musste ich auch grinsen und war froh, dass sie es so locker genommen hatte.

„Doch jetzt mal ernsthaft, mir war ja klar, dass du irgendwann wieder hier aufschlagen würdest, aber ich hätte geschworen, haubitzenvoll und heulend wie ein Kind."

„Warum das?"

„Hm, lass mich mal kurz überlegen … Weil dir der Stoff ausgegangen ist, dich aber keine Kneipe in Berlin und Umgebung mehr einlässt, du mich als deinen letzten Ausweg siehst und winselnd angekrochen kommst?"

„Ach so, das, nein, wie gesagt, das ist vorbei. Seit zwei Wochen trocken, das habe ich hinter mir gelassen."

„Zwei Wochen?"

„So ist es", plusterte ich mich auf mit stolzgeschwellter Brust, und das war ich tatsächlich, mächtig stolz auf mich.

„Das ist gut, Ben, ich freue mich für dich. Und ich freue mich, dass du bei mir bist."

Das gab mir ein schlechtes Gewissen, denn ich war nicht nur gekommen, um Grete zu besuchen, vielmehr wollte ich sie um Hilfe bitten. Ich benötigte dringend jemanden, der Sarah aus dem Gefängnis holte. Ihr Zustand war beängstigend gewesen. Nachdem sie mir gesagt hatte, ich solle meine Klappe halten, sprach sie kein zweites Wort mehr mit mir. Ich hatte noch ein paarmal versucht, an sie heranzukommen, nach Verwandten oder weiteren engen Freunden gefragt, doch sie ignorierte mich komplett. Kurze Zeit später musste ich das Gefängnis wieder verlassen. Und wenn mir der Besuch eines gezeigt hatte, war es, dass Sarah Schuhmann sich aufgab, konsequenter, als ich das je hätte tun können. Doch um ihr zu helfen, benötigte ich selbst Hilfe, professionelle Hilfe, einen Advokaten. Ich hoffte, Grete würde jemanden kennen, wenn nicht eine Wirtin, wer dann?

„Grete, es tut mir leid, aber ich bin nicht nur gekommen, um dir einen Besuch abzustatten, ich brauche deine Unterstützung."

Ohne eine Sekunde zu zögern, antwortete sie: „Klar, Ben, wenn ich kann, schieß los."

„Ich komme gerade aus dem Gefängnis, ich habe Sarah Schuhmann besucht."

„Oh Gott, das arme Ding. Was für ein tragisches Leben, vom Ehemann misshandelt und dafür weggesperrt. Wie geht es ihr?"

„Nicht gut, gar nicht gut. Ich mache mir ernsthaft Sorgen um sie. Ich habe versucht, mit ihr zu reden, doch sie antwortet nicht. Sie vergräbt sich, ist abgemagert und wenn sie nicht bald Hilfe bekommt, befürchte ich das Schlimmste."

„Oh, Ben, das tut mir unglaublich leid. So eine nette Seele, das hat sie nicht verdient. Es war doch Notwehr, oder? Wieso ist sie dann noch im Gefängnis?"

„Genau darum geht es ja. Ich weiß es nicht, ich weiß überhaupt nichts. Hat sie einen Pflichtverteidiger? Wenn ja, wer ist das? Hat man sie vergessen? Kümmert sich überhaupt irgendjemand? Ein Verwandter? Hat sie Verwandte? Kennst du jemanden? Weißt du was? Mir sagt niemand etwas."

„Tut mir leid, Ben, so gut kannte ich sie nicht. Sie war nur ein paarmal hier, meistens um ihren haltlosen Ehemann nach Hause zu bringen. Manchmal, früh am Abend, saß sie auch gemeinsam mit ihm hier, aber selten, er war ja selbst nur gelegentlich in meiner Kneipe und wenn sie dabei war, sagte sie kaum etwas, saß neben ihm wie ein stummer Schatten und war früh wieder weg. Wir haben kaum miteinander gesprochen, nur manchmal, wenn wir uns auf der Straße oder im Geschäft begegnet sind, ein knappes *Hallo* oder *Wie geht's*, das war's."

Darüber war ich nicht enttäuscht oder überrascht, damit hatte ich sowie so nicht gerechnet, dass Grete Sarahs Familie kannte.

Ich hoffte auf etwas anderes.

„Kennst du einen Anwalt, für sie? Ich habe ein bisschen Geld übrig, nicht viel, aber das könnte sicher reichen. Ich kenne niemanden, dem ich vertrauen kann, nur Staatsanwälte und vorgeformte Pflichtverteidiger."

„Die Kleine hat es dir ziemlich angetan, oder?", antwortete sie zunächst und dann glitten ihre Gedanken ab. Ich konnte in ihren Augen sehen, wie sie grübelte und ihr Hirn im Hintergrund mächtig ratterte. Zuerst dachte ich, dass sie darin kramte, um einen Namen zu finden, doch tatsächlich begann sie dann anders. Fuhr zu meiner Überraschung gleich das volle Programm auf.

„Um ganz ehrlich zu sein, Ben, geht es mir ähnlich wie dir, ich freue mich sehr, dass du hier bist und dass es dir gut geht, doch freue ich mich auch, dass du gekommen bist, weil ich dich ebenfalls bereits aufsuchen wollte. Wärst du mir nicht heute zuvorgekommen, hätte ich dich spätestens morgen gesucht."

„Oookay?"

„Ich kenne da jemanden für dich", fuhr sie fort, „der wird dir helfen können. Er ist Anwalt, einer der besten und …", hier stockte sie kurz, „… wir stehen uns nahe."

„Wow, Grete, damit habe ich nicht gerechnet. Toll, wer ist es? Wo wohnt er? Ich fahre gleich hin."

„Nun, das ist ein Problem", bremste sie mich ein, denn ich war schon im Begriff loszueilen, „er ist zurzeit – wie soll ich sagen …? – nicht abkömmlich und braucht erst einmal deine Hilfe, er ist, ääh, verhaftet worden und benötigt Unterstützung von einem unabhängigen Ermittler. Ich will dir nicht verschweigen, dass es ein etwas heikler Fall ist, kompliziert könnte man sagen und vielleicht auch ein wenig gefährlich".

Und in dem Moment, bevor ich antworten konnte, ging die Tür auf und ein Mann betrat den Laden. Er war groß, über eins neunzig, hatte einen Brustkorb wie ein Bär. War etwas in die Jahre gekommen, Mitte, Ende vierzig, aber immer noch eine bedrohliche Erscheinung. Ein Kopf wie ein Basketball und Hände wie Diskusscheiben. Er blickte kurz forschend durch den Raum und kam dann auf uns zu.

Grete stand auf, zeigte in Richtung Eingangstür und sagte: „Ich will keinen Ärger hier drinnen, verschwinde, Martin, jetzt. Das ist nicht der richtige Ort und nicht der richtige Zeitpunkt. Geh bitte."

Der Mann sah mich an. Es war Martin Schöpf, Wirt und Besitzer des *Mauerblümchens*, einer Kneipe in der Wisbyer Straße. War nie meine Destille gewesen, dort trieben sich übermäßig viele IMs, inoffizielle Mitarbeiter der Staatssicherheit, rum und der Schlimmste von ihnen war Schöpf selbst. Wie gesagt, das ein oder andere wusste ich schon über diese Typen, ließ sich gar nicht verhindern so als Bulle. Das Unangenehme aber war, dass Schöpf der beste Kumpel von Sandro Schuhmann, Sarahs Mann, gewesen war. Sie spielten in ihrer Jugend gemeinsam erfolgreich Wasserball. Bis nach Europa hatten sie es damit gebracht. Und ich musste davon ausgehen, dass er annahm, dass ich für den Tod von Sandro verantwortlich war und dafür, dass Sarah im Gefängnis saß. Bedauerlicherweise hatte er damit ja nicht ganz unrecht, auch wenn meine Absichten andere gewesen waren, als er vermutlich glaubte. Ehrenhafter und voller gutem Willen, würde ich sagen.

Ich spannte an, gefasst auf alles, was kommen würde, und entschlossen, mich zu wehren. Ich konnte den Kerl nie leiden.

„Ich will bloß reden. Darf ich mich setzen?" fragte er.

„Vergiss es. Ich weiß genau, wo das hinführt, geh und lass uns in Frieden", antwortete Grete und den kurzen Moment, den die beiden diskutierten, nutzte ich, um mir Schöpf genauer anzuschauen. Ich wollte seine wahren Absichten erkennen. Friedlich oder feindlich. Ich erforschte sein Gesicht, seine Augen, seine Körperhaltung, glich sie ab mit den nonverbalen Körpersignalen, die man mir beigebracht hatte zu lesen und welche die meisten Menschen und ihr tatsächliches Ansinnen verrieten. Und darin war ich verdammt gut. Na ja, jedenfalls besser als im Treffen von Entscheidungen, wie Sie, fest versprochen, später noch erkennen werden.

Schöpf zeigte keinerlei Anzeichen von Stress oder Angespanntheit, im Gegenteil, seine Gesichtsmuskeln waren vollends entspannt, seine Augenlider hingen schlaff herunter, was auf Niedergeschlagenheit oder Müdigkeit hindeutete, auf keinen Fall auf Aggression. Er hob seine Schultern an, neigte seinen Kopf ein wenig zur Seite und seine Handinnenflächen nach oben, er hatte eine Bitte.

„Ist schon gut, Grete, lass ihn", sagte ich, denn ich wollte dringend wissen, wie es weitergehen würde. Und auf gar keinen Fall wollte ich, dass der Mistkerl glaubte, ich würde mich hinter Grete verstecken.

„Keine Chance, Ben. Das lasse ich nicht zu."

„Es wird nichts passieren, ich versichere es dir", davon war ich überzeugt.

Schöpf ergänzte:

„Versprochen, ich möchte nur reden und nicht über Sarah oder Sandro, und ob Sie es glauben oder nicht, Mulder, ich gebe Ihnen keine Schuld an Sandros Tod. Früher oder später musste es so kommen. Es war nur eine Frage der Zeit. Er war eine tickende Bombe. Ich bin nur froh, dass sie nicht Sarah getroffen hat. Das hat er sich alles selbst zuzuschreiben. Er ist an allem schuld. Durch Ihr Einwirken haben Sie die Sache lediglich ein wenig beschleunigt."

Grete sah mich an und wartete auf eine Reaktion von mir, doch ich war selbst baff. Damit hätte ich nie im Leben gerechnet.

„Ich brauche Ihre Hilfe", setzte Schöpf wieder an. „Ich habe Geld und ich möchte, dass Sie meine Schwester finden!"

Kapitel fünf

Nachdem Schöpf wieder gegangen war, kam Grete zurück an meinen Tisch, setzte sich und sah mich fragend an.

„Mann, das Leben ist ganz schön bekloppt, oder? Das hätte sich keiner ausdenken können", sagte ich und schlürfte die letzten kalten Reste aus meiner Kaffeetasse.

„Sagst du mir jetzt, was er wirklich wollte?"

„Bin mir nicht sicher, habe ich nicht irgend so ne Art Schweigepflicht?"

„Bist du ein Pfaffe oder sein Doktor?", fragte sie.

Ich überlegte kurz, Schöpf hatte nicht explizit gesagt, dass ich keinem davon erzählen durfte, und als Bulle war ich suspendiert, somit war das ohnehin alles inoffiziell, demzufolge konnte ich sie einweihen.

„Na ja, wie er schon sagte, ich soll ihm helfen, seine ältere Schwester wiederzufinden."

„Wann hat er sie denn verloren?", fragte Grete und kicherte wie ein kleines Mädchen.

„Brauchst nicht sarkastisch zu werden. Als kleiner Junge. Ihr Vater ist früh gestorben, so sagt er, und seine Mutter hat neu geheiratet. Der neue Mann brachte drei eigene Kinder mit in die Ehe und war ihm und seiner Schwester gegenüber von Beginn an sehr distanziert bis abgeneigt. Er war eifersüchtig und wollte sie nur loswerden. Schöpfs Schwester legte sich wohl regelmäßig mit ihm an. Sie verlor komplett den Halt nach dem Tod ihres Vaters. Trieb sich rum, schwänzte die Schule, wurde von der Polizei nach Hause gebracht, solche Dinge halt, das half nicht dabei, die Wogen zwischen ihnen zu glätten. Als ihre Mutter ein Jahr später ebenfalls starb, schob der Stiefvater sie beide ab, in zwei verschiedene Heime. Während Schöpf das alles wohl eher stillschweigend ertrug und sich schnell in den Sport flüchtete, wurde es bei seiner Schwester fortwährend schlimmer. Sie sahen sich dann nur noch viermal. Und jedes Mal sorgte seine Schwester für Ärger. Schöpf wurde einer Pflegefamilie zugeteilt, die sich zunächst stundenweise, dann für einzelne ganze Tage und schließlich komplett um ihn kümmerte. Er wollte das nicht aufs Spiel setzen und verweigerte weitere Treffen mit seiner Schwester, so sahen sie sich nie wieder. Jahre später suchte er nach ihr, doch fand sie nicht. In einem Heim sagte ihm eine alte Pflegerin, sie sei gestorben, doch es gab kein Grab und keinen Totenschein. Und die Behörden halfen ihm nicht weiter. Es hatte einen Brand gegeben, bei dem Akten verloren gegangen seien, wohlmöglich sei ihre dabei gewesen. Er möchte wissen, was aus ihr geworden ist, ob sie noch lebt."

„Wow", sagte Grete, „das ist ja spannend."

„Ja, oder? Wer hätte das für möglich gehalten? So ein Holzkopf, wie er ist, scheint er offensichtlich nicht vollends ausgehärtet zu sein."

„Ich habe gehört, er hätte beste Beziehungen zur Stasi, warum fragt er da nicht mal nach?"

„Nun, zum einen war er ja nur ein IMs …", *uups, verraten*, schoss es mir durchs Rückenmark, „…, wenn überhaupt", schob ich schnell nach.

Grete sah mich schief an. „Komm schon", lächelte sie.

„Ja hast gewonnen, war er, und ein recht wichtiger dazu, aber nie ein offizieller, also würde ihm auch nie einer offiziell weiterhelfen. Und zudem haben die im Moment selbst genug Probleme mit ihrem Laden bzw. damit, nicht am nächsten Baum aufgeknüpft zu werden. Nein, von da kann er nichts erwarten, hätte er aber auch nie können."

„Und, hast du angenommen?", fragte Grete unsicher. „Wirst du ihm helfen?"

Ich sah sie an und dann fiel mir unser Gespräch zuvor wieder ein. Sie wirkte nervös und zweifelnd.

„Ja, habe ich, doch zuerst ist dein Anwalt dran und Sarah. Schöpf hat Zeit."

Grete lächelte mich erleichtert an. „Gut", sagte sie. „Dann erzähle ich dir jetzt, wer mein Freund ist, was er tut, und was passiert ist. Doch zuerst hole ich uns einen frischen Kaffee", und beinahe hätte ich *„für mich mit nem ordentlichem Schuss Cognac drin"* hinterhergerufen, doch ich biss mir auf die Zunge. Drei Wochen waren eine verdammt lange Zeit für jemanden wie mich. Und wenn man allein ist und keine Arbeit hat, eigentlich unmöglich zu schaffen. Doch ich wollte das damals wirklich durchziehen, mich von Minute zu Minute hangeln, von Stunde zu Stunde, von Tag zu Tag und mich an jedem Moment, den ich ohne schaffte, festhalten und aufbauen.

„Sein Name ist Philip Eichstädt", begann sie, nahm einen Schluck aus ihrer Tasse und bei mir klingelte sofort etwas in der Oberstube.
„Ich kenne Eichstädt", antwortete ich.
Grete war freudig überrascht.
„Ernsthaft? Woher?"
„Ich hatte mal bei einem Fall mit ihm zu tun. Wobei, kennen ist vielleicht übertrieben, wir sind uns nicht vorgestellt worden oder haben miteinander gesprochen, waren nur zufällig am selben Ort und hatten ein kleines Intermezzo, später habe ich noch häufiger von ihm gehört und einiges gelesen."

Wenn Sie sich erinnern, war ich vor meiner Stelle beim MUK-Ostberlin (von der ich zurzeit wegen Befehlsverweigerung und tätlichem Angriff auf einen Stasi-Hauptmann suspendiert bin), einer Spezialeinheit zugeteilt, der SEKTP, Sondereinheit zur Eliminierung kapitalistischer Tendenzen innerhalb der Partei. Ein Monster, oder? Jedenfalls, bevor ich dort zuvor schon rausgeschmissen worden war (wegen Befehlsverweigerung und tätlichem Angriff auf einen Zivilisten und zwei Vollstreckungsbeamte während einer Gerichtsverhandlung), oblag es uns, hier und da bei Einsätzen von erforderlicher Diskretion auszuhelfen beziehungsweise aufzupassen. Auf alles und jeden, ausnahmslos. Wir hatten vor unserer Aufnahme in die Einheit einen Eid abzulegen, der uns zur vollkommenen Verschwiegenheit bei all unserem Tun gegenüber jedem außerhalb eines kleinen Kreises Eingeweihte verpflichtete. Keine Familie, keine Freunde und keine andere Behörde. Im Zuge dessen stand ich in den Anfängen meiner Karriere vier Mal auf der Glienicker Brücke und bewachte einen Gefangenenaustausch. Mir war nie bewusst, was dort tatsächlich passierte, dass wir Gefangene an die BRD verkauften, darauf wäre ich im Leben nicht gekommen. Ich beschäftigte mich nicht damit, was dort geschah, ich tat, was mir aufgetragen worden war, alles und jeden kritisch zu beäugen. Ich hielt es für einen Agentenaustausch und sah meine Aufgabe darin, zu erkennen, ob irgendeiner der Anwesenden sich auffällig benahm und mehr im Sinn hatte, als seine Pflicht gegenüber dem Staat zu erledigen, das war es für mich. Bei den ersten beiden Übergaben war es eine sehr einseitige und schnell erledigte Angelegenheit. Strafgefangene aus dem Osten wurden in den Westen entlassen, ohne dass aus dem Westen etwas zurückkam, zumindest keine Menschen, und von dem Rest wusste ich ja nichts. Beim dritten Einsatz dann wurden das erste Mal auch Männer in unsere Richtung geschickt, in Empfang genommen und gleich abtransportiert. Ich wusste nicht, wer sie waren oder warum sie zu uns gebracht wurden, auch das war mir wirklich Latte beziehungsweise machte ich mir keine Gedanken darüber und es informierte uns auch keiner. Beim vierten und letzten Mal, als ich dabei war, fiel mir dann Eichstädt auf. Bis zu diesem Abend waren es immer die gleichen Männer, die in erster Reihe standen und Gefangene übergaben oder in Empfang nahmen. Und man sollte meinen, dass diese Übergaben von

Misstrauen und Spannungen geprägt waren, von Argwohn mit gespannten Bolzen, schließlich standen sich hier zwei Welten, die ihre Ideale repräsentierten, an ihren äußersten Grenzen gegenüber, doch überraschenderweise ging es sehr zwangfrei zu. Mir war das damals suspekt und regte meine Aufmerksamkeit an. Ich konnte nicht glauben, dass wir dem Staatsfeind ehrlich so die Arme öffneten oder dass dies von den Oberen so gedacht war. Ich witterte Korruption und Verschwörung. Ich war so verblendet.

Ein Rechtsanwalt aus der DDR namens Wolfgang Vogel, über den ich im Vorfeld meines ersten Einsatzes auf der Glienicker Brücke in Kenntnis gesetzt worden war, trat an diesem Abend einem Mann aus dem Westen gegenüber. Er hieß Reymar von Wedel. Ich hatte ihn zuvor bereits registriert, doch hatte er sich bis dato immer unauffällig im Hintergrund gehalten. Er und Vogel umarmten sich herzlich, wie zwei alte Freunde, und ich muss zu meiner Schande gestehen, dass ich das damals zum Kotzen fand. Für mich sah es aus, als würden wir uns dem Feind anbiedern, und ich konnte diesem ganzen aufgesetzten Schauspiel der angeblichen Brüderlichkeit nichts abgewinnen. Für mich glich das alles einem türkischen Bazar, nichts Ehrliches oder gar Selbstloses, nur Schauspiel, um dem Kunden seinen Ramsch aufzuschwatzen. Jedenfalls lief, um die Schmusenden herum, die übliche Chose ab. Männer wurden übergeben und abtransportiert und nachdem sich das kurze Durcheinander wieder aufgelöst hatte, standen Vogel und von Wedel immer noch in der Mitte und unterhielten sich angeregt freundlich. Dann schaute sich von Wedel um und winkte einem

Mann, der an der geschlossenen Tür eines schwarzen am Straßenrand geparkten Mercedes stand, zu und dieser öffnete daraufhin die hintere Autotür. Er griff in den Wagen und half einem weiteren Mann dabei, aus dem Auto auszusteigen. Der Mann trug Handschellen, hatte ein Baseballcap an und hielt seinen Kopf unten. Er wurde zu von Wedel gebracht und dieser übergab ihn Vogel. Vogel wiederum rief daraufhin Eichstädt zu sich, sprach drei Worte, übergab den Mann in Handschellen an Eichstädt, dieser brachte ihn in ein separat parkendes Auto und sie düsten davon. Das war es. Oder zumindest fast. Zu erwähnen wäre wohl noch, dass ich Eichstädt zuvor das Leben gerettet hatte. Ein Mann trat kurz nach der Übergabe an Eichstädt unvermittelt aus dem Haufen Westdeutscher hervor, zog eine Waffe und schoss auf Eichstädt und seinen Übergebenen. Doch ich hatte es gesehen, schmiss mich auf die beiden, sodass der Schuss vorbeiging. Dann stürzten sich die Polizisten aus dem Westen auf den Schützen. Meine Kollegen zogen ihre Waffen und es stand kurz vor einer Eskalation, doch Vogel und von Wedel stellten sich zwischen die Fronten und beruhigten die Lage. Bevor ich mich aufgerappelt hatte, waren Eichstädt und der Fremde bereits weggebracht.

Davon erzählte ich Grete nichts.

Später hatte ich ein paarmal über Eichstädt in der Zeitung gelesen. Es ging immer um irgendwelche Prozesse, die er gegen den Staat führte, in Vertretung irgendeines Klienten, der sich in seinen Grundrechten verletzt fühlte. Es war erstaunlich, wie lange er das unbehelligt praktizieren durfte.

In den letzten Tagen der DDR gründete und förderte er eine Oppositionspartei, die der SED Paroli bieten wollte. Sicher wäre dies ohne Mauerfall gleich zum Scheitern verurteilt gewesen, aber seine Eier hierfür musste man bewundern und seine offensichtliche Unantastbarkeit auch.

Jedenfalls erzählte Grete mir dann, was das Problem ihres Anwalts war, und am nächsten Tag machte ich mich auf die Reise an die Ostsee.

Kapitel sechs

Es war ein beschwerlicher Weg. Es strömte in einem durch. Meine Scheibenwischer gaben ihr Bestes, ackerten, kämpften, schlugen die Massen nach links und rechts beiseite, doch wie sie sich bemühten, es war nie genug. Deshalb kam ich nur langsam voran und wechselte im Kassettendeck dann schnell von Jazz zu Wave.

New Wave Musik wurde zu der Zeit immer präsenter und wichtiger in meinem Leben. Mein geliebter Jazz rutschte langsam ins Abseits. Die vielen Plattenläden im Westen taten ihr Übriges dazu. Neue Welten eröffneten sich, gefüllt von *Joy Division, Bauhaus* oder *The Cult*. Und entgegen der allgemeinen Meinung zogen mich diese eigentlich schweren, von Selbstzweifel und Angst durchzogenen Lieder keineswegs hinunter, im Gegenteil, ich konnte lauthals dazu mitgrölen, in welcher Verfassung ich mich auch immer befand. Denn das ist es, was Musik mit uns machen sollte, uns ganz tief unten treffen. Und dann ist es auch egal, ob es sich um Schlager, Country oder Punkmusik handelt. Wenn es jemand schafft, seine und deine Gefühle in den gleichen Rhythmus zu packen, dann macht das glücklich.

Und Nick Cave ist mein Gott des Glücklichmachens.

Ding, ding, ding … klopfte ich auf die Klingel auf dem Tresen des Hotels in dem kleinen Fischerdorf Vitt. Dem einzigen Hotel in Vitt mit seinen paar Handvoll Einwohnern. Ein Wunder, dass es überhaupt ein Hotel gab. Wobei die Bezeichnung „Hotel" weit hergeholt ist, Pension beschreibt es da besser.

„Einen Moment, bitte", trällerte es freundlicher, als ich nach meiner Klingelarie erwarten durfte, aus dem Hinterzimmer der Rezeption. Und drei Sekunden später stand eine von Ohrläppchen zu Ohrläppchen grinsende, füllige Mittfünfzigerin vor mir und sah mich mit treudoofem Augenaufschlag an. Ihre Haare sahen aus wie frisch geschleuderte Zuckerwatte. Das Make-up war rundherum ein bisschen zu viel. Das Gesicht ein wenig zu verquollen und die Klamotten viel zu trutschig für meinen Geschmack. Eine Brille hing an einer goldenen Kette um ihren Hals, und die Fingernägel glänzten in frischem Rot. Ich hatte sie sofort in mein Herz geschlossen und meine Übellaunigkeit tat mir leid.

„Wie darf ich Ihnen helfen?", fragte sie höflich und offensichtlich verzückt über meine Anwesenheit.

„Ich, äh …", wollte ich ansetzen, doch sie unterbrach mich.

„Sie brauchen ein Zimmer, richtig? Natürlich, weshalb sonst sollten Sie zu uns kommen? Lassen Sie mich Ihnen versichern, Sie haben die richtige Wahl für einen

Aufenthalt in unserem schönen Dörfchen getroffen. Nicht, dass es viel mehr Auswahl gäbe", kicherte sie, „aber es wird Ihnen hier an nichts, was Sie brauchen, fehlen. Wie lange gedenken Sie zu nächtigen?", fragte sie schließlich grinsend überspitzt. Verwirrt und erschlagen von so viel guter Laune und Höflichkeit brauchte ich einen Moment, um mich zu sammeln.

„Nun, ich weiß noch nicht so genau. Vielleicht erst einmal drei Tage?"

Sie sah mich vor Neugier ergriffen von unten her an. „Sie sind wegen der Morde hier, richtig? Sind Sie Polizist? Nein, warten Sie, Anwalt? Nein, sagen Sie nichts, ich entschuldige mich, das geht mich nichts an. Sie sind nur Gast hier und Sie sollen es gut bei uns haben, der Rest wäre unprofessionell", schob sie mit ausgestreckter Brust und betont ernst hinterher. „Aber wenn Sie Informationen benötigen", flüsterte sie dann, „fragen Sie ruhig. Ich kenne hier jeden und weiß immer, was läuft."

„Danke", antwortete ich „erst einmal nur ein Zimmer."

„Natürlich. Sie sehen aus wie ein Mann, der Seeblick schätzt. Ich gebe Ihnen unser bestes Zimmer im ersten Stock, da haben Sie es nicht weit nach oben und einen wunderbaren Blick auf den Ozean."

Sie drehte sich zum Schlüsselbord, zog einen Schlüssel vom Haken, wirbelte wieder herum und legte ihn mir hin.

Dann sahen wir uns an. Fragend. Schweigend. Bis ich nachgab.

„Benötigen Sie einen Ausweis oder eine Anzahlung?"

„Nein, Liebchen, das machen wir morgen. Ruhen Sie sich erst einmal aus. Ups, Entschuldigung, schlechte

Angewohnheit. Ich nenne jeden, *Liebchen*, bitte nicht respektlos verstehen."

„Schon in Ordnung. Finde ich gut. Hat mich lange niemand mehr so genannt." Ich nahm mir den Schlüssel und wollte gehen, da schob sie nach:

„Zimmer 101, und für Sie würden mir noch viele Namen mehr einfallen", und zwinkerte mir zu.

„Tun Sie sich keinen Zwang an, ich kann ne Menge aushalten."

Ich stieg die quietschenden Holzstufen hoch in das Obergeschoss. Der dicke Teppich dämpfte meinen Gang, sodass kein Widerhall meiner Schritte zu hören war. Ich schloss 101 auf und trat ein. Schmiss meine Tasche auf das Bett und ging geradeaus auf das Fenster zu. Es war bereits dunkel und der fast volle Mond spiegelte sich im wellenlosen Wasser. Ein Leuchtturm warf sein Licht in regelmäßigen Zyklen über die Bucht auf die See und vereinzelte Bootsleuchten wippten draußen auf dem Meer. Es ist schon komisch, oder? Aber wenn ich das Meer sehe, kehrt unmittelbar Ruhe ein. Dann fühle ich mich, als würde ich hierhergehören und nirgendwo anders hin. Als wäre Berlin nur eine Notlösung, gezwungenermaßen, weil zufällig dorthin verschlagen und ein Leben aufgebaut. Geht Ihnen das auch so?

Ich stand eine Weile im Dunkeln und starrte aus dem Fenster, dann verließ ich das Zimmer wieder, ohne auszupacken. Lief die Treppe hinab, aus der Tür und auf die Straßen von Vitt. Ich wollte den Ort des Verbrechens sehen, das *Zum Smutje*.

Vitt war eine Ansammlung von Häusern mit roten und blauen Fensterläden, mit Reetdächern und dicken

Mauern, die auf einer Wiese wild durcheinandergewürfelt worden waren, wie von Tolkien inszeniert. Schotterwege mit Holzzäunen, abgegrenzt von Büschen und Gräsern. Ein schmaler Holzsteg der gut fünfundzwanzig Meter weit ins Meer hineinragte und an welchem kleine Segel- und Motorboote befestigt waren, deren weiße und blaue Farben bereits abblätterten. Nördlich wuchsen die Klippen in Richtung Kap Arkona immer weiter an und endeten am letzten Zipfel von Rügen gleich gegenüber von Bornholm. In südöstlicher Richtung war ein langer Kieselstrand, der ins Endlose zu verlaufen schien. Von hinten, durch hohe Dünen vor Landwind geschützt und von vorne durch riesige Findlinge, die die hereinschlagenden Wellen brechen sollten.

Das *Zum Smutje* war eine von zwei Kneipen im Dorf, die ältere der beiden, es lag außerhalb des Haufens Häuser, die sich in der Uferschlucht tummelten, um vom Festland kommend nicht gefunden zu werden, und war gleich am Ozean gelegen. Nach ihm kam nur noch der Bootssteg, dann das Wasser. Als ich dort ankam, fand ich nur ein stummes, totes Gebäude vor. Die Türen waren versiegelt, die Fenster geschlossen und innen alles dunkel. Ich konnte nichts erkennen. Sah mir das Gebäude von außen an. Es gab zwei Türen. Der Haupteingang war in Richtung Dorf gerichtet und ein Nebeneingang zum Wasser hin gelegen. Die Türen waren aus schweren Hölzern mit massiven, schmiedeeisernen Schlössern. Ein kräftiges Rütteln an der Vordertür ließ sie nur müde lächeln, aber keinesfalls auch nur leicht zucken. Die Hintertür war mit zwei Brettern vernagelt und mit Flatterband abgeklebt. Der Rahmen und die Tür waren auf

Höhe des Türschlosses gesplittert, offensichtlich wurde sie aufgebrochen. Die Fensterrahmen waren nicht minder kompakt und die Verglasung dick wie Bullaugen. Das Walmdach war spitz, aber flach gehalten, die Mauern dick wie Unterarme lang. Ein Haus, gebaut, um Wetter und Gezeiten zu überstehen.

Ich blieb eine Weile stehen und bestaunte die Robustheit und komplexe Beschaffenheit des Gebäudes, zur Anpassung an die äußeren Umstände. Ich war mir sicher, dass sich die Perfektion des Schlichten, Funktionalem innerhalb der Mauern und Türen fortsetzen würde, und wünschte, dass ich hineinkönnte, jetzt, allein, im Dunkeln, um den Ort und seine Geheimnisse auf mich wirken zu lassen. Es war ein mystischer Moment.

Dann fiel mir ein:
Ein weiterer Tag in Abstinenz.
Hätte ich fast vergessen.

Das hatte mich richtig erschrocken, doch hier draußen am Meer, raus aus dem Berliner Smog, hatte ich das Gefühl, dass die klare, frische Luft mir meinen Verstand freipustete und ich mich so weit unter Kontrolle hatte, dass ich ein kleines Wagnis eingehen konnte.

Es gab eine zweite Kneipe im Dorf und es zog mich dorthin wie ein spielendes Kind im Hochsommer zum Eiswagen. Ich sagte mir, um Informationen zu bekommen, Stimmung aufzusaugen und Kontakt herzustellen. Ein wenig war dies auch der Fall, doch zu leugnen, dass mich ein kaltes, frisch gezapftes Blondes mit einem, vielleicht sogar nach altem Dorfrezept selbstgebrauten, kurzen Klaren nicht ebenso gereizt hatte, wäre glatt gelogen. Und anlügen möchte ich Sie auf gar keinen Fall. Also stapfte ich den Weg hinauf zur Dorfmitte, durch eine kühle Ostseenacht zur verbliebenen Tränke im Zentrum der Gemeinde.

Es war ein Reihenmittelhaus. Weiß getüncht mit dick grün gestrichener Eingangstür und Fensterläden. Ich trat ein und sah genau das, was ich erwartete. Rechts ein Tresen aus dünnem Weichholz, fünf Barhocker davor und mit spärlich besetzter Schnapsunterstützung in den Regalen an der Wand. Die Bierzapfanlage offenbarte sofort, womit man es zu tun bekam. Einer Sorte ohne Wenn und Aber. Links im Raum sechs Tische mit je vier Stühlen. Trostlos und deutlich zu erkennen, dass es mächtig an Konkurrenz mangelte. Fünf Besucher, alles Männer - *na toll*, dachte ich -, waren in der Kneipe. Der Wirt, ein Mann auf einem Hocker an der Bar und drei weitere gemeinsam an einem Tisch, offensichtlich beim Kloppen von Skat. Ich setzte mich. Der Wirt kam und fragte:

„Was darf's sein?"

„Ein großes Bier und einen Klaren, danke!"

Und er stapfte davon. Der Mann an der Bar drehte sich auf seinem Hocker um und sah mich an. Das Bier und der Schnaps kamen. Ich war voll fokussiert, wie im Tunnel. Nahm die blonde, kühle Schönheit und trank in ganz großen Schlucken. Setzte ab, atmete tief durch und zog mit dem kleinen Klaren nach. Nach der Kälte ein warmer Segen.

„Durst?", fragte der Mann auf dem Barhocker. Ich schätzte ihn auf Anfang sechzig. Circa einen Meter fünfundsiebzig groß, war schwer zu sagen so sitzend. Er hatte einen kurz geschorenen Igelkopf, mit schütterem Haar. Rote Wangen, eine knollige Nase, kleine, eng beieinanderstehende stechend blaue Augen und vom Wetter gegerbte, faltige Haut. Insbesondere seine Stirn hatte Furchen wie Winterreifen, hier hätte man einen Pfennig drin verstecken können. Ich schätzte, dass er Fischer war, zumindest hatte ich mir genau so immer einen Fischer vorgestellt.

„Fast ausgetrocknet", antwortete ich.
„Machen Sie Urlaub?"
„Nicht wirklich."
„Und unwirklich?"
„Bin ich auf der Suche."
„Aha."

Er sah mich weiter an und ich war bereits leicht genervt von seiner Neugier und befürchtete weitere Fragen und damit Ablenkung vom Wesentlichen.

„Nun, dann wünsche ich Ihnen viel Glück", hob er aber dann sein Glas zum Gruß und drehte sich wieder um. Ich hob meines und leerte es auf sein Wohl in einem Zug. Und mit der Bewegung, um es auf dem Tisch abzustellen, orderte ich beim Wirt nach. Der Mann an der Theke blieb nur noch eine kurze Weile sitzen, fragte nichts mehr und sagte nichts mehr. Dann stand er auf, nickte mir beim Rausgehen knapp zu und ich leerte bereits meine dritte Kombination.

Als ich am nächsten Morgen aufwachte, fühlte ich mich wie neugeboren. Ich hatte tatsächlich nach meiner dritten Runde Schluss gemacht, war zurück in die Pension gegangen und mächtig stolz deswegen auf mich. Sie fragen sich, warum? Stellen Sie sich vor, Sie hätten Diego

Maradona sagen müssen, er solle am Sechzehnmeterraum aufhören, Fußball zu spielen ...!

Ich bin in das Bett und habe mich gefühlt wie in Wolken eingewickelt. Hat keine Minute gedauert und ich war weg. Um zehn nach neun hat die Pensionswirtin an meine Tür geklopft:

„Ääh, Herr Mulder? Frühstück gibt es nur bis neun, ich müsste jetzt abräumen."

Herr Mulder?, dachte ich. Was war denn aus *Liebchen* geworden?

„Nein schon gut, ich brauche heute kein Frühstück, danke!"

„Sind Sie sicher? Dann räume ich jetzt ab?"

„In Ordnung, danke noch einmal!"

Kurzes Schweigen, dann:

„Soll ich Ihnen vielleicht ein Butterbrot schmieren? Mit Leberwurst? Vielleicht für gleich auf die Hand?"

Gott, es war verdammt schwer, mit so viel Freundlichkeit umzugehen, wenn man selbst so rotzgenervt ist.

„Nein, wirklich nicht, vielen Dank, ist schon gut so."

„Nun, na ja, in Ordnung, wenn Sie etwas brauchen, sagen Sie es bitte."

„Mhmm."

Und Ruhe.

Ich hatte seit Jahren nicht so gut geschlafen und seit meiner Kindheit gefühlt das erste Mal wieder durch. Das wollte ich jetzt immer so machen. Drei Bier, drei Klare und dann schlafen wie ein Baby. Ich hätte Bäume entwurzeln können. Nahm eine Dusche, schlüpfte in die Klamotten und tänzelte die Treppe hinunter. Auf halbem Weg kam mir ein Mann entgegen. Mitte, Ende dreißig.

Schwarzes Haar, mittellang und wellig, nach hinten gebürstet. Schwarzer Stoppelbart. Leicht getönte Hautfarbe, eine große, spitz zulaufende Nase, eng beieinanderstehende Augen und ein voller spitzer Mund. Er sah aus wie ein Wiesel.

„Guten Morgen", grüßte er freundlich.

„Morgen!", grüßte ich zurück. Wollte gerade aus der Haustür raus, da rief mir Frau Wolters, die Wirtin, hinterher:

„Herr Mulder?"

Ich blieb stehen und drehte mich auf dem Absatz um.

„Hören Sie, Liebchen ..."

Aha!

„... wenn Sie noch einen Kaffee oder ein Brötchen haben möchten, gehen Sie doch hoch zum Laden, die haben immer einen frisch aufgebrüht und immer einen Happen zu essen."

„Vielen Dank, das mache ich."

Der *Laden* war so ein typischer kleiner Tante-Emma-Laden mit zusätzlich noch zwei Stühlen und einem kleinen Tisch vor dem Ladenfenster zum Hinsetzen. Ich trank einen Mokka-Fix-Gold Kaffee und aß eine Scheibe Weißbrot mit Erdbeermarmelade. Dann ging ich zum Polizeirevier, welches gleich gegenüber der Kneipe von gestern Abend lag. Es war ein kleines frei stehendes Haus. Links die Eingangstür mit „Polizei"-Schild darüber und rechts ein zweiflügeliges Fenster. Ich trat ein. Rechts gleich ein Tresen. Eine Dame mittleren Alters saß an einem Schreibtisch, der unter dem Fenster stand, tippte konzentriert einfingrig auf einer alten Schreibmaschine herum und fluchte dabei.

„Guten Morgen", sagte ich.

Sie schreckte kurz zusammen, drehte sich mir dann zu und lächelte von einem überdimensionalen, runden Ohrring zum anderen.

„Schätzchen, haben Sie mich erschreckt", sagte sie und hielt sich die Hand auf ihre Brust.

Erst *Liebchen* und jetzt *Schätzchen*? So hatte mich niemand mehr seit meiner Kommunion an einem Tag genannt. Was war das nur hier mit den Frauen? Versuchten sie die Grantigkeit ihrer männlichen Mitbewohner durch übertriebene Herzlichkeit auszugleichen? War mir egal. Ich genoss es.

„Jetzt muss ich mich erst mal sammeln. Das ist wirklich selten, dass hier jemand einfach so hereinschneit. Und ich bin ja auch nur drei halbe Tage in der Woche hier, wissen Sie? Mache ich alles freiwillig, nur um Wachtmeister Jansen zu unterstützen, der arme Kerl ist ja ganz alleine hier und muss sich um alles kümmern. Nicht, dass jetzt sonderviel los ist, aber hin und wieder schon, und es gibt ja auch Routinen ...", plapperte sie in einem fort.

Freiwillige Helfer der Volkspolizei! Da zog sich bei mir erst einmal alles zusammen. Ich konnte diese Typen nicht leiden. Meistens waren es übermotivierte Dümmlinge, die von der VoPo genutzt und, vor allen Dingen, ausgenutzt wurden. Normalerweise trugen sie rote Armbinden, die mit Polizeistern und *Helfer der Volkspolizei* deklariert waren, und standen bei Routine-Fahrzeugkontrollen oder gezielten Fahndungen der VoPo bei. Doch meistens trugen sie die Armbinde eben auch nicht und hielten sich dann für so etwas wie Geheimpolizisten.

Permanent schnüffelten sie herum und versorgten die VoPo mit unnützen Informationen über Nachbarn, Freunde und sogar ihre Familie. Echte Ratten. Klar gab es auch einige, die es aus ehrlicheren Gründen taten, Karriere oder um wahrhaftig zu helfen, doch das waren die wenigsten. *Miss Moneypenny* hier trug keine Armbinde.

„Sie fragen sich, wo meine Armbinde ist!", riss sie mich aus den Gedanken und überrascht über die Frage antwortete ich.

„Eigentlich, woher Sie diese wunderschöne Schreibmaschine haben? Eine Olympia Elite, wie hat die hier überlebt?"

Sie hob eine Augenbraue, schaute dann kurz zurück auf die Maschine und antwortete.

„Ja, eine tolle Qualität. Stand schon immer hier. Da hat sich nie jemand für interessiert. Dafür sind wir hier zu unwichtig. In Stralsund oder Greifswald werden Sie so etwas sicher nicht mehr finden, da sind sie alle konfisziert und durch volkseigene ersetzt worden. Eine Schande", sinnierte sie kurz vor sich hin. „Die Armbinde habe ich nie getragen, weder vor noch nach dem Mauerfall. War mir zu nazimäßig. Ich wollte immer nur Wachtmeister Jansen ein wenig unter die Arme greifen und mich nützlich machen."

„Aha", antwortete ich ehrlich desinteressiert, denn es scherte mich wirklich nicht die Bohne, was ihre Beweggründe waren. Und glauben tat ich ihr ohnehin nicht. Ist zwar traurig, aber das ist eine der Lehren, die einem das Leben in diesem Land beigebracht hatte: „Traue niemandem!"

Ganz schön Kacke, oder? Bin ernsthaft gespannt, ob das noch mal zu korrigieren ist. Bezweifle ich schwer. Unsere Generation ist verhunzt, was das angeht. Hoffentlich geht es der nächsten mit der Öffnung zu unseren westlichen Geschwistern hin besser. Keine Ahnung, wie das bei denen läuft. Sollte es ähnlich sein, sind wir wohl alle ziemlich am Arsch.

„Nun", fuhr sie fort, „wie darf ich dem großen, hübschen Mann denn weiterhelfen?"

Ich wollte mich schon umdrehen und schauen, ob noch jemand eingetreten war, doch sie meinte offensichtlich mich, denn sie sah mir fest in die Augen und grinste verführerisch.

Ich musste leicht räuspern, um mich kurz zu sammeln - was sie belustigte -, und bat darum, Wachtmeister Jansen sprechen zu dürfen.

„Das wird kein Problem sein", antwortete sie, trat hinter ihrer Theke vor und schritt zur nächsten Tür gleich rechts. Sie trug ein enges, geblümtes Kleid, das ihr bis knapp an die Knie fiel. Gegen jeden Widerstand in mir begutachtete ich sie kurz von hinten von oben bis unten. Ihre wohligen Rundungen hüpften und tanzten bei jedem Schritt, den sie ausführte, unter dem dünnen Stoff erfreulich auf und nieder. Ihre Waden und Fesseln waren grazil und schlank, was es mir nicht leichter machte, sie zu ignorieren. Und in dem Moment, wo sie an die Tür trat, schnellte ihr Kopf herum und ertappte mich. Rasch sah ich auf und ihr in die Augen. Sie grinste einseitig und klopfte an.

„Ja" kam es aus dem Zimmer. Sie öffnete die Tür und blieb im Rahmen stehen.

„Da wünscht Sie jemand zu sprechen".
„Aha, und wer ist das?"
„Ich weiß nicht, hat er nicht gesagt."
„Und was will er?"
Sie zuckte mit den Schultern.
„Danke, Rosi, gut, dass ich Sie habe. Schicken Sie ihn rein."
Sie trat aus dem Rahmen und scheffelte mich mit ihrer rechten Hand in den Raum. Vor mir saß der Kerl von gestern Abend aus der Kneipe. Nur in Hemd und Krawatte. Die grüne Uniformjacke hing an einem Kleiderständer in der Ecke. Vor ihm ein Schreibtisch, vollgeladen mit Akten, Papieren, einer Optima S6001 Schreibmaschine, einem vollen Aschenbecher und einer Tasse Kaffee. Ich hielt auf ihn zu, reichte ihm meine Hand zur Begrüßung entgegen und stellte mich vor.
„Oberleutnant Benedikt Mulder, guten Tag."
Er stand auf, nahm meine Hand, schüttelte sie und schien ähnlich überrascht zu sein wie ich.
„Oberleutnant?", fragte er, zeigte auf den Stuhl vor seinem Schreibtisch und setzte sich wieder hin. Ich tat es ihm gleich.
„Danke, Rosi", wiederholte er. Ich sah mich zu ihr um. Sie trat aus dem Zimmer und bevor sie die Tür schloss, warf sie mir noch den Hauch eines Lächelns in den Raum.
„Oberleutnant von was?", fragte Jansen.
„MUK", antwortete ich und schob „… Ostberlin" nach.
„MUK-Ostberlin?", fragte er dann überrascht. „Was wollen Sie hier?"
„Ich komme wegen des Mordfalls in der Kneipe unten an der See."

„Sie meinen das *Zum Smutje?*"
„Richtig."
„Und Sie kommen extra aus Berlin dafür hierher?"
„Wieder richtig."
„Aber es waren schon Kollegen aus Stralsund und Greifswald und Spurensicherung extra aus Rostock hier, was wollen Sie denn jetzt noch?"
Das war eine gute Frage.
„Verstärkung", antwortete ich knapp.
Jansen stutzte kurz, blieb aber ruhig und fragte dann: „Wie kann ich Ihnen denn helfen?"
„Erzählen Sie mir, was passiert ist."
„Haben Sie die Kollegen nicht auf Stand gebracht?"
„Doch schon, aber ich würde es gerne von Ihnen hören, so ganz von vorne noch einmal", versuchte ich zu erklären. „Sie wissen schon, von dem Mann der zuerst vor Ort war. Aus erster Quelle. Ohne fremde Interpretationen."
„Es gibt Aussagen von mir auf Band, mit Abschriften und meinen Bericht, kennen Sie den nicht? Da gibt es nicht viel zu interpretieren."
Langsam gingen mir die Ausreden aus.
„Doch selbstverständlich", sicherte ich ihm zu und zwang mir ein gekünsteltes Lächeln aus den Backen, „ich würde es trotzdem gerne von Ihnen persönlich hören."
Er lehnte sich in seinen Stuhl zurück und sah mich lange an. Doch damit konnte er mich nicht nervös machen, das hatte ich viel besser drauf als er. In meiner Vorbereitung auf die SEKTP war das ein wesentlicher Bestandteil der Ausbildung. Wir wurden darauf geschult, uns mit Menschen zu messen, die sich in ihrem Leben und unserer Gesellschaft durchgesetzt hatten. Wir

mussten den größten Alphatierchen in unserem Staat überlegen sein. Frauen und Männer einschüchtern und überführen, die Selbstsicherheit und Schutz genossen wie Achilles im Olymp. Persönlichkeiten, die das Land lenkten und führten, Geheimnisse entlocken, die ihnen ihre Existenz zerstören könnte, da kam Jansen mit seinen Amateurtricks nicht weit bei mir.

Ich blieb entspannt und schließlich fragte er:

„Gibt es ein Führungsdokument?", und schwups, hatte er mich doch. Ohne Führungsdokument, das die offizielle Zusammenarbeit zwischen zwei Behörden oder verschiedenen Wachen befehligte, durfte er mich nicht einmal auf seine Toilette lassen. Und ich hatte natürlich im Vorfeld darüber nachgedacht, dass diese Frage kommen könnte, doch insgeheim gehofft, dass das Landei sich von meinem Hauptstadtbullengehabe beeindrucken lässt und dabei vergisst, nach einem entsprechenden Dokument zu fragen. Hatte er aber dummerweise nicht und ich musste reinen Tisch machen, es gab keine Alternative. Na ja, zumindest halbreinen Tisch. Und zuerst versuchte, ich auch noch ein wenig abzulenken.

„Doch kein Fischer", sagte ich.

„Wie bitte?"

„Gestern Abend, in der Kneipe, als ich Sie das erste Mal gesehen habe, da hätte ich drauf gewettet, dass Sie ein Fischer sind, oder waren."

Ich wartete auf eine Reaktion von Jansen, ein Lächeln oder wenigstens Empörung, doch es kam gar nichts.

„Hab ich mich wohl getäuscht", schob ich nach.

„Offensichtlich."

„Passiert mir nur selten."

Jansen blieb dann weiter ruhig. Small Talk war nicht sein Ding, musste ich feststellen und hatte großes Verständnis dafür, meines nämlich auch nicht. Und auch wenn ihn das dann sympathischer machte, half mir das leider nicht weiter, denn er blieb stumm und wartete sichtlich auf eine Erklärung von mir, so gab ich schließlich nach.

„Okay, Sie haben mich erwischt, es gibt kein Führungsdokument. Der vermeintliche Täter ist der Lebenspartner einer guten Freundin von mir und Sie hat mich gebeten, mir die Sache einmal anzuschauen und zu prüfen, ob ich etwas für ihn tun kann."

Er sah mich weiter an, wirkte nicht geschockt oder so, doch etwas ratlos.

„Es gibt kein Führungsdokument?"

„Nein."

„Und Sie kennen den Anwalt, der verhaftet worden ist?"

„Nicht persönlich, aber seine Freundin."

„Weiß Ihr Vorgesetzter, dass Sie hier sind?"

„Äh nein, ich bin quasi auf Urlaub."

„Also sind Sie nicht offiziell hier?"

Verdammt, dachte ich und antwortete: „Nein."

„Dann kann ich Ihnen auch nicht weiterhelfen."

„Hören Sie, ich will doch erst einmal nur wissen, was passiert ist, einen groben Ablauf. Das, was mir jeder Eingeborene drüben in der Kneipe erzählen könnte, nur ohne Firlefanz hinzugedichtet, mehr nicht. Ich weiß bislang so gut wie überhaupt nichts, nur die Tatsache, dass es in der Kneipe *Zum Smutje* am vierten Mai einen Mord gegeben haben soll und Anwalt Philip Eichstädt diesbezüglich verhaftet worden ist."

Er starrte mich nur an.

„Das mit den Eingeborenen tut mir leid, war nicht so gemeint", entschuldigte ich mich noch schnell und sah ihn mit meinen hundemäßigsten Augen an, die ich draufhatte. Nach qualvoll langen Sekunden antwortete er.

„Viel mehr gibt es auch offiziell nicht. Philip Eichstädt hat, nach momentanem Stand der Ermittlungen, in der Nacht vom vierten auf den fünften Mai im Wirtshaus *Zum Smutje* aus bisher noch ungeklärten Gründen drei Menschen erschossen. Edgar Walls, Wirt und Inhaber des *Smutje*, einen Anwohner und Gast an dem Abend im Wirtshaus, Adrian Kint, und einen Fremden aus Lubmin, einem Dorf auf dem Festland, circa 100 Kilometer von hier entfernt, sein Name war Bernhard Lotzo. Das war's so weit."

„Drei Tote?", fragte ich echt schockiert, niemand hatte bisher etwas von drei Toten gesagt, und dachte: *Verdammt, Grete, ernsthaft jetzt, das hast du mir verschwiegen? Na toll!* Und schlagartig wurde mir klar, dass das komplizierter werden würde, als ich mir vorgestellt hatte. Doch ich sammelte mich schnell wieder, denn ich wollte Wachtmeister Jansens Redseligkeit nicht verpuffen lassen.

„Wer hat den Mord gemeldet?", fragte ich hektisch hinterher und dann gleich noch: „Ist Eichstädt am Tatort verhaftet worden? Hat er gestanden? Hat jemand die Morde beobachtet?" Mann, in was hatte Grete mich da bugsiert, sie sagte, dass es kompliziert werden kann, aber drei verdammte Morde? Ich war für den Moment kurz davor, in den Sack zu hauen, doch ich hatte es Grete versprochen und, noch viel wichtiger, ich benötigte einen Anwalt für Sarah.

„Diese Fragen kann ich Ihnen nicht beantworten, das ist alles Umfang der Ermittlungen und darf offiziell nicht weitergegeben werden, Sie verstehen das."

„Und inoffiziell?", neigte ich ihm meinen Kopf leicht zu und zog verschwörerisch eine Augenbraue hoch, doch das war die vollkommen falsche Frage zur falschen Zeit.

„Sie sollten jetzt gehen", antwortete er mir sachlich. Doch ich blieb erst einmal sitzen und versuchte zu verdauen. Drei Morde, verdammt, wie konnte Grete in etwas mit drei Morden verwickelt sein? Das war doch nicht möglich. In meinem Hirn ratterte es. Es waren viel zu wenig Informationen für so eine Situation. Ich hatte eine Million Fragen, die in mir aufpoppten.

„Oberleutnant Mulder?", weckte mich Jansen aus meiner Tagtraumverzweiflung. „Ich kann Ihnen nicht weiterhelfen. Ohne ein offizielles Führungsdokument oder irgend sonst einer Vollmacht, darf ich Ihnen keine weiteren Informationen geben. Wenn Sie sonst nichts mehr haben? Ich muss mich noch um eine Menge anderer Dinge kümmern." Und zeigte zur Tür.

Eine Vollmacht? Und kling!!! Kam mir eine Idee.

„Danke", sagte ich, „wir sehen uns noch", und verließ die Wache. Ich lief zurück in die Pension und bat Frau Wolters darum, telefonieren zu dürfen.

„Oh, Herr Mulder, schon zurück? Natürlich, Sie können gleich das Telefon hier in der Rezeption nehmen."

Es klingelte dreimal, dann hob Grete ab. Bevor sie ihren Namen ausgesprochen hatte, fiel ich ihr ins Wort.

„Du hast nicht erzählt, dass es sich um drei Morde handelt." Kurze Stille.

„Ich hatte Angst, dass du ablehnst oder voreingenommen bist. Glaub mir, er ist ein guter Mann, er würde so etwas niemals tun."

„Ich hätte nicht abgelehnt, aber mich vielleicht ein bisschen besser vorbereitet."

„Tut mir leid."

„Ist egal jetzt. Hör zu, ich komme inoffiziell nicht wirklich weiter. Bei drei Morden' lassen die mich hier ohne entsprechende Bevollmächtigung nicht einmal etwas schräg angucken, was mit dem Fall zu tun haben könnte, und mein Plan, sie mit imponierendem Großstadtbullengehabe zu beeindrucken und abzulenken, funktioniert so gar nicht. Der Wachtmeister ist ein harter Brocken, aber ich brauche dringend interne Informationen, sonst kann ich gleich wieder abreisen und dass es sich um einen Dreifachmord handelt, macht es nicht einfacher, also musst du mir helfen. Wird Eichstädt von einer Kanzlei vertreten oder vertritt er sich selbst?"

„Nein, ist das überhaupt möglich? Nein, er wird von einer Kanzlei aus Stralsund vertreten."

„Das ist gut. Du musst Folgendes für mich tun …"

Nach dem Telefonat ging ich zurück ans Meer und begutachtete das Wirtshaus *Zum Smutje* noch einmal von außen. Die Kompaktheit und Robustheit des Gebäudes fielen mir sofort wieder auf. Das Reetdach hing tief über die Außenwände hinaus. Es war wie eine verhangene, fest verschlossene Truhe. So, als wollte es auch gerne übersehen werden. Es hatte etwas Mystisches, ein altes

Piratenloch, wo es sich in kleinen dunklen Ecken bei Kerzenschein gut verstecken ließ. Eine alte Schmugglerbude.

Ich lief dann noch für etwa zwei Stunden den Strand entlang. Die Sonne stand hoch über der Halbinsel und versengte mir langsam den Nacken. Ich ließ meine Gedanken schweifen und dachte an alles und nichts. Blieb immer wieder stehen und blinzelte durch die gebrochenen Lichtstrahlen auf das Meer hinaus. Rhythmisch schlugen die zarten Wellen einer ruhigen See am Strand auf und brachen schnell. Ein Kribbeln breitete sich in meinen Eingeweiden aus und ich definierte es als Fernweh. Ich wünschte mir, ich hätte die innere Ruhe gehabt, ewig dort am Strand stehen zu können um all das, genauso, wie es war, weiter in mich aufzusaugen, einzupacken und mitnehmen zu können, aber ich hatte ja Dinge zu erledigen und die konnten nicht warten.

Ich lief zurück zum Dorf und in die Kneipe vom Vorabend. Wie hieß sie noch gleich? *Störtebeker*, richtig. Bestellte Kaffee und Suppe mit Brot. Wartete bis kurz vor siebzehn Uhr und machte mich dann zurück auf die Wache. War ja nur quer über die Straße. Wachtmeister Jansen erwartete mich bereits. Rosi war nicht mehr da gewesen und die Tür zu Jansens Büro stand offen. Ich trat ein und setzte mich. Jansen nahm ein Fax, das vor ihm auf dem Tisch gelegen hatte, hoch und fragte mich:

„Wie haben Sie das denn so schnell hinbekommen?"

„Ich habe Beziehungen."

„Das ist sogar von Eichstädt persönlich unterschrieben worden, da mussten sich aber ein paar Leute richtig sputen."

Ich nickte nur selbstsicher.

„Beeindruckend. Also, Herr Mulder, da Sie nun offizieller Vertretungsbevollmächtigter der Anwaltskanzlei Simon sind …", er griff nach unten und überreichte mir eine Akte, „… hier meine Ermittlungsakte, darin finden Sie meine Notizen, das wird Ihnen alles so weit erklären. Wenn Sie mehr brauchen oder wünschen, müssen Sie sich leider an die Kollegen in Stralsund wenden, die haben den Rest mitgenommen."

Ich nahm die Akte, sah sie kurz an und legte sie ihm wieder auf den Tisch.

„Wie wäre es, wenn Sie mir erzählen, was passiert ist, mit Ihren Worten."

Jansen lehnte sich in seinem Stuhl zurück und sah mich an. Er hatte nicht gleich auf die Tür gezeigt und „Verpissen Sie sich, Mulder" gesagt, was ich als gutes Zeichen interpretierte. Sein Blick blieb offen und leicht interessiert. Er wollte wissen, was jetzt von mir kommt, mich austesten, sehen wie ich ihn für mich gewinnen wollte. Ich versuchte es mit einer massiven Schleimattacke.

„Sehen Sie, Jansen, ich erkenne doch, dass Sie ein erfahrener Hund sind. Sicher waren Sie nicht Ihr Leben lang in diesem Kaff hier. Ich wette, Sie kommen von woanders her. Haben viel erlebt, viel gesehen und wollten es jetzt auf Ihre späten Tage ein wenig ruhiger angehen lassen. Dann passiert der Mord und diese ganzen hochnäsigen Großstadtfuzzis fallen hier ein, um Sie wie den letzten Dorftrottel zu behandeln. Doch Sie haben gute Polizeiarbeit geleistet, bis Sie übergeben mussten. Haben alles genau nach Vorschrift gemacht. Ihre Aussagen getätigt, die Beweise abgegeben und alles erzählt, was

Ihnen zu dem Fall einfällt, richtig?" Und lächelte ihn schräg an. Jansen sagte nichts.

„Doch ich wette, da gibt es noch etwas, Kleinigkeiten, die in Ihnen rumoren. Ungereimtheiten, die Sie nicht angesprochen haben, weil Sie wussten, dass das von denen eh keiner von Ihnen hören will, und vielleicht wollten Sie sie auch ein bisschen vorführen. Wollten sehen, ob die Bürschchen tatsächlich so clever sind, wie sie tun, und es ihnen auffallen würde", schoss ich maßlos übertrieben ins Blaue. Wo kam nur all der Scheiß auf einmal her? Zu viel Inspector Columbo geschaut.

„Gar nicht schlecht", antwortete Jansen daraufhin, „ist zwar alles Blödsinn, aber spontan so etwas rauszuhauen …, Respekt. Sie sollten Schriftsteller werden."

„Danke!", sagte ich und blieb sitzen. Jansen blieb auch sitzen. Immer noch kein Rausschmiss. Langsam wurde ich misstrauisch. Vielleicht wollte er mir ja tatsächlich seine Sicht der Dinge erzählen.

„Kommen Sie schon, Jansen, wenn ich jetzt extra nach Stralsund zu den Kollegen fahren muss, kostet mich das mindestens einen Tag, eher länger. Wer weiß, wann sich da einer für mich Zeit nimmt, damit ich meine Fragen stellen kann. Tun Sie mir den Gefallen und erzählen Sie mir, was passiert ist, dann geht das Abendessen heute auf mich."

Und ich hatte ihn. Ich sah es in seinen Augen. Er blieb zwar noch ruhig zurückgelehnt in seinem Stuhl, aber ich wusste, dass er nachgeben würde. Doch das zeigte ich ihm nicht. Ließ meinen Hundeblick noch ein wenig einwirken. Dann kam er nach vorne und lehnte sich auf seinen Schreibtisch, seufzte aufgesetzt genervt und sagte:

„Okay, Mulder, was wollen Sie wissen?"
„Alles!"

Kapitel sieben

„Ich gebe Ihnen erst einmal eine kurze Zusammenfassung."

Ich nickte.

„Am fünften Mai gegen zwei Uhr klingelte mich Frau Walls, die Gattin des Wirtes und Inhabers der Wirtschaft *Zum Smutje* unten am Strand, aus dem Bett. Sie war sehr aufgeregt, stammelte etwas davon, dass ihr Mann nicht nach Hause gekommen sei, die Türen vom *Smutje* verschlossen wären, obwohl Licht innen brennt, und auf ihr Klopfen und Rufen niemand reagiert hätte. Nachdem ich sie etwas beruhigen konnte, sind wir gemeinsam zurück zur Wirtschaft runter an den Steg. Dort angekommen, musste ich feststellen, dass die Haupteingangstür verschlossen war. Ich lief zum ersten Fenster rechts der Tür, um hineinzuschauen, doch die Vorhänge waren von innen zugezogen. Ein schmaler Spalt unter den Vorhängen verriet, dass Licht in der Kneipe brannte. Ich rannte um das Gebäude herum zur Hintertür, doch diese war ebenfalls zu. Danach schritt ich alle weiteren Fenster ab, doch überall das Gleiche, die Vorhänge verdeckten den Blick auf das Innere der Kneipe. Am letzten Fenster war der Stoff ein wenig verknittert hängengeblieben und ließ eine Ecke Durchblick. Ich spinkste hinein und sah einen Fuß am Boden liegen, eilte zurück zum Haupteingang, trat gegen die Tür, doch die zuckte keinen Millimeter. Frau Walls fiel dann ein, dass sie Zweitschlüssel für das Gebäude zu Hause hätten. Ich bat sie, diese zu holen. Als sie zurückkam, versuchte ich mit den Zweitschlüsseln zuerst die Haupteingangstür und dann die Hintertür zu öffnen, doch beide Türen waren von innen zusätzlich verriegelt. Ich bat Frau Walls, bei der Kneipe zu warten, lief in mein Büro und rief die Kollegen aus Stralsund an. Dann nahm ich mir ein Brecheisen, rannte zurück zur Wirtschaft, ging zur Hintertür, brach diese mit dem Brecheisen auf und betrat das Gebäude. Frau Walls befahl ich, draußen zu bleiben. Innen glich es einem Schlachtfeld. Überall war Blut. Ein Mann, Adrian Kint, er lebte mit seiner Frau und seinen Kindern keine hundertfünfzig Meter entfernt in einem Haus am Dorfeingang, saß auf einer Eckbank links im Raum und lag vornübergebeugt auf dem Tisch vor ihm. Um seinen Kopf herum hatte sich eine große Lache Blut gebildet, die auf seine Beine und auf seine Schuhe heruntergetropft war. Er hatte eine Schusswunde am Hinterkopf. Er schaute mit weit aufgerissenen Augen in den Raum hinein. Gleich rechts auf dem Fußboden lag ein zweites Schussopfer, sein Name war Bernhard Lotzo. Wie sich später herausstellen sollte, saß er den gesamten Abend über mit Philip Eichstädt zusammen. Er hatte eine Schusswunde mitten im Gesicht, was seine Identifizierung erschwerte, zumal er keine Papiere, die ihn hätten ausweisen können, dabeihatte. Es hatte zwei Tage gedauert, bis man herausfand, wer er war. Weiter hinten im Raum gleich vor der Theke lag Edgar Walls, der Wirt des *Smutje*. Er hatte eine Schusswunde im Bauch, was nicht gleich zu erkennen war, er lag seitlich und in Fötusstellung. Ich nehme an, dass er nicht wie die anderen beiden sofort tot war, sondern noch eine zeitlang gelebt und sich vor Schmerzen zusammengerollt hatte. Neben ihm lag ein Holzprügel und vor ihm Philip Eichstädt mit einer Kopfwunde, herbeigeführt durch einen stumpfen Gegenstand. Ich stellte fest, dass Eichstädt lebte, nur bewusstlos war, aber offensichtlich schwer verletzt. Ich blieb bei ihm, bis der Notarzt kam. Kurz danach erschienen die Kollegen aus Stralsund und zuletzt Spurensicherung und Staatsanwaltschaft aus Rostock, das hat alles knappe neunzig Minuten gedauert."

„Haben Sie eine Waffe gefunden?", fragte ich.

„Ja, Eichstädt hielt eine Schusswaffe in seiner rechten Hand."

Ich musste kurz nachdenken und mir die wahrscheinlichen Schlussfolgerungen der Polizei auf Grundlage der Tatsachen zusammensetzen.

„Das heißt", fuhr ich dann fort, „Sie gehen davon aus, dass Rechtsanwalt Philip Eichstädt, Bernhard Lotzo und Herrn Adrian Kint mit einem Kopfschuss getötet hat, den Wirt Edgar Walls mit einem Bauchschuss tödlich verletzt, und bevor dieser starb, hat er Eichstädt mit einem Totschläger niedergeschlagen."

„So sehen die Kollegen aus Stralsund das."

„Sie nicht?", fragte ich erstaunt.

„Das habe ich nicht gesagt."

„Nein, aber Sie sagten, dass die Kollegen aus Stralsund das so sehen würden, woraus man schließen könnte, dass Sie das nicht so sehen."

„Ich wollte damit nur sagen, dass die Kollegen über mehr Informationen verfügen als ich und dass Ihre Schlussfolgerungen, mit denen der Kollegen übereinstimmen."

Doch da war mehr. Ich sah es in seinen Augen. Ich hatte ein untrügliches Gespür dafür, wenn Menschen mich belogen oder mir Dinge verschwiegen.

„Sie sagten, die Kneipe war rundherum verschlossen?"

„Das ist korrekt."

„Und wenn ich das richtig verstanden habe, waren die Türen von innen zusätzlich verriegelt worden, was von außen nicht möglich gewesen wäre."

„Ja."

„Nur von innen."

„So stellt es sich dar."

„Gibt es einen Keller, wo sich jemand hätte verstecken können?"

„Es gibt einen kleinen Keller, ja, aber dort hatte sich niemand versteckt."

„Woher wissen Sie das? Haben Sie nachgeschaut?"

„Ja, das habe ich."

„Sie sagten gerade, dass Sie die ganze Zeit bei Eichstädt waren, bis die Kollegen vor Ort eintrafen, wie konnten Sie dann den Keller überprüfen?"

„Nachdem ich Eichstädt in die Obhut der Notärzte gegeben habe."

„Was anderthalb Stunden gedauert hat?"

„Nein, der Notarzt war nach einer halben Stunde da."

„Sie sagten eben, es hat knappe neunzig Minuten gedauert."

„Neunzig Minuten, bis alle vor Ort waren. Der Notarzt war zuerst am Tatort, das war circa dreißig Minuten, nachdem ich angerufen hatte."

„Hätte in der Zwischenzeit, während Sie bei Eichstädt hockten, jemand aus dem Gebäude fliehen können? Sich vielleicht leise hinausschleichen?"

„Nein, das ist unmöglich. Ich habe den Hintereingang immer im Blick gehabt und vor der Tür standen Frau Walls und nach und nach mehr Dorfbewohner, die sich langsam dort versammelt hatten. So etwas bleibt hier nicht lange verborgen."

Doch da war es wieder in seinen Augen. Er verheimlichte mir etwas, er war sich nicht sicher, ich konnte das hören in seiner Betonung.

„Dann halten wir fest, niemand ist aus dem Gebäude rein oder raus, bis Sie übergeben haben. Was haben Sie als nächstes getan, als die ganzen Spezialkräfte da waren?"

„Zuerst habe ich mich noch ein wenig umgeschaut. Ich wollte den Tatort begutachten, bin in den Keller gegangen und habe auf der Toilette nachgesehen."

„Und die haben Sie da einfach so herumschnüffeln lassen?"

„Nicht lange, nein, als die Kollegen aus Stralsund eingetroffen sind, haben die mich rausgeschmissen beziehungsweise gebeten, die Leute vor der Kneipe nach

Hause zu schicken und dann das Gebäude von außen zu sichern."

„Haben Sie dabei jemanden aus der Kneipe gehen sehen, den Sie nicht kannten, einen Fremden?"

„Das waren alles Fremde."

„Sicher."

„Aber eindeutig den Kollegen zuzuordnen."

„Sie sagten, Sie haben auch in den Toiletten nachgeschaut, gibt es da Fenster, hätte jemand daraus fliehen können."

„Eine Toilette und ein Fenster, so groß wie ein Bullauge, das nur in der Achse zu drehen ist, unmöglich, sich durchzuquetschen."

„Gibt es einen Dachboden?"

„Nein."

„Somit ist ausgeschlossen, dass sich jemand in der Kneipe versteckt hielt, um dann später leise herauszuschleichen oder im Durcheinander unerkannt zu entkommen."

„Sieht so aus, ja."

Das sprach alles nicht für Eichstädt. Entweder hatte er die Morde begangen oder jemand hatte sich große Mühe gegeben, es so aussehen zu lassen. Aber warum?

„Was können Sie mir über die Opfer erzählen?", fragte ich Jansen.

„Nicht besonders viel, Walls, der Wirt, lebte erst seit ein paar Jahren hier. Er war früher Fischer und hatte vor circa fünf Jahren das *Smutje* übernommen. Das war, kurz bevor ich als Polizist hierher gewechselt bin. Er war verheiratet, hatte keine Kinder. Als junger Mann war er bei der Marine gewesen. Das weiß ich, weil er häufig davon erzählt hatte und von den ganzen Ländern, die er bereisen durfte. Er war ein ruhiger Mann, trank selbst keinen Alkohol und beteiligte sich an Dorfinitiativen, er war sehr beliebt. Adrian Kint hatte Frau und zwei Kinder, zwölf und vierzehn Jahre alt. Er arbeitete in Bergen in einer großen Molkerei in der Verwaltung. Ein fleißiger Mann, der hier und da mal zu tief ins Glas geschaut hatte und dann manchmal auffällig wurde, aber nichts Schlimmes. Mir schien, dass das so eine Art Stressabbau für ihn war, ich glaube, er stand ziemlich unter Druck, war für die Planlieferungen zuständig und wie Sie sich sicher vorstellen können, wurden die Zahlen selten erreicht. Von dem dritten Opfer, Lotzo, weiß ich bis auf den Namen und dass er aus Lubmin kam, überhaupt nichts."

„Haben Sie versucht, etwas über ihn herauszufinden?"

„Das habe ich, bin aber nicht weit gekommen. Die Kollegen in Lubmin wussten noch weniger über ihn als ich, und bevor sie mit ihren Ermittlungen beginnen konnten, hatten sich schon die Kollegen und die Staatsanwaltschaft aus Stralsund eingeschaltet und alles übernommen."

„Waren Walls oder Kint beim Staatssicherheitsdienst oder vielleicht „IMs', inoffizielle Spitzel?"

„Nicht, dass ich wüsste, das heißt aber nichts. Ich habe nie nachgefragt und mich hat auch keiner informiert."

„Möglich wäre es also?"

„Natürlich, aber wenn Sie mich nach meiner Meinung fragen, glaube ich das nicht."

„Warum nicht?"

„Nur so ein Gefühl. Passt irgendwie nicht. Weder hierher ins Dorf noch zu Walls oder Kint als Menschen."

„Meiner Erfahrung nach wurden Kneipenbesitzer bevorzugt von der Stasi angeheuert, wo viel getrunken wird, wird viel gequatscht, der beste Ort, um seine lieben Gäste und Nachbarn zu belauschen. Alkohol lockert bekanntlich die Zunge. Und Kint wird aufgrund seiner Tätigkeit eng mit Behörden zusammengearbeitet haben, da ist die Einverleibung schon fast obligatorisch."

„Mag sein, dazu kann ich nichts sagen, doch wenn es so war, wird es eher aus Karrieregründen oder unter Druck, denn aus Überzeugung gewesen sein. Hier gab es für die Stasi nicht viel zu ermitteln oder zu observieren. Die Menschen hier sind genügsam, führen ein einfaches Leben. Selbst wenn sie es früher gedurft hätten, glaube ich nicht, dass einer von ihnen Interesse daran gehabt hätte, nach Paris zu reisen."

Ich mochte Jansen, er war nüchtern in seiner Analyse und offensichtlich ein guter Polizist. Er plapperte nicht gleich alles aus, sondern wartete auf die richtigen Fragen, das brachte einen in Zugzwang, denn man hatte immer das Gefühl, dass er mehr wusste, als er sagte. Hier aber wich er von seinem bisherigen Verhalten ab und nahm Walls und Kint in Schutz und ich fragte mich, warum er das tat, doch ich wollte das jetzt erst einmal so stehen lassen. Ich brauchte ein paar Momente, um nachzudenken, und ich hatte das Gefühl, Jansen auch. Wäre das alles ein Verhör gewesen und Jansen ein Verdächtiger in einem Verbrechen, wäre jetzt der Zeitpunkt gewesen, die Fragen zu intensivieren, ans Eingemachte zu gehen, nicht nachzulassen, sondern im Gegenteil den Druck aufzubauen, um Ungereimtheiten zu erzwingen oder vom Sachlichen weg zum Emotionalen zu kommen. Es war aber kein Verhör und Jansen kein Verbrecher. Er war Polizist, stand auf derselben Seite wie ich, da gab es für mich keinen Zweifel und ich wollte ihm Gelegenheit geben, zu seiner Nüchternheit zurückzukehren.

„Ich bin Ihnen sehr dankbar für Ihre Offenheit und Hilfe, aber ich glaube, ich brauche eine Pause. War ein langer Tag heute und ich muss mich ein wenig sammeln."

„Kein Problem", antwortete Jansen, „das ist meine Aufgabe und Sie sind berechtigt, das zu fragen und zu hören, also ist das alles gut und richtig so."

„Schön. Was halten Sie davon, wenn wir uns um halb neun noch einmal im *Störtebeker* treffen und weiter plaudern. Das geht dann auf mich, ich schulde Ihnen ein Abendessen."

Jansen überlegte einen Moment. Ich konnte spüren, wie er mit sich rang, bevor er antwortete. Wahrscheinlich kam ihm das wie eine Bestechung vor, er war genau der Typ von Bulle, der sich normalerweise niemals darauf eingelassen hätte. Ich kannte ihn kaum, doch um das zu erkennen, brauchte es keine große Menschenkenntnis. Ich rechnete fest mit einer Absage, als er antwortete:

„Das ist eine gute Idee. Ich habe hier noch ein wenig Schreibkram zu erledigen, dann können wir uns treffen. Halb neun passt, bis dahin sollte alles erledigt sein."

Jetzt war mir endgültig klar: Jansen hatte noch etwas zu sagen. Etwas, wonach ich noch nicht gefragt hatte oder was er aus dem Kontext unseres Gespräches noch nicht loswerden konnte.

Ich trat auf die Straße und schaute nach links und rechts. Dann geradeaus zum *Störtebeker* und eine innere Unruhe packte mich, zog an meinen Eingeweiden wie ein unsichtbarer Haken, der an einem Seil befestigt war, welches an einer Winde hing, die langsam eingeholt wurde und die in der Eingangstür der Destille endete. Doch ich kappte das Seil. Vertröstete mich auf später und lief die Straße runter zum Meer.

Die Sonne stand bereits tief unter einem sich zunehmend verdunkelnden Blau. Orangene Lichtstreifen wogten auf den zarten Wellen einer ruhigen See. Vereinzelte Tagesbesucher kamen mir entgegen. Die Augen müde von vielen Stunden an der Seeluft und die Wangen gerötet von zu wenig Schutz. Die Kunde von einem Ozonloch hatte sich noch nicht durchgesetzt. Auf dem Weg zu meinem Hotel lief ich an einem Souvenirladen vorbei. In der Auslage befanden sich Gemälde, Bücher und Utensilien der Fischerei. Ich wäre stehen geblieben, wenn mich nicht eine sich nähernde Dunkelheit am Horizont von Westen her abgelenkt hätte. Eine graue Wand bäumte sich auf. Waberte in Windeseile auf den leuchtenden, sich drehenden Leuchtturm am Ende der Inselspitze zu. Peitschte links und rechts an ihm vorbei und umarmte ihn dann vollends in wenigen Sekunden. Es war schaurig und gleichzeitig wunderschön anzusehen. Wie eine Wand, die auf uns zugerollt kam und alles und jeden unter sich begraben würde. Der Wind wurde stärker und ich sah zu, dass ich vor der Dunkelheit im Hotel war. Ich trat ein und hinter mir zischte der Nebel an der Eingangstür vorbei. Ich weiß nicht, warum, aber ich war froh, es noch vor dem Einschlag geschafft zu haben.

In der Lobby blieb ich stehen und sah mich um. Niemand hinter dem Tresen oder im dahinterliegenden Büro. Aus dem kleinen Essensraum rechts vorbei an der

Treppe hoch zu den Zimmern kam leises Gemurmel und vereinzeltes Klappern von Besteck und Geschirr. Ich rief nach niemandem, trat hinter den Tresen und schnappte mir meinen Schlüssel. Oben im Zimmer angekommen, warf ich einen kurzen Blick aus dem Fenster und sah nur ein verschleierndes Grau. Setzte mich auf das Bett und versuchte einen Gedanken zu fassen, doch ich war so müde, dass ich mich nach hinten ablegen musste. Kurz ließ ich mir mein Gespräch mit Jansen durch den Kopf gehen, doch es dauerte keine dreißig Sekunden und ich fiel in einen traumdurchzogenen Schlaf.

Hektisch schlug ich auf die Brust ein und zählte dabei bis zehn. Um mich herum war lautes Getose. Der Wirt des Störtebeker rief eine neue Runde aus, gespendet von einer Horde Polizisten, die sich nicht darum kümmerten, dass ich gleich neben ihnen verzweifelt versuchte, einen Mann ins Leben zurückzuholen, dessen Herz aufgehört hatte zu schlagen. Jansen kniete mir gegenüber, sah mich an und sagte: „Das ist alles so nicht richtig. Da sind zu viele Fragen noch offen."

„Was reden Sie da?", brüllte ich ihn an. „Hier wird niemand aufgegeben." Und in dem Moment, als ich zu einer Mund-zu-Mund-Beatmung ansetzen wollte, langte eine Hand von hinten auf meine Schulter und ich schrak auf.

Ich saß senkrecht auf dem Bett. Mein Herz pumpte wie wild bis in die Enden meiner Extremitäten hinein. Ich hatte für den Moment keine Ahnung, wo ich mich befand, schaute mich um und suchte nach Halt. Nahm meine Hände vors Gesicht und unterdrückte eine sich aufbäumende Panik. Langsam kam die Erinnerung zurück und in dem Moment, als ich mich gerade wieder gefangen hatte, hörte ich ein Geräusch vom Flur her, vor meinem Zimmer. Es war nur ein Huschen, ein zarter Hauch eines Vorbeistreifens an meiner Tür, aber es war da gewesen. Ich hatte nicht den mindesten Zweifel daran, dass es real gewesen war und kein Nachhall meines Traumes. Und es hatte zu abrupt gestoppt, um aus Versehen erzeugt geworden zu sein, dann wäre es ausgelaufen, hätte sich langsam entfernt und wäre dann verstummt. Doch es endete unmittelbar, als wäre es selbst erschrocken darüber, dass es überhaupt erzeugt worden war, und nun in der Bewegung harrend und wartend, ob es vernommen worden ist. Ich blieb ruhig sitzen, versteift in meiner Bewegung, um nicht zu versäumen, wenn es sich weiterbewegte. Ich konnte spüren, wie jemand vor der Tür stand und ebenso vorsichtig lauschte. Es vergingen Ewigkeiten, bis ich letztlich doch entschloss, mich zu rühren. Ich stand vom Bett auf, leider nicht annähernd so leise, wie ich gehofft hatte, und in dem Moment, als das Lattenrost unter der Matratze quietschte, hörte ich ein schwaches, dumpfes Wegstapfen von Schritten, abgedämpft durch den dicken Teppich im Hausflur. Ich eilte zur Tür, entriegelte sie und sprang auf den Gang. Niemand da. Lief zur Treppe und konnte einen Schatten aus der Eingangstür huschen sehen. Dann rannte ich zurück ins Zimmer ans Fenster und spähte auf die Straße hinunter, doch dort konnte ich nur noch einen blassen Umriss unter einer Straßenlaterne durch den Nebel weggleiten sehen. Irritiert versuchte ich, mich zu sammeln und zu verstehen, was da soeben passiert war. Warum sollte jemand versuchen, mich zu belauschen? Hatte mich überhaupt wirklich jemand belauscht oder war das nur Einbildung gewesen. Ist vielleicht nur einer der Gäste die Treppe hinunter und hatte dabei mit seinem Mantel meine Tür gestreift? Machte ich aus der Mücke einen Elefanten?

Ich ging runter zu Frau Wolters und fragte, wer sonst weiter im Hotel wohnte.

„Zwei Pärchen, ein älteres aus Berlin, Herr und Frau Hoyer, kennen Sie die vielleicht?"

„Nein."

„Nun, das ist schade. Dann noch ein zweites, junges Paar aus Rostock, frisch verheiratet, Herr und Frau Ditges, die kennen Sie ja sicher nicht."

„Nein."

„Und Herr Schumacher, aus Dresden. Er wohnt seit knapp drei Wochen hier, im gleichen Stock wie Sie, nur zum Hof hinaus. Ein sehr ruhiger Mann, ich habe ihn kaum gesehen, arbeitet wohl den ganzen Tag."

„Wissen Sie, was er von Beruf ist?"

„Nein."

„Wissen Sie, ob er im Moment im Hotel ist."

Sie drehte sich um und sah auf das kleine Regal für die Zimmerschlüssel.

„Sein Schlüssel ist nicht hier, doch das heißt nichts, er kann ihn auch mitgenommen haben."

„Welche Zimmernummer hat er?", fragte ich forsch hinaus. Frau Wolters stutzte kurz, offenbar hielt sie die Privatsphäre ihrer Gäste für wichtig. „Ich möchte ihn nur etwas fragen. Ich habe auf dem Flur eine Visitenkarte gefunden und möchte wissen, ob er sie verloren hat, könnte ja wichtig für ihn sein." Ihr Gesicht erhellte sich.

„Natürlich, kein Problem. Zimmernummer 103."

Ich drehte mich um zum Gehen, blieb aber noch mal stehen und schaute zurück zu Frau Wolters. „Glauben Sie, Sie könnten mir einen Gefallen tun?"

Ich klopfte an die Tür mit dem Messingschild 103 und wartete. Kein Laut regte sich auf mein Klopfen hin und niemand öffnete. Das hieß natürlich gar nichts, doch ein unterschwelliges Gefühl von Misstrauen setzte sich im Magen nieder und ich ließ es gewähren. Kann nicht schaden, hilft immer ein bisschen, hält aufmerksam.

Doch ich schob das alles zunächst noch einmal beiseite. Es war bereits kurz vor acht und ich musste noch duschen.

Der Nebel hatte sich nicht gelichtet, als ich ins Freie trat, und ich orientierte mich auf meinem Weg erst einmal an den Straßenlaternen. Eine solch dichte Suppe hatte ich noch nicht erlebt. Es war schwer, zwei Meter weit vorauszuschauen. Auf der rechten Seite waren ein paar abgedunkelte Häuser, an denen ich als Nächstes entlangschlich. Irgendwann drang dann ein diffuses Licht durch den Nebel hindurch und ich hielt darauf zu. Als ich näher kam, erkannte ich, dass es der Souvenirladen war. Im Laden brannte Licht und die Auslage war ebenfalls beleuchtet. Ich blieb stehen und sah mir die Ausstellungsstücke noch einmal an. Doch anders als am frühen Abend bekam ich Zweifel, ob es sich tatsächlich um einen Souvenirshop handelte. Ich bin ja kein Einrichtungsexperte, aber es fiel mir schwer, vorzustellen, dass sich irgendjemand weltweit irgendetwas von dem, was im Fenster zu sehen war, auf seinen Kaminsims stellen, geschweige denn Geld dafür bezahlen würde. Und just als ich mich wieder in die Gefahren des Unbekannten stürzen wollte, um mir endlich meinen wohlverdienten Spätschoppen zu verdingen, trat ein junger Mann neben mir aus dem Nichts auf den Plan. Hektisch zog er laut klimpernd ein dickes Schlüsselbund aus seinem langen Mantel hervor, suchte eilig nach dem richtigen Schlüssel, fand ihn, schrabbelte über das Schloss, bis er das Loch gefunden hatte, und warf das Bund scheppernd im Kreis.

Ohne aufzuschauen, sagte er: „Hab vergessen, das Licht auszuschalten. Tut mir leid, aber die Besuchszeit ist um. Wenn es Sie interessiert, müssen Sie morgen wiederkommen. Ab neun Uhr sind wir wieder für Sie da. Guten Abend."

„Moment", rief ich, bevor er durch die Tür verschwinden konnte, „Besuchszeit? Was soll das heißen? Was ist das hier?"

Er blieb halb im Türrahmen stehen und sah mich ausdruckslos an. Dann sagte er: „Das ist ein Museum. Ein Schmugglermuseum. Dieser Küstenabschnitt ist für seine Schmugglervergangenheit bekannt." Er sah mich dann prüfend an und konnte wohl mein Missverständnis erkennen. Er beugte sich zurück, sah in die Auslage und fragte verzweifelt: „Erkennt man das nicht?" Und wartete erwartungsvoll auf eine Antwort von mir.

„Nun ja, um ehrlich zu sein …", begann ich, doch er unterbrach mich, indem er fluchte: „Verdammt, ich habe das Schaufenster gerade erst neu gestaltet. Ich hatte gehofft, dadurch mehr Interesse zu wecken. Zwölf Jahre lang sah das Fenster gleich aus, und unter uns, fast keine Sau hat sich dafür interessiert, ich dachte, ich könnte etwas neuen Schwung reinbringen, wenn ich das Ganze mal neu dekoriere …, war wohl ein Schuss in den Ofen, was dachten Sie denn, was das hier ist?"

Ich wollte ihm nichts vormachen, das hätte ihm nicht geholfen, deswegen blieb ich ehrlich.

„Ein Souvenirladen."

Alles in ihm viel ineinander. Das schien ihm wirklich wichtig zu sein.

„Schon klar", flüsterte er, „ich bin ja so ein Idiot."

Dann trat er in den Laden und verschloss die Tür hinter sich.

Na, das war ja mal skurril, dachte ich bei mir, schaute dem Kerl kurz im Laden nach und stürzte mich zurück in die dicke Suppe.

Kapitel acht

Pünktlich traf ich im *Störtebeker* ein. Jansen saß bereits an einem Tisch links hinten in einer Ecke. Ich lief an der Theke vorbei, bestellte im Durchlauf und schlenderte zu ihm rüber.

„Was für ein Wetter", floskelte ich, während ich meine Jacke auszog, sie über die Lehne des Stuhls hängte und Platz nahm. „Das habe ich so noch nie erlebt, so einen Nebel, so schnell und so mächtig ..., beeindruckend."

„Warten Sie erst mal, bis der Wind richtig einsetzt, das ist beeindruckend."

„Sagen Sie, Jansen, wussten Sie, dass es hier ein Museum gibt?"

„Selbstverständlich. Angeblich war das hier mal ein richtiges Schmugglernest, zumindest bis Anfang des 20. Jahrhunderts, hat man mir erzählt. Genau weiß ich es aber nicht. Ich komme ja nicht von hier und ins Museum habe ich es noch nicht geschafft. Laufe zwar regelmäßig daran vorbei, aber ich bin nie reingegangen. Hat mich nicht gereizt."

„Ja, ich weiß, was Sie meinen. Hab grad den Betreiber vor der Tür getroffen und ihm wohl einen Tiefschlag verpasst."

„Wie das?", fragte Jansen.

„Seine Dekoration hab ich nicht verstanden. Hat ihn ziemlich mitgenommen."

Jansen schaute kurz irritiert, dann fragte er: „Sollen wir Essen bestellen?"

Der Wirt kam mit meinen Getränken an den Tisch. Wir bestellten Sahnehering und Kartoffeln – war verdammt lecker – und sprachen während des Essens nicht viel. Jansen fragte mich, was ich in Berlin beim MUK genau tun würde, und ich erzählte ihm ein bisschen Blödsinn und ein bisschen Wahrheit. Beim Verdauungsschnaps kamen wir wieder auf unseren eigentlichen Grund für das Essen zurück. Ich begann:

„An dem Abend, im *Smutje*, muss es mehr Gäste gegeben haben als Eichstädt und die Opfer, haben Sie mit denen gesprochen?"

„Selbstverständlich."

„Und, ist jemandem etwas aufgefallen?"

„Es waren zwei weitere Gäste anwesend. Beide haben mitbekommen, wie sich der Anwalt und Lotzo gestritten haben, nichts Ernstes, mehr eine Auseinandersetzung, die sie versucht haben, still zu halten, aber gelegentlich wurde es wohl laut."

„Wer waren die Gäste?", fragte ich.

„Der erste heißt Ernst Möller. Siebenundachtzig Jahre. Ehemals Fischer, jetzt Alkoholiker. Traurige

Sache, er sitzt dort drüben an dem Tisch, sehen Sie?" Jansen zeigte in Richtung der Toiletten. Dort war eine Nische im Dunkeln, man konnte kaum etwas erkennen, nur eine schneeweiße Haarpracht, voll, mittellang und lockig. Fast unnatürlich füllig für einen fast Neunzigjährigen. Als jemand aus der Toilette trat, war im Lichtschein kurz sein Gesicht zu erkennen. Es sah aus wie ein frisch beackertes Feld. Mit einem riesigen, bröckelnden Felsen in der Mitte. Die Augen winzig und trüb wie milchige Glasmurmeln.

„Und der zweite?"

„Ein Gast aus dem Hotel, in dem Sie wohnen. Sein Name ist Matthias Schumacher."

Schumacher, dachte ich, schon wieder der Name.

„Ja, der wohnt noch im Hotel, ich glaube, ich wäre ihm heute fast begegnet."

Jansen sah mich verwirrt an. „Sie glauben, Sie wären ihm heute *fast* begegnet? Was soll das heißen?"

„Ach, nicht so wichtig", antwortete ich und dachte: *Das wird das Erste sein, wenn ich wieder im Hotel bin.*

„Und um wieder auf den Punkt zu kommen, Lotzo und Eichstädt haben sich gestritten, hat einer der beiden verstanden, worum es ging?"

„Nein."

„Haben sie lange gestritten?"

„Kann ich nicht sagen. Habe ich nicht gefragt."

„Warum nicht?"

Jansen zuckte mit den Schultern. „Schien mir nicht wichtig." Dann sah er mich wieder schweigend und erwartungsvoll an, drehte langsam, aber permanent seinen Ehering um seinen Ringfinger herum. Er versuchte ruhig zu bleiben, war aber offensichtlich äußerst ungeduldig. Was wollte er? Ich hatte noch viele Fragen, aber das schien mir eine unglaubliche Zeitverschwendung zu sein. Warum rückte er nicht einfach mit dem raus, was er offensichtlich loswerden wollte.

„Was war mit der Waffe", fragte ich dann, „haben Sie die Waffe genauer erkennen können?"

Und Treffer! Seine Augenbrauen hoben sich für einen winzigen Moment. Seine Pupillen erweiterten sich, ohne dass er das hätte kontrollieren können, ein untrügliches Zeichen für Freude. Er ließ seinen Ring los und drehte seine Handinnenflächen auf dem Tisch nach oben.

„Ja, dass konnte ich."

„Und?", fragte ich jetzt schon reichlich genervt, er ließ sich wirklich alles einzeln aus der Nase ziehen. „Was war es für eine Waffe?"

Er zögerte mit der Antwort. Offensichtlich fiel es ihm nicht leicht zu sagen, was er so dringend loswerden wollte. Schließlich aber:

„Es war eine Walther PP."

„Eine PP?", fragte ich. „Sind Sie sicher?"

„Bin ich, ja. Ich habe sie nicht hochgenommen, sondern nur in Eichstädts geschlossener Hand gesehen, ich wollte am Tatort nichts verändern und habe die Waffe auch nicht sofort erkannt. Als ich aber bei ihm kniete, um ihn zu betreuen, fiel es mir ins Auge, oberhalb seines Ringfingers konnte ich einen Teil der Gravur im Griffstück lesen."

„Das ist ungewöhnlich", sagte ich leise, und das war es. Wo sollte Eichstädt eine Walther PP herhaben? Eine Makarow, okay, wer hatte die nicht? Aber eine PP war eine außergewöhnliche Waffe für einen einfachen Anwalt in der DDR.

Zunehmend ging mir Jansens Herumdruckserei auf die Königsjuwelen. Wie viele solcher Überraschungen hielt er noch bereit, und warum rückte er nicht einfach raus damit? Offensichtlich vertraute er mir nicht. Möglicherweise hielt er mich für einen Spitzel, der ihn querchecken sollte. Sehen, ob er dichthält, oder prüfen wie viel er weiß. Ich musste ihn überzeugen.

„Okay, Jansen, vielleicht können wir mit den Spielchen jetzt aufhören. Sie haben sich doch nicht noch einmal mit mir getroffen, nur um ein Abendessen abzustauben und sich meine Fragerei anzuhören."

Jansen lehnte sich in seinem Stuhl zurück und verschränkte die Arme vor der Brust. Klassischer ging es kaum mehr.

„Passen Sie auf, ich werde Ihnen jetzt etwas offenbaren, um Ihnen zu beweisen, dass Sie mir vertrauen können, vielleicht hilft Ihnen das ja dabei, sich endlich den Stock aus Ihrem Arsch zu ziehen, der Ihnen offensichtlich schon viel zu lange und viel zu tief darin festzustecken scheint." Er blieb regungslos. „Ich weiß, dass Sie mich noch immer für ein arrogantes Hauptstadtbullenschwein halten und vor Komplexen platzen, die Sie mit Klugscheißerei übertünchen wollen, brauchen Sie aber nicht, ich bin nämlich gar kein Bulle mehr."

Jansen fiel alles aus dem Gesicht.

„Wie meinen Sie das?", fragte er und ich konnte sehen, wie Ärger in seinen Ausdruck zurückkroch.

„Ich bin suspendiert, seit sechs Monaten. Und ich versuche nicht nur einer Freundin zu helfen, indem ich die

Unschuld von Eichstädt herausfinde, sondern benötige Eichstädt selbst frei, als Anwalt, für eine weitere Freundin ...", ich zögerte, kurz bevor ich den Satz beendete, „... nun, sie ist mehr als nur eine Freundin, sehr viel mehr."

„Das heißt, Sie haben mich belogen?"

„Ääh, nicht wirklich, ich sagte, ich wäre ‚quasi' auf Urlaub, was ja auch irgendwie stimmt, und offiziell bin ich nicht als Polizist hier, sondern als Ermittler im Auftrag der Rechtsanwaltskanzlei ..., äähh ...", verdammt mir fiel der Name nicht ein.

„Simon", beendete Jansen den Satz.

„Richtig, Simon, Kanzlei Simon", und grinste ihn blöd an.

Das war ein möglicher Kipppunkt in unserer Zusammenarbeit. Entweder stand Jansen auf und hätte mir dann wahrscheinlich nur noch äußerst knapp und nur zu den offiziellen Zeiten auf meine Fragen geantwortet, wenn überhaupt, oder er blieb sitzen und es würde vielleicht zu einem offenen Miteinander kommen.

„Sie sitzt im Gefängnis", fuhr ich fort, bevor Jansen eine Entscheidung traf, „die Freundin, die einen Anwalt benötigt. Sie sitzt wegen Mordes. Doch es war Notwehr. Sie braucht aber jemanden, der ihr hilft, das vor Gericht zu belegen, deswegen bin ich hier."

Jansen schob seinen Stuhl vom Tisch weg und stand auf.

„Ach, kommen Sie schon, Jansen, seien Sie kein Arschloch. Was für einen Unterschied macht das für Sie? Welcher Zacken bricht Ihnen da gerade aus der Krone? Sie haben doch scheinbar Zweifel an der ganzen Mordsache, warum ist das wichtig, weshalb ich hier bin?"

„Ich habe keine Zweifel an der ‚Mordsache' …," und dabei formte er zwei Anführungsstriche mit seinen Fingern in die Luft, „… sondern Zweifel am Ablauf und Umfang der Ermittlungen."

Ich verdrehte die Augen und dachte: *Was für ein Korinthenkacker!* Aber er blieb stehen und sah mich scharf an. Dann lockerte sich sein Blick und er fragte: „Noch ein Bier?"

„Ich habe lange über die Waffe nachgedacht, selbstverständlich könnte Eichstädt eine Walther PP besitzen, es wäre außergewöhnlich, aber unmöglich wäre es nicht. Mich würde interessieren, wie die Kollegen aus Stralsund das sehen, was sie über die Waffe herausgefunden haben. Ob sie etwas herausgefunden haben und ob sie sich überhaupt damit beschäftigen, und um das Ganze zu präzisieren, es war nur der Nachbau einer PP, ich konnte das ‚N' vor der Seriennummer erkennen", fuhr Jansen fort, nachdem er mit einer Runde Bier und Schnaps zurück an den Tisch gekommen war und sich wieder hingesetzt hatte.

Zur Erläuterung:
Unmittelbar nach dem Zweiten Weltkrieg wurde eine Einheit von Spezialisten im Röhm-Werk in der Stadt Suhl, einer ehemaligen Produktionsstätte für Bohraufsätze, unter der Aufsicht von sowjetischen Offizieren gegründet, die nach alten Konstruktionszeichnungen und konfiszierten Waffen Nachbauten und Ersatzteile für westliche Waffen, u.a. die Walther PP, bauen sollten. Aufgrund der wachsenden Anspannungen,

Abgrenzungen und Erlässe zwischen Ost und West durften nach 1953 keine Waffen oder Ersatzteile mehr aus dem Hauptwerk Walther, in Ulm, in den Osten geliefert werden. Vorhandene PPs in der DDR wurden daraufhin nur noch mit Ersatzteilen aus dem Röhm-Werk aufgerüstet. Zudem wurden komplett neue Nachbauten der Waffen hergestellt und in Einsatz gebracht. Diese wurden mit einem „N" vor der Seriennummer gekennzeichnet. Die Walther PP war eine der Waffen, die insbesondere beim Ministerium der Staatssicherheit, der Kriminalpolizei und bei Politikern sehr beliebt war. Mielke soll bis zum Schluss im Besitz einer gewesen sein. Nach 1975 wurde die Produktion eingestellt und komplett durch die sowjetische Makarow ersetzt. PPs wurden entsprechend immer seltener. Ich selbst hatte nie eine besessen und hatte nur bei verschiedenen Schießübungen mal eine benutzen dürfen.

„Es hört sich ein wenig so an, als würden Sie hinterfragen, ob die Kollegen aus Stralsund sich mit der Waffe beschäftigen würden", antwortete ich.

Er zögerte wieder mit seiner Antwort, besann sich aber schnell und sagte: „Ja, ich hinterfrage grundsätzlich erst einmal alles, aber speziell in diesem Fall halte ich die Waffe für einen wichtigen Punkt und ich würde wirklich gerne mehr darüber erfahren."

„Was zum Beispiel?"

„Warum hat niemand die Schüsse gehört?"

„Das habe ich mich auch schon gefragt."

„Es war Freitagabend, ruhiges Wetter und angenehm warm für Mai. Die Morde müssen weit vor zwei Uhr nachts begangen worden sein. Das Blut auf dem Tisch und dem Boden war bereits geronnen, die Augenlider leichenstarr und die Kiefer kurz vor dem Erstarren. Sie waren mindestens seit zwei Stunden tot, als ich sie gefunden habe."

„Das wäre dann vor zwölf Uhr", resümierte ich.

„Wie können drei Pistolenschüsse in einer sonst so erdrückenden Stille eines üblichen Abends nicht gehört werden? Niemand, der zufällig vorbeispaziert ist? Niemand, der gerade auf der Toilette war, eine Zigarette vor dem Haus rauchte oder das Fenster im Schlafzimmer für frische Luft geöffnet hatte? Die Kneipe ist keine zwanzig Meter von den ersten Häusern entfernt."

„Ich nehme an, Sie haben die Anwohner danach gefragt."

„Jeden einzelnen."

„Und niemand hat etwas gehört oder sich später an etwas erinnert, was ihm dann im Nachhinein ungewöhnlich vorkam?"

„Nein."

„Das IST komisch", musste ich zugeben, „aber nicht unmöglich, das *Smutje* ist robust gebaut."

„Richtig, die Wände und Türen sind robust, aber es gibt nachträglich hergestellte Lüftungsschlitze in den Fensterrahmen, die für eine ordentliche Belüftung sorgen sollen, um Schimmelbildung zu verhindern. Und das Dach ist lediglich aus Reet gelegt, ohne weitere Abdichtung darunter oder einem Dachstuhl zwischen Schänke und Dach. Es gab immer mal wieder kleine Beschwerden von Anwohnern, wenn im *Smutje* zu laut gefeiert wurde.

Jemand hätte die Schüsse hören müssen, das kann nicht anders sein."

„Haben Sie schon mit den Kollegen aus Stralsund darüber gesprochen?"

Jetzt sah er mich an wie ein Kind, das beim Schummeln erwischt wurde.

„Nein", antwortete er, „ich bin natürlich davon ausgegangen, dass sie die Anwohner selbst noch befragen würden."

Ich war kurz schockiert und irritiert.

„Haben sie nicht?"

„Nein. Sie haben bis heute nicht mit einem einzigen Bewohner des Dorfes gesprochen. Weder mit Frau Walls noch mit Frau Kint, noch mit sonst irgendwem."

„Sie haben mit ihnen gesprochen."

„Ja, einmal, in derselben Nacht, das war's. Danach haben sie nur noch mal jemanden vorbeigeschickt, um eine Kopie meines Berichtes zu holen."

„Das ist allerdings seltsam, vielleicht kommt ja noch jemand", versuchte ich zu beschwichtigen und instinktiv die Kollegen in Schutz zu nehmen, doch wofür? Eines ist klar, mit jedem Tag, der vergeht, schwindet die Wahrscheinlichkeit, dass sich irgendjemand an etwas Außergewöhnliches erinnert. Befragungen von möglichen Zeugen hatten unmittelbar, zumindest aber so schnell wie möglich zu erfolgen. Hier wurde geschludert.

„Das ist nur ein Punkt, der mich an den Ermittlungen und dem Ablauf stutzig macht."

„Was noch?", fragte ich.

„Gleich. Erst möchte ich noch einmal auf die Waffe zurückkommen und die Schüsse, die niemand gehört hat."

„In Ordnung."

„Es geht mir gar nicht darum, woher Eichstädt eine PP hatte, sondern mehr darum, *warum* es eine PP war."

„Warum? Weil er offensichtlich eine besaß."

„Oder sich extra hierfür eine besorgt hat." Jansen machte eine künstlerische Pause und schien darauf zu warten, dass bei mir etwas klingelte. Bei mir blieb aber alles stumm.

„Was zeichnet eine PP gegenüber einer Makarow aus, die ja viel einfacher zu besorgen wäre?"

Ich überlegte kurz. „Sie ist leichter, wesentlich leichter, fast 300 Gramm, weswegen sie auch bei zivilen Ermittlern und der Stasi so beliebt war. Der Schlitten ist gängiger, das Laden einfacher und sie ist zielsicherer."

Jansen blieb stumm und guckte mich nur an.

„Und?", fragte er dann.

Jetzt war ich mit dumm Gucken dran.

Er verdrehte kurz die Augen, beugte sich dann weiter vor und ergänzte:

„Denken Sie an die Schüsse, die niemand gehört hat."

Ich marterte mir mein Hirn, und dann:

Klingeling!

„Ein Schalldämpfer?", fragte ich zweifelnd nach. „Sie glauben, dass Eichstädt einen Schalldämpfer benutzt hat?" Jansen nickte leicht und lehnte sich sichtlich entspannt schief grinsend zurück. Das hatte ihm auf der Seele gesessen und nun war es endlich raus.

„Auf die PP kann kein Schalldämpfer geschraubt werden", antwortete ich verwirrt, das sollte Jansen wissen.

„Nicht auf die Standard PP, aber auf eine Sonderkonstruktion schon. Sie brauchen nur ein Innengewinde am

Ende des Laufes und schon kann der Schalldämpfer aufgeschraubt werden. Das haben die gebaut."

„Aber äußerst selten."

„Nicht so selten, wie man meint. Das war denen wichtig."

„Woher wissen Sie das?"

„Mein Vater hat im Röhm-Werk in Suhl gearbeitet. Er war einer der wenigen Ingenieure, die aus dem Krieg unversehrt zurückgekommen sind, na ja, fast unversehrt, ihm wurde der linke Unterarm amputiert, jedenfalls wurde er als Maschinenbauingenieur nach Suhl beordert, um bei der Waffenproduktion zu helfen, er erzählte gern und viel."

„Haben Sie ein Gewinde am Lauf gesehen?"

„Im Lauf!"

„Wie bitte?"

„Das Gewinde wäre im Lauf gewesen, nicht am Lauf und nein, ich habe kein Gewinde gesehen, zumindest nicht bewusst, ich habe auch nicht darauf geachtet, zu dem Zeitpunkt hatte ich andere Dinge im Kopf, über die ich mir Gedanken machte, als die Waffe. Alles schien so klar und die Waffe gab keinen Grund für Zweifel."

Ich dachte kurz nach. Es gab nicht viele Möglichkeiten für eine Waffe mit Schalldämpfer bei uns. Die Standard Makarow war hierfür nicht geeignet, sie hatte keine Vorrichtung für einen Schalldämpfer. Es gab eine extra konstruierte Makarow mit einem integrierten Schalldämpfer, die zusätzlich noch mit einer Vorrichtung zur Montage eines externen, weiteren Schalldämpfers ausgestattet war, die Makarow PB, doch war diese noch seltener zu bekommen als die Walther PP, eigentlich nur in der Sowjetunion. Zudem wurde eine spezielle Munition hierfür benötigt, Unterschallmunition, und wo man die herhaben sollte, war mir vollkommen schleierhaft. Ich habe nie welche gesehen.

„Mich würde interessieren, ob die Kollegen aus Stralsund das genauso sehen, und sich deswegen erspart haben, mit irgendeinem hier aus dem Dorf zu reden", schob er nach.
„Das wäre immer noch sehr fahrlässig", ergänzte ich. Und Jansen nickte wieder.
„Moment", sagte ich, „der Schalldämpfer war nicht mehr auf der Waffe, als Eichstädt sie in der Hand hielt, richtig?"
„Richtig."
„Das ist merkwürdig. Wann hätte er ihn entfernen sollen, wenn Walls ihn unmittelbar nach den Schüssen niedergeschlagen hat und er bewusstlos war, bis die Notärzte eintrafen?"
Ich schaute Jansen schief an.
„Ich war es nicht", sagte er hektisch, „warum sollte ich?"
„Schon klar, Entschuldigung."
„Das verstehe ich auch nicht, würde ich aber gerne, deswegen wäre ich Ihnen dankbar, wenn Sie mit den Kollegen in Stralsund sprechen würden, eventuell erfahren Sie, ob die PP ein Innengewinde zur Montage eines Schalldämpfers besaß. Mit mir werden die nicht mehr reden, ich bin raus und würde mich nur verdächtig machen, wenn ich nachfrage. Sie aber haben eine Vollmacht."

Deswegen war er nicht aufgestanden und gegangen, er brauchte mich genauso wie ich ihn!

„Das werde ich tun, hätte ich sowieso noch getan", antwortete ich ihm.

„Wissen Sie, was mir dabei noch einfällt?", fragte ich rein rhetorisch und quasselte gleich weiter, ohne auf seine Antwort zu warten. „Wenn Eichstädt bewusst einen Schalldämpfer mitgebracht hat, wäre das dann keine Tat mehr im Affekt, sondern von vornherein geplant gewesen. Ob zu Hause oder später im *Smutje*, wenn er den Schalldämpfer aufschraubt und damit die Waffe um ein wesentliches Stück vergrößert, tut er das nur in der vollen Absicht, sie zu benutzen. Dann stellt sich aber die Frage, warum trifft er sich mit Lotzo in einer Kneipe? Warum nicht an einem ruhigen Ort, wo sie niemand beobachten kann?" Mein Hirn lief jetzt im Hochdruckmodus.

„Vielleicht hatte er das versucht, aber Lotzo hatte sich nicht darauf eingelassen", schob Jansen dazwischen. Ich wedelte mit meiner Hand, wollte nicht unterbrochen werden und sprach weiter:

„Aber am meisten beschäftigt mich sein Motiv. Ich meine, er ist einer der horrendesten Anwälte der DDR, erfolgreich in vielen seiner Prozesse, auch gegen den Staat. Wegen ihm wurden Gesetze geändert, er galt als Philanthrop, was bringt so jemanden dazu, drei Menschen zu töten?"

„Die Lösung dieses Rätsels ist bei Lotzo zu suchen."

„Das sehe ich auch so. Über ihn muss ich mehr herausfinden. Mal sehen, was die Kollegen aus Stralsund und Rostock über ihn wissen."

„Wenn die Ihnen überhaupt etwas sagen", warf Jansen dazwischen.

„Wenn nicht, dann werde ich ein paar Anrufe tätigen, mal sehen, was ich so erfahre. Wird vielleicht nicht mehr so geschmeidig sein, wie es noch vor sechs Monaten gewesen wäre, aber den ein oder anderen in entsprechender Position kenne ich ja noch."

Jansen nickte und bestätigte mit einem kurzen „Gut!".

Ich winkte den Wirt heran. Jansens Runde war schneller verdingt, als Erich im Flieger nach Chile saß. Ich orderte nach und erhöhte um zwei Schnaps für jeden. Mein gestecktes Ziel von nur dreien pro Abend hatte ich bereits hinter mir gelassen und dachte dann *Ist jetzt auch egal*, zumal Jansen ein ebenbürtiger Begleiter zu sein schien. Wir schmissen uns den ersten kühlen Klaren in den Rachen und schoben mit dem Schaumigen schnell nach. Dann griff ich den Faden wieder auf:

„Kommen wir zu Ihrem nächsten Zweifel, der erste hat mir schon gut gefallen."

„Da gibt es zwei Dinge, die mich nachts wachhalten. Zunächst einmal, und das ist wahrscheinlich nicht kriegsentscheidend, aber es beschäftigt mich, warum dieser riesige Aufwand?"

„Was meinen Sie?"

„Zusätzlich zu den zwei Notärzten und den drei Krankenwagen waren vier Polizisten aus Stralsund, vier Männer von der Spurensicherung und drei von der MUK aus Rostock sowie ein Staatsanwalt ebenfalls aus Rostock in der Nacht anwesend. Die Kollegen aus Stralsund, in Ordnung, jedoch wurden diese ähnlich wie ich relativ schnell kaltgestellt, sie sollten die sich ansammelnden Anwohner fernhalten und das *Smutje* rundherum absichern. Normalerweise hätten diese doch schon fast ausgereicht, zwei von der Spurensicherung dazu und gut ist, warum so viele Hochrangige und Fachleute?"

„Ja", grübelte ich, „das ist allerdings ein enormer Auflauf für einen eigentlich eindeutigen Fall, auch wenn es sich um drei Opfer handelte, ist es schon erstaunlich, dass sogar der Staatsanwalt dabei war, das ist mir in meiner Laufbahn beim MUK-Ostberlin nicht ein einziges Mal passiert. Früher, beim SEKTP, ja, da wurde nichts unternommen, ohne den Staatsanwalt vorher einzubinden, und manchmal war er bei Ermittlungen anwesend, aber am ersten Abend einer handelsüblichen Morduntersuchung …? Nie."

„SETP … was?", fragte Jansen kritisch und leicht irritiert.

„Ach, das ist lange her. Eine Sondereinheit. War ne große Sache damals, dachte ich zumindest, bin da aber rausgeflogen, schon vor vielen Jahren, und dann zum MUK ‚degradiert' worden."

Doch Jansen blieb kritisch, vermutlich glaubte er kurz, dass ich doch gegen ihn ermitteln sollte und mich soeben verplappert hatte.

„Jetzt bleiben Sie schon locker, Jansen, ich bin da nicht mehr dabei, versprochen. Ich glaube, die ganze Einheit ist mittlerweile aufgelöst. Und Sie wären auch ein viel zu kleiner Fisch für uns gewesen."

Er zögerte kurz. Ich orderte nach.

„Scheint Ihnen ja öfters zu passieren", sagte er dann.

„Was?"

„Rausgeschmissen zu werden."

„Ja, sehr witzig", antwortete ich und nahm vier Schnaps und zwei Bier entgegen.

„Sie sagten zwei Dinge", brachte ich uns wieder in die Spur.

„Ja, die Zeit", antwortete er.

„Die Zeit?"

„Das ging alles viel zu schnell. Der Notarzt war nach dreißig Minuten da, das ist zu schaffen aus Bergen. Die Kollegen aus Stralsund dann gut dreißig Minuten später, also circa eine Stunde nach meinem Anruf, auch das ist vielleicht noch gerade so zu schaffen, wenn sie alle in Bereitschaft waren. Aber dann wieder nur knappe dreißig Minuten später MUK, Spurensicherung und Staatsanwaltschaft aus Rostock? Unmöglich, das in neunzig Minuten zu bewältigen."

Ich dachte kurz darüber nach.

„Auch nicht nachts, mit Blaulicht und Vollgas?"

„Gut, wenn sie ein außergewöhnlich guter Fahrer sind mit Mut zu hohem Risiko, dann vielleicht."

„Dann hilft uns das nicht weiter."

„Sie vergessen, dass sie dann schon mal mindestens drei außergewöhnliche Fahrer benötigen würden. Zudem hätten sie alle in Startlöchern stehen müssen, in voller Bereitschaft. Aber weshalb sollten sie das getan haben? Sie konnten nicht wissen, dass sie so, in dieser Anzahl, in dieser Nacht benötigt werden. Und kennen Sie einen Staatsanwalt, der Bereitschaftsdienst macht und sich Nächte um die Ohren haut, weil eventuell etwas passieren könnte? Und überhaupt, warum die ganze Eile? Das passt alles nicht."

„Also was denken Sie, wie das war?"

Er leerte sein Bier und seinen Schnaps. Langsam zeigte der Alkohol bei ihm Wirkung. Seine Augen wurden trüb und seine Wangen rot. *Wurde auch Zeit*, dachte ich mir, verdammt zäher Hund.

„Ich glaube nicht, dass sie an diesem Abend direkt aus Rostock angekommen sind. Sie waren irgendwo in der Nähe, vielleicht Greifswald." Er zuckte mit den Schultern und lehnte sich zurück.

„Sie wollen damit andeuten, dass sie vorbereitet waren und nur auf Ihren Anruf gewartet haben?"

„So was Ähnliches, ja."

Kapitel neun

Als ich später wieder im Hotel angekommen war und auf meinem Bett lag, war ich ziemlich betrunken. Jansen hatte recht behalten, es war ein heftiger Sturm aufgezogen, der den Nebel vertrieben hatte und mit magischer Kraft die Gischt aus den Wellen haute, um sie bis zu mir hoch auf den kleinen Weg entlang der Küste zu tragen. Ich stemmte mich mit aller Macht gegen die tobenden Luftströme. Lehnte mich mit den Armen weit ausgebreitet in sie hinein und schrie aus vollem Halse. Doch der Schall kam keine drei Handlängen weit, bis er zerrissen und dann verschluckt wurde. Hätte jemand den Wind abrupt abgeschaltet, wäre ich vornüber auf mein Gesicht geklatscht.

Der kalte Sturm und die nasse Gischt ernüchterten mich für den Moment und nur, wenn ein unerwarteter Luftangriff von der Seite kam, fiel es mir deutlich schwerer, stabil zu bleiben, als das nüchtern der Fall gewesen wäre. Es war ein unglaubliches Gefühl von Leben, sich diesen Massen entgegenzustellen. Keine Sekunde lang hatte ich Angst oder wollte, dass es aufhört, im Gegenteil, es war ein absolutes Hochgefühl. Ich hätte das ewig ertragen können, und hätte mich eine Böe erwischt und ins Meer geschleudert oder gegen den nächsten Laternenmast, wäre das in dem Moment auch in Ordnung gewesen. Das gehört dann halt dazu. Kein Kampf ohne Risiko und kein Spaß ohne Preis.

I'm screaming in the wind, screaming in the rain,
screaming in the face of the storm.
Howling in out in the roaring surf,
with the waves crashing down into foam.
To feel something without a weakness,
as she batters me down into the sand.
Crying out in fury to the gods of fate,
come on and get me if you can.

Hatte ich schon *New Modell Army* erwähnt und wie sehr sie mich bannen konnten? Nun, konnten sie.

Ich hatte noch all meine durchnässten Sachen an, versuchte meinen Puls wieder runterzufahren, das Tosen des Sturms aus meinen Ohren zu bekommen und mir Gesagtes aus der Kneipe noch einmal durch den Kopf gehen zu lassen. Mehr und mehr stapelten sich die Zweifel an den Geschehnissen in dieser Nacht im Smutje vor meinem geistigen Auge. Zu den mit Jansen diskutierten Ungereimtheiten und offenen Fragen wie:
Die Schüsse

Die Zeit
Die Waffe
Das Motiv
kamen noch meine eigenen, ihm bislang vorenthaltenen Unklarheiten:

Wie hätte Walls, der Wirt, Eichstädt mit einer Schusswunde im Bauch niederschlagen können? Wie soll das möglich sein, dass er mit einer Wunde, an der er bald sterben würde, so nah an ihn herankommt, ohne dass Eichstädt das bemerken konnte? Niemand hatte mehr gelebt, der ihn hätte ablenken können. Um so einen heftigen, genauen Treffer zu landen, muss man seine Sinne gut beisammenhalten.

Warum hatte er so einen gefährlichen Angriff gewagt, anstatt seine letzten Kräfte zu nutzen und zu versuchen zu fliehen, wenn alle anderen ohnehin bereits tot waren?

Warum hatte Walls überhaupt nur eine Bauchwunde? Kint und Lotzo hatten Kopfschüsse. Warum hatte er bei Walls anders gehandelt?

Und: Wo kam der Totschläger her? Ich hatte vergessen, Jansen hiernach zu fragen.

Während ich da lag und zusätzliche Zweifel sammelte, brach Erschöpfung und Müdigkeit über mich herein. Das Bett fuhr Karussell mit mir, und meine Gedanken schlossen sich an. Nicht nur, dass der Ablauf in der Kneipe immer verworrener wurde, passten das Verhalten der Kollegen und die gesamten Ermittlungen nicht zusammen. Irgendetwas Wichtiges wurde übersehen, oder vertuscht. Aber warum?

Ich quälte mich hoch, zog mich aus und kroch unter die Decke. Kein Zähneputzen, kein Wasser in das Gesicht.

Embryoschonhaltung und versuchen, alles beisammen und in mir zu halten.

Die Nacht war dann so wie viele Nächte in den letzten Jahren. Erst ein schneller, kurzer Tiefschlaf, schon fast eine Ohnmacht. Dann:
Aufwachen
Herzrasen
Angst und Übelkeit
Kopfschmerzen und
übelste Halbträume.

Und am nächsten Morgen, als die furchtbare Nacht dann endlich durch war: totale Mattheit.

Es fiel mir schwer, mich aus dem Bett zu raffen, hätte mich gut und gerne noch Stunden wälzen können, doch ich war mit Jansen im *Smutje* verabredet und eigentlich wusste ich ja auch, wenn ich aus der Dusche komme, geht es meist besser, zumindest eine Zeit lang.

Erst Medizin zum Hochfahren und Einregulieren, dann Motivation für Weiteres mit den Gedanken an Kaffee und das Frühstück. Das sollte diesmal zeitlich passen. Das Versprechen auf einen heilenden Mittagsschlaf, das ich mir selbst gab, tat sein Übriges dazu.

Nach einer Dusche, so heiß wie Lava,
keinem Frühstück wegen Übelkeit,
dafür drei Tassen Kaffee:
raus an die Luft.
Wie ein Paukenschlag, so erfrischend kühl.

Doch vorher hatte ich mich noch einmal bei Frau Wolters über Schumacher, den weiteren Gast im Hotel, erkundigt. Das war der Gefallen, um den ich sie gebeten hatte, bevor ich mich gestern Abend mit Jansen zum Essen getroffen hatte: herauszufinden, was Schumacher von Beruf ist. Das wollte ich eigentlich schon am Abend davor getan haben, gleich als Erstes, wenn ich wieder im Hotel zurück war, doch zum einen war es bereits zu spät gewesen, um die gute Frau Wolters noch einmal deswegen zu wecken, und zum Zweiten war ich dann viel zu zerzaust vom Sturm und zu benebelt vom Alkohol.

Das Ergebnis: langweilig ernüchternd. Handelsreisender für Molkereiprodukte, fast schon zu banal, um glaubwürdig zu sein.

Kapitel zehn

Jansen wartete im *Smutje* auf mich. Ich trat an die Vordertür, prüfte, ob sie verschlossen war, öffnete sie und trat ein. Das grelle Sonnenlicht schlug sich um mich herum in den Eingangsbereich hinein wie eine Welle, die über mir hereinbrach. Zuerst konnte ich nichts weiter sehen als die staubgetränkte Corona, die mich umgab, bis ich ganz in der Kneipe stand, wohin die Sonnenstrahlen mir nicht mehr folgen konnten. Als sich meine Augen an das Zwielicht gewöhnt hatten, sah ich mich um.

Rechts im Raum standen vier Tische an der Wand, jeweils mit vier Stühlen. Links zwei Tische mit vier Stühlen und hinten in der Ecke, neben der Theke, eine Eckbank, mit einem rechteckigen Tisch davor. Alles aus dunklem Holz. So auch der Boden, alte Holzplanken, hochpoliert. Unter dem Dach waren Holzbalken verlegt, quer, von links nach rechts, circa einen Meter auseinander. Darüber weitere Holzverlattungen, worauf das Reet befestigt war. Die Wände waren ringsum weiß getüncht wie die Außenwände. Die Fenster saßen in tiefen Nischen. Geradeaus war die Theke. Komplett aus dunklem Holz. Mit einer polierten Messingstange abgesetzt. Hinter dem Tresen waren drei Bretter an der Wand angebracht, mit einem Spiegel dahinter, damit die Regale doppelt so voll aussahen. Rechts an der Theke vorbei ging es zur Toilette, zur Hintertür und zu einem Lagerraum. Hier gab es ein paar Stufen hinunter.

Jansen saß am letzten Tisch auf der rechten Seite, gleich neben der Theke. Auf dem Boden davor war eine Kreidemarkierung in Form eines gekrümmten Körpers. Rechts weiter vorne, in Höhe des zweiten Tisches, eine weitere Kreidemarkierung auf dem Boden. Ich streifte durch den Raum und suchte nach der dritten, da sprach Jansen:

„Kint hat da drüben gesessen, am ersten Tisch gleich links."

Ich schaute genauer und konnte dann die dunklen Flecken auf dem Tisch erkennen.

„Was wohl jetzt aus der Kneipe wird?", fragte ich in den Raum. „Wäre eine echte Schande, wenn sie geschlossen bliebe." Und das meinte ich ernst. Das wäre genau die Art von Destille, in der ich tagelang versinken könnte.

„Wer weiß das schon. Ist schwer zu sagen in diesen Zeiten. Wer weiß überhaupt schon, was aus uns wird?", sinnierte Jansen vor sich hin. Ich schaute ihn an, er saß vornübergebeugt auf einem Stuhl und sah auf den Boden, hatte beide Arme auf seinen Oberschenkeln abgestützt und sprach mehr vor sich hin als zu mir. Er machte keinen guten Eindruck.

„Alles in Ordnung?" fragte ich.

Keine Antwort.

„Jansen?", setzte ich nach.

„Hmm?", brummte er und sah mich fragend an.

„Geht es Ihnen gut?"

„Ja, alles fein. Warum fragen Sie?"

„Sie machen mir nicht den Eindruck, als wenn alles *fein* wäre."

Sein Blick wechselte von fragend zu resignierend und dann antwortete er:

„Nun, ist alles nicht so einfach. Fällt mir nicht leicht, hier zu sitzen und auszublenden, was passiert ist. Immerhin kannte ich Kint und Walls nun schon ein paar Jahre. Walls und ich mochten uns sehr. Wir hatten ein äußerst freundschaftliches Verhältnis. War zuerst nicht einfach, als ich damals hierhergekommen bin. Die Leute waren vorsichtig, sehr distanziert. Es hat lange gedauert, bis ein wenig Vertrauen da war, nur Edgar, also Herr Walls, behandelte mich von Anfang an wie jeden anderen hier. Ihm ging es ähnlich wie mir. Er hatte, nur zwei Monate bevor ich hierhergekommen bin, das *Smutje* übernommen, er kommt ursprünglich aus Heringsdorf an der polnischen Grenze. Das war unsere Gemeinsamkeit, das machte es einfacher für uns beide."

„Verstehe, wo haben Sie vorher gelebt?", fragte ich.

„Schwarzenberg im Erzgebirge."

„Erzgebirge? Na, das nenn ich mal einen Tapetenwechsel. Warum so eine große Veränderung? Schnauze voll von Krippenspielen und Walpurgisnacht?"

„Nein, ich wollte nur so weit weg, wie damals möglich war, und irgendwohin, wo mich nichts mehr erinnern würde."

„Das hört sich aber ernst an, was ist passiert, haben Sie die Nachbarstochter geschwängert?", und grinste ihn saublöd an.

Er schaute böse auf. War ich zu weit gegangen? War doch bloß ein schlechter Scherz gewesen.

„Lassen wir das", sagte er dann, „Sie wollten sich umschauen? Bitte, fühlen Sie sich frei."

Da hatte ich wohl einen wunden Punkt getroffen. Ich drehte mich weg und tat, als hätte ich das nicht bemerkt. Schaute mich weiter in der Kneipe um. Es fiel mir aber nichts Ungewöhnliches auf. Ich ging zurück zur Haupteingangstür. Verschloss und verriegelte sie von innen.

„Ist das so richtig?", fragte ich Jansen. „War es so an dem Abend?"

Er sah an mir vorbei, auf die Tür und antwortete: „Ja."

„Und auch bei der Hintertür?"

Er nickte.

Das war von außen nicht zu schaffen. Die Türen mussten von innen verriegelt worden sein, das konnte nur heißen, der Mörder muss sich nach den Morden noch in der Kneipe befunden haben. Ich ging zurück zur Hintertür, schaute mir auch diese noch einmal an. Dann runter in den Keller, der war so klein, hier hätte sich niemand verstecken können, ohne dass Jansen ihn gesehen hätte, und selbst wenn, wann hätte er fliehen sollen? Die Toilette war so wie von Jansen beschrieben, zu klein zum Verstecken und das Fenster zu mickrig zum Hindurchquetschen. Das machte es alles nicht besser, und wenn nicht die vielen Ungereimtheiten gewesen wären, hätte ich jetzt Grete angerufen und ihr geraten, sich einen Neuen zu suchen. Ich ging zurück in den Hauptraum, stellte mich an die Theke und sah über mir auf die abgehängten Regale. In einem davon waren sechs pingpongballgroße Bohrungen. In fünf von ihnen steckten Holzknüppel, wie man sie aus alten Piratenfilmen kannte. Kegelförmig und auf ein Drittel Länge mit einem schmalen Rand rundherum abgesetzt. Der sechste fehlte.

„Wie konnte Walls, von Eichstädt unbemerkt, mit einer tödlichen Schusswunde im Bauch bis hierherkommen, sich strecken und einen Prügel aus dem Loch ziehen, zu Eichstädt zurückschleichen, um ihn dann von hinten niederzustrecken?"

Jansen sah mich fragend an.

„Es war ja nicht so, als wäre der Laden rappelvoll gewesen und Walls das Chaos der Menschenmassen hätte ausnutzen können. Offensichtlich waren doch alle schon tot, als Walls Eichstädt niederschlug, sonst hätte ja noch einer überlebt, also außer Eichstädt."

Jansen ließ sein Zwischentief fallen, stand auf und betrachtete nun ebenfalls die leere Stelle im Regal. So standen wir dann eine Weile, Seite an Seite, und schauten nach oben, bis Jansen sich wegdrehte und murmelte: „Gibt es eigentlich irgendetwas an diesem Fall, das zusammenpasst?"

„Ich hab noch mehr", antwortete ich Jansen.

„Na toll."

„Warum hat Walls mit seinen letzten Kräften nicht versucht zu fliehen, statt Eichstädt niederzuschlagen? Wäre sicher die einfachere Variante gewesen, und warum hat Eichstädt Walls in den Bauch geschossen und nicht wie den anderen in den Kopf.

„Keine Ahnung", ächzte Jansen genervt, „vielleicht wollte Walls den Helden spielen und nicht bloß seine eigene Haut retten. Möglicherweise hatte er sich den Totschläger geschnappt, bevor Eichstädt mit dem Schießen begann, ist auf ihn losgestürmt und Eichstädt hat ihm in der Eile in den Bauch geschossen. Den Kopf zu treffen ist schwer, und wenn es hektisch ist und das Opfer sich schnell bewegt, noch einmal mehr. Da ist der Bauch die sicherere Variante. Erst danach erschießt er die beiden anderen. Dann hätte Walls den Totschläger bereits in der Hand gehabt, sich noch einmal aufrappeln können, um Eichstädt eins überzuziehen."

„Hm, möglich, unwahrscheinlich, aber möglich."

Klar war, in der Kneipe Trübsal zu blasen brachte uns keinen Furzbreit weiter.

„Ich werde nach Stralsund fahren und mit den Kollegen dort sprechen und dann nach Rostock, mal sehen, ob ich mit Eichstädt reden kann, vielleicht hilft er uns, ein paar Rätsel zu lösen."

Kapitel elf

Ich lief durch das Dorf zu meinem Wagen. Ich hatte *sie* auf einem kleinen Parkplatz am Rand des Ortes geparkt. Als ich ankam und ihr im Vorübergehen sanft über den rechten Kotflügel strich, schreckte mich ein lautes „Wow" aus meinem kurzen Tagtraum. Ich schleuderte herum und ein junger Mann kam schnellen Schrittes auf uns zu.

„Ist das Ihr Auto?", fragte er mich mit vor Begeisterung funkelnden Augen. Er war vielleicht Anfang zwanzig, mit Gummistiefeln, Regenjacke und Wollmütze ausgestattet. Unter dem Arm trug er eine ausgelutschte Aktentasche, was zu dem Rest des Outfits passte wie Rotwein zum Fisch.

„Ja."

„Wow", wiederholte er.

„Ist nett von Ihnen, danke", antwortete ich in dem Versuch, eine bescheidene Miene aufzusetzen. Er schaute an mir vorbei und seine Augen huschten über den Wagen. Seine Pupillen sahen aus, als würden sie von Klammern auseinandergezogen. Seine Wangenknochen malmten wie eine wiederkäuende Kuh. Ich brauchte nicht weiter zu raten, was er in seiner absurden Tasche mit sich herumtrug.

„Gab's keinen BMW mehr?", sah er mich fragend an und mir fiel alles aus dem Gesicht. „So nen schönen Dreier!", legte er nach und es wurde noch schlimmer, „oder VW, Golf finde ich toll." Mit gesenkten Schultern und erschütterter Miene stieg ich in meine treue Gehilfin und flüsterte ihr zu:

„Hör nicht auf den Idioten."

Kapitel zwölf

Auf meinem Weg nach Stralsund, quer durch Rügen, konnte ich den Rest der Insel zum ersten Mal richtig sehen. Die Sonne schien und es war fast sommerlich warm. Ich trug nur T-Shirt und Jeans. Ich hatte mir schwarze Doc Martens in Westberlin gekauft und mir geschworen, nie mehr einen anderen Schuh an meine Füße zu lassen. Jetzt wurde es fast zu warm dafür. Das Wetter und die Landschaft schrien nach John Coltrane, also seit langer Zeit mal wieder ins Kassettendeck geschoben und zum Dahingleiten als Unterstützung auf mittlerer Lautstärke abgespielt. Alles blühte um mich herum. Lange Alleen mit dichten Bäumen in einem satten, frischen, ganz hellen Grün. Die Gräser standen dicht, von Blumen durchzogen, und das Korn auf den Felder war bereits kniehoch. Kaum ein Auto kam mir entgegen, kaum ein Mensch war auf der Straße, es war ein Traum. Ich hielt mich so lange wie möglich von der B 96 fern und nutzte die kleinen Straßen. Bis es nicht mehr anders ging. Hinter dem

Rügendamm und Dänholm kam dann gleich Stralsund. Von jetzt auf gleich war ich in der Realität zurück und das tat mir nicht leid. Ich bin Berliner durch und durch. Ich liebe Landschaften, Ruhe und Weite. Ich bin auf einem Bauernhof in Brandenburg aufgewachsen, ich kann mit der Einsamkeit umgehen, doch mit dem Geruch der Stadt kommt Heimat und Sicherheit. Das lässt sich nicht abstellen. Die Tage und Nächte voller Angst und Gewalt durch meinen Vater schon. Das habe ich schnell verdrängt und vergessen. Kaum war ich aus der Schule, war ich weg. Erst zur Armee, dann Polizeischule, dann zum Studium nach Berlin. Das ging alles so schnell und war so intensiv, dass mir das nicht schwerfiel. Zumal das letzte Bindeglied zu meinem Vater, meine Mutter, keine zwei Jahre, nachdem ich sie verlassen hatte, starb. Seitdem habe ich ihn weder gesehen noch an ihn gedacht. Einfach weg, ausgelöscht aus meinen Gedanken. Und es hat mir nie leidgetan und ich habe ihn nie vermisst oder in Selbstmitleid gebadet, weil ich nie einen Vater hatte, der liebevoll, aufbauend oder ein Rettungsanker war. Neunmalkluge Psychiaterfuzzis werden sagen:

„Irgendwann bricht das Verdrängte hervor …!", und womöglich haben sie damit auch recht, aber nicht bei mir. Ich verdränge bis ins Grab hinein.

Vom Rügendamm runter auf die Werftstraße und dann rechts auf die Straße Frankendamm. Nummer einundzwanzig. Polizeiinspektion Stralsund. Es war ein dreistöckiges Gebäude, das sich an der Straße gut fünfzig Meter entlang zog. Grauer Grobputz mit hohen weißen Sprossenfenstern. Am linken Ende der Eingangsbereich aus roten Brandziegeln mit einer großen Holztür. Davor ein Parkplatz für Dienstwagen. Ich nahm den ersten gleich am Eingang.

An der Rezeption zeigte ich meine Vertretungsvollmacht und fragte nach dem zuständigen Beamten. Der saß im dritten Stock, Zimmer 312. Sein Name war Rotetzki. Ich zeigte auch ihm meine Vollmacht und er antwortete:

„Nun, Herr Mulder, wie kann ich Ihnen helfen?"

„Ich habe mich mit Wachtmeister Jansen unterhalten, er hat mir ausführlich erläutert, was passiert ist, und ich würde jetzt gerne Ihre Version hören."

„So, so", sagte er, „und wer ist Wachtmeister Jansen?"

„Äh, der zuständige Kollege in Vitt."

„Ach so, nun, Sie müssen entschuldigen, aber ich habe noch nie von ihm gehört."

„Das verstehe ich nicht. Er hat Sie in der Nacht über die Morde informiert, war am Tatort, als Sie dort ankamen, Sie müssen doch seine Aussage aufgenommen oder sie zumindest gelesen haben."

„Die Anrufe kommen in der Zentrale an, ich werde dann von denen informiert und spreche nicht direkt mit dem Anrufer. Vor Ort haben wir zunächst die Kneipe und die Umgebung gesichert und als dann die Spurensicherung und Staatsanwaltschaft aus Rostock da waren, haben die übernommen. Wir sollten nur für Ordnung sorgen."

„Aber Jansen war vor Ort, Sie müssen doch mit ihm gesprochen haben."

„Wir hatten Anweisung, die Kneipe nicht zu betreten. Ich habe nach unserer Ankunft nur kurz hineingeschaut und gesehen, dass der Notarzt bereits dort war. Dann habe ich getan, was mir gesagt wurde, und für Ordnung gesorgt. Aber ja, ich erinnere mich, dass noch ein älterer Herr in der Kneipe war, als wir ankamen, ich habe ihn gebeten das Gebäude zu verlassen. Er hat meine Anweisung befolgt und dann mit den Leuten auf der Straße gesprochen, um sie zu beruhigen."

„Das war Jansen." Ich überlegte kurz. „Sie hatten Anweisung, die Kneipe nicht zu betreten, wann haben Sie die erhalten?"

„Auf der Fahrt dorthin, relativ schnell, über Funk."

„Und vom wem?"

„Von der Zentrale."

„Und die?"

„Staatsanwalt."

„Hat Sie das nicht verwundert?"

„Was?"

Ich rieb mir meinen Nasenrücken und fragte mich, ob der sich extra so doof anstellte oder wirklich so doof war.

„Sagen Sie, Herr Rotetzki, wie viele Morde haben Sie hier im Jahr? Einen, zwei?"

„So was ja."

„Und Doppel- oder Dreifachmorde?"

„Noch nie, worauf wollen Sie hinaus?"

„Sind Sie schon jemals zuvor von der Staatsanwaltschaft auf dem Weg zu einer Morduntersuchung aufgehalten worden mit der Anweisung, sich zurückzuhalten, nicht gleich zu ermitteln, sondern lediglich die Gegend zu sichern?"

„Nein, aber wie gerade gesagt, hatten wir noch nie in einem Dreifachmord zu ermitteln. Ist schon etwas Besonderes, oder?"

„Keine Frage, aber wie lange saßen Sie im Auto auf dem Weg nach Vitt, als der Funkspruch kam? Sie sagten, relativ schnell, was heißt das? Fünf Minuten, zehn Minuten?"

„Vielleicht zehn."

„Zehn Minuten. Der Anruf aus Vitt geht bei Ihrer Zentrale gegen zwei Uhr morgens ein. Sie fahren los, Rostock wird informiert und unmittelbar meldet sich die Staatsanwaltschaft und befiehlt Ihnen, sich zurückzuhalten, mitten in der Nacht, ohne nur annähernd wissen zu können, was passiert ist."

Er sah mich ausdruckslos an.

„Erscheint Ihnen das normal?"

„Wie gesagt, es war eine außergewöhnliche Situation."

„Okay, andere Frage. Wann trafen der Staatsanwalt und die Spurensicherung ein?"

„Gegen drei Uhr dreißig."

„Wann waren Sie vor Ort?"

„Gegen drei Uhr."

Ich schaute ihn eindringlich mit großen Augen an.

„Was?"

Mann, war das eine Pfeife.

„Neunzig Minuten nachdem der Anruf bei ihrer Zentrale in Stralsund eingeht, stehen Staatsanwaltschaft und Spurensicherung aus Rostock in Vitt am Tatort, ziemlich flott, oder?"

„Mag sein."

So kam ich nicht weiter.

„Gut, Herr Rotetzki, darf ich Ihre Ermittlungsakten sehen?"

„Die sind nicht hier."

„Wo sind sie?"
„Hat die Staatsanwaltschaft eingezogen."
„Haben Sie keine Kopien gemacht?"
„Nein."
„Und warum nicht?"
„Nicht mehr unser Fall."
„Aber so kann man doch nicht arbeiten. Wäre doch möglich, dass er wieder zu Ihrem Fall wird oder dass man Sie noch einmal einbezieht. Was ist, wenn der Verdächtige aus Stralsund kommt und Sie schnell reagieren müssen, wollen Sie dann erst nach Rostock fahren und im Archiv nach den Akten suchen, die Sie hier so leichtfertig weggegeben haben?" Ich war jetzt mächtig in Rage, mit so viel Gleichgültigkeit konnte ich nicht umgehen. „Interessiert es Sie gar nicht, wer in Ihrer Zuständigkeit drei Menschen getötet hat? Ich meine, was für ein Bulle sind Sie?"

„Hören Sie, Herr ...", ein großes Fragezeichen bildete sich in seinem Gesicht. Ich ließ ihn zappeln. Das sollte ihm so richtig peinlich sein. Schließlich zischte ich: „Mulder!"

„Entschuldigung, natürlich, Herr Mulwer ...,"
„Mulder!", bellte ich.
„Verzeihung. Sehen Sie, wir sind hier vollkommen unterbesetzt. Seit dem Mauerfall sind die neuen Hausherren dabei, uns umzustrukturieren, das heißt, fast die Hälfte der Kollegen wird versetzt und neu zugeteilt, selbst wenn ich wollte, hätte ich gar nicht die Mittel und die Zeit, mich nebenher mit so einem komplexen und wichtigen Fall zu beschäftigen."

„Gilt das auch für die Kriminalpolizei? Ich meine das Aussortieren und Halbieren der Kräfte."

„Bislang nicht, aber viele machen sich Sorgen, dass es uns auch bald treffen wird, und schauen sich bereits anderweitig um. Einige sind schon rüber in den Westen. Den Strafvollzug hat es hart getroffen, das macht es uns auch nicht gerade leichter. Wir helfen aus, wo wir können. Zudem wurde uns ziemlich klar deutlich gemacht, dass wir mit dem Fall nichts zu tun haben werden und sich Rostock darum kümmert."

„Wie das?"

„Wie bereits gesagt, wir sollten lediglich die Umgebung sichern, das war's. Niemand von uns sollte mit irgendjemandem sprechen. Keine Fragen stellen, kein Verhör, nix. Da brauche ich mich dann auch nicht anzubiedern."

Das machte alles keinen Sinn und weitere Fragen, die ich hatte, nach der Waffe oder dem Tathergang, schienen nur Zeitverschwendung.

„Schönen Tag noch und danke für nix", sagte ich, als ich das Büro verließ.

„Imme wieder gerne", warf er mir hinterher.

Nächste Station Rostock.

Doch vorher rief ich bei der Anwaltskanzlei Simon an und bat darum, mich beim Staatsanwalt anzukündigen.

„Wie heißt der Mann", fragte ich.

„Wilfried Matrei", antwortete eine mir unbekannte Stimme am anderen Ende der Leitung, „kennen Sie den?"

„Nie gehört."

„Wundert mich nicht. Ist erst seit Januar im Amt, hat Kornsiefen ersetzt. Den haben sie nach dem Mauerfall ganz schnell abgesetzt."

Das wiederum wunderte mich gar nicht. Abgesehen davon, dass im ganzen Land schon fleißig Richter und Staatsanwälte abgesägt wurden, hatten sie Kornsiefen sicher von Anfang an ganz oben auf der Liste derer, die weggehörten, geführt. Von dem hatte ich sogar in Berlin mitbekommen. Ein Schweinehund, wie er im Buche steht. Rühmte sich damit, in den Sechzigern haufenweise Altnazis aussortiert zu haben, und war selber der größte von allen. Unter anderer Flagge, aber von der Gesinnung und dem Handeln absolut identisch.

„Wir können Sie bei Matrei zwar anmelden, aber ich befürchte, dass es für einen Termin ein wenig kurzfristig ist", fuhr er fort. „Wir haben schon vor einer Woche angefragt und für übernächste erst etwas bekommen."

„Dann lassen Sie es, ich versuche es selbst, mitunter ist es besser, unangekündigt persönlich vorstellig zu werden, mit ein bisschen Druck geht dann manchmal was."

Als Nächstes bat ich darum, mit Eichstädt sprechen zu dürfen.

„Das ist kein Problem, wann schaffen Sie es?"

„Wie lange brauche ich von Rostock raus bis nach Warnemünde?"

„Warnemünde?", fragte mich die unbekannte Stimme, „Eichstädt ist nicht in Warnemünde untergebracht, er ist in der Untersuchungshaftanstalt Rostock."

Mir zog sich alles zusammen. Das war übel.

„Er sitzt in Staatssicherheitsgewahrsam? Warum das?"

„Das weiß ich nicht."
„Und da darf ich einfach so hineinspazieren?"
„Sie müssen vorher angemeldet sein."
„Schon klar, aber normalerweise Tage, wenn nicht Wochen im Voraus."
„Das hat sich geändert."
„Offensichtlich, und sagen Sie, Herr …?"
„Schneider."
„Gut, also Herr Schneider, hat die Stasi dort überhaupt noch Verfügungsgewalt? Der Verein ist doch längst aufgelöst."
„Offiziell ja, aber wie wollen Sie auf die Schnelle so viele Fachleute ersetzen? Selbstverständlich ist dort weiterhin ein Großteil beschäftigt, der schon immer da war, lenkt und denkt die Maschinerie weiter."
„Nun, wir werden sehen. Kündigen Sie mich für fünfzehn Uhr an, das sollte ich schaffen."
„Geht in Ordnung."

Eineinhalb Stunden später kam ich in Rostock an. Schneller war das für mich nicht zu machen. Nachts mit freien Straßen und schneller, als die Polizei erlaubt, vielleicht in einer Stunde fünfzehn, doch dann musste man schon in den Startlöchern stehen und war noch nicht in Vitt.

Jansen hatte recht gehabt.

Durch Rostock durch, bis in Doberaner Straße 116, brauchte ich noch einmal knapp zehn Minuten. Ich parkte mitten auf der Straße zwischen hohen Kastanienbäumen gleich vor dem Gebäude und ging zum Empfang.

Ich fragte nach Matrei.

„Haben Sie einen Termin?"

„Ja", log ich.

„Gleich rechts rum, am Ende des Gangs auf der rechten Seite. Dort finden Sie das Büro seiner Sekretärin, da müssen Sie sich anmelden."

So ein Mist dachte ich, ließ mir aber nichts anmerken und lächelte. „Danke!" Ich ging rechts den Gang hinunter. Blieb an der letzten Tür rechts stehen, setzte zum Klopfen an, stockte kurz, um mir mein charmantestes Lächeln aufzumalen, und kündigte mich an.

„Herein", rief eine Damenstimme hinter der Tür und ich trat ein.

„Einen wunderschönen guten Tag wünsche ich."

Eine junge Frau saß hinter einem Schreibtisch und hackte, ohne auf die Tasten zu schauen, auf eine Schreibmaschine ein, schnell, wie ein Maschinengewehr schoss. Das war echt beeindruckend. Ihr Blick klebte auf einem DIN-A4-Schreibblock, der auf einem Stapel Akten gleich links von ihr lag. Ohne aufzuschauen, fragte sie: „Wie kann ich Ihnen helfen?"

„Ich würde gerne mit Staatsanwalt Matrei sprechen."

„Name?"

„Mulder, Oberleutnant Benedikt Mulder."

„Haben Sie einen Termin, Herr Oberleutnant?"

„Äh, nein, aber es ist wirklich sehr wichtig."

„Tut mir leid, er ist beschäftigt."

Zack, abserviert. Die war eiskalt gewesen.

„Hören Sie, ich bin extra aus Berlin hierhergekommen, um mit Herrn Matrei zu sprechen. Es geht um einen Mordfall und ich benötige dringend Informationen. Ich komme im Auftrag der Anwaltskanzlei Simon aus Stralsund, ich habe eine Vollmacht und ich ..."

Sie schaute auf und sah mich jetzt das erste Mal an. Sie hatte dunkelbraune Augen, eine schmale, spitze Nase, einen etwas zu schmalen, aber wunderschön dunkelrot geschminkten Mund. Schulterlanges dunkelbraunes Haar und einen Teint, als wäre sie frisch aus dem Urlaub. Sie war ausgesprochen hübsch.

„Sie arbeiten für eine Anwaltskanzlei, Sie sagten doch, Sie wären Oberleutnant."

„Das ist eine lange Geschichte, vielleicht für ein Mittagessen?", und strahlte sie an.

„Staatsanwalt Matrei ist äußerst beschäftigt. Sie brauchen einen Termin, wenn Sie mit ihm sprechen möchten."

Jetzt wich ihr Blick nicht aus. Sie starrte mir ungerührt, knallhart herausfordernd in die Augen. Das machte mich fast verrückt. Ich musste mich bremsen, um sie nicht sofort zu packen, gegen die Wand zu drücken und mich ihr aufzuzwingen. Ich wette, das war genau das, was sie mochte, nur nicht mit mir, denn sie widmete sich wieder ihrer Arbeit und beendete unsere kurze Liaison mit einem knappen „Guten Tag, Herr Mulder".

Doch ich war noch nicht fertig.

„Wann hat er den nächsten Termin frei?", fragte ich.

Sie stoppte ihre Tipperei, drehte sich nach rechts, ohne aufzuschauen, nahm einen großen Kalender und ging ihn durch. Sie schlug geräuschvoll Seite um Seite um und ich wurde immer wütender. Die hatte vielleicht Nerven. Schließlich:

„Am 3. Juni, um 16.30 Uhr, für eine halbe Stunde."

„Das ist in über zwei Wochen!", echauffierte ich mich.

Sie schaute ungerührt auf und verharrte mit ihrem Kugelschreiber über dem freien Termin im Kalender. Was blieb mir anderes übrig? Wäre ich noch offiziell Bulle gewesen, wäre ich mit der Situation anders umgegangen, so aber antwortete ich so gereizt, wie mir möglich war: „Also gut", doch es klang dann eher resignierend.

„Soll ich Ihnen eine Notiz mitgeben, damit Sie es nicht vergessen?"

„Nein, Sie sollen mir keine Notiz mitgeben, ich werde es nicht vergessen", äffte ich sie nach. Sie trug meinen Namen in den Kalender ein und ich sah den Ansatz eines kleinen Lächelns auf ihrer linken Wange, doch ob es wegen meiner Nachäfferei oder Arroganz war, konnte ich nicht sagen, sicher war, dass ich den Termin platzen lassen würde. Das war mein kleiner Triumph, auch wenn das wahrscheinlich niemanden jucken würde.

Jetzt war ich ein bisschen zu früh dran. Zur Untersuchungshaftanstalt in der Ulmenallee waren es nur fünfzehn Minuten, doch wir hatten gerade einmal dreizehn Uhr. Ich beschloss, mir am Hafen ein Restaurant oder eine Kneipe zu suchen, wo man einen Happen zu essen bekam.

Normalerweise wäre es eine kurze Fahrt durch eine trostlose Stadt gewesen, die ich aber mit ein paar Schlenkern gewollt verlängerte. Kopfsteinpflaster wechselte sich ab mit gebrochenem Asphalt. Die Bürgersteige waren nur gepresster Dreck, eingerahmt von schiefen Bordsteinkanten. Die Häuser ein Trauerspiel. Grauer Zementputz neben braunem Grobputz. Die Fensterrahmen gesplittert, die Farben abgebröckelt und die Dächer hingen durch. Rechts und links hupten Fahrer in ihren Trabanten und ob ich ihnen zu langsam fuhr oder sie meinem Auto Respekt bekunden wollten, weiß ich nicht. War mir auch egal. Ich war gefesselt von dem Verfall und der Gleichmütigkeit. Und je näher ich dem Hafen kam, umso mehr bestätigte sich, Rostock war ein Drecksloch. Viele Häuser waren leer, die Fenster hatten keine Glasscheiben mehr und von innen waren sie teils ausgehöhlt. Eine leere Hülle ohne Innenwände und Fußböden. Ein karges Gerüst, das nur von seinen allernotwendigsten Mauern aufrecht gehalten wurde. Es war schwer zu ertragen und nicht zu verstehen, wie eine solche Stadt, das einstige *Tor zur Welt*, so verrotten konnte. Ich fuhr an einer Häuserwand vorbei, auf der ein riesiges Abbild Karl Marx' in Rot, Schwarz und Weiß gemalt war. Rechts oben war eine digitale Anzeige mit Datum und Uhrzeit und rechts unten stand:

Wir ehren Karl Marx durch unsere Taten
Passt!

Ostberlin ist ebenfalls spröde, grau und vom Verfall gezeichnet, aber Ostberlin hat Weite, mit großen Plätzen, tollen Gebäuden und Kultur. Ostberlin hat Substanz und würde bald wieder im alten Glanz erstrahlen, da war ich mir sicher. Rostock konnte man nur bis auf die Grundmauern niederreißen und neu aufbauen.

Ich parkte vor dem *Haus der Gewerkschaften*. Ein elf Stockwerk hoher rechteckiger Plattenbau in der Lange Straße. Von dort ging ich runter bis an die Unterwarnow, dort am Ufer entlang über die Straße *Am Strande* bis zu einem Gasthaus mit Namen *Zur Knogge*. Laut Beschilderung wohl Rostocks ältestes maritimes Gasthaus.

Ich aß Matjes mit Brot und dazu gönnte ich mir ein Bier und zum Verdauen zwei Schnaps. Was eine fatale Entscheidung gewesen war und fast in einem Desaster geendet hätte. Nach dem zweiten Schnaps war ich nur einen Hauch von einem totalen Absturz entfernt. Ein Schalter drohte sich umzulegen, den ich dann nicht mehr zurückgedrückt bekommen hätte. Er rastet ein, verkantet sich und sosehr ich dagegen gekämpft hätte, würde er auf „Off" stehen bleiben.

Aus.

Gehirn weggeschaltet und das Denken eingestellt.

Übernahme: Schwermut!

Die Dämonen robben aus den Windungen und drücken den wenigen vernünftigen Strängen die Blutzufuhr ab. Gleichmut und Selbstzerfleischung, Aufgabe und Demütigung wären das Ergebnis, das dann nur durch ein totales Reset in Form eines epischen Blackouts hätte repariert werden können. Wäre bei weitem nicht das erste Mal gewesen. Ist schon Dutzende Male zuvor passiert und wird wahrscheinlich noch so häufig wiederkommen, bis nichts mehr zum Reparieren übrigbleibt. Und doch konnte ich in dem Moment nichts daran ändern.

Ich hob die Hand zum Nachordern, da setzte sich mir ein älterer Herr unaufgefordert gegenüber. Er zog meinen winkenden Arm runter und platzierte ihn zurück auf den Tisch. Ich sah ihn mit großen Augen an und war sprachlos.

Er nicht.

„Deswegen bist du doch nicht hier, richtig?", fragte er.

„Was wollen Sie?"

„Du siehst aus, als würdest du Hilfe brauchen, ich bin hier, um zu helfen."

„Danke, aber ich brauche keine Hilfe", sagte ich spöttisch und hielt Ausschau nach dem Wirt.

„Das glaube ich aber doch."

„Und wie kommen Sie darauf?" Ich konnte den Wirt nicht finden und wurde mehr und mehr genervt. Nicht nur von dem Kerl mir gegenüber, auch weil ich spürte, dass der erste Alkoholkick nachließ, ich ihn aber unbedingt unterstützen wollte und nicht verlieren.

„Sie sind doch nicht zum Trinken hierhergekommen."

Jetzt war ich baff. Abrupt stellte ich die Suche ein und schaute mir den Typen das erste Mal richtig an. Er sah aus wie ein Penner. Schulterlange, fusselige, graue Haare. Einen stoppeligen, unregelmäßigen grauen Bart. Hohle Wangen mit Wangenknochen gleich unter den Augenlidern und Tränensäcken dick wie Nacktschnecken. Die Augen waren trüb und rot unterlaufen, aber sein Blick durchbohrte mich schier. Ich konnte kaum mehr wegschauen, bis er schief grinste.

„Nein, auch zum Essen", antwortete ich und sah wieder in die Kneipe hinter ihm.

„Das meinte ich nicht."

„Und was meinten Sie?"

„Dass Sie das besser sein lassen sollten und sich darauf konzentrieren, weswegen Sie hier sind."

„Und was wäre das?"

„Ihre Mission erfüllen."

Langsam wurde mir mulmig und der Kerl hatte es tatsächlich fast so weit gebracht, dass ich lieber aufstehen und gehen wollte, als sitzen zu bleiben, um mich abzuschießen.

„Hören Sie, ich möchte ja nicht unhöflich sein, aber ich glaube, das geht Sie einen feuchten Furz an. Es wäre nett, wenn Sie sich jetzt verpissen würden."

Er sah nicht aus, als wäre er beleidigt, im Gegenteil, er grinste weiter, nur sah es jetzt beinahe so aus, als würde er mich bemitleiden.

„Beschimpfen Sie mich ruhig, aber ich möchte Sie nur davor bewahren, den gleichen Fehler zu machen wie ich."

„Der da wäre?"

„Nie wieder hier rauszufinden." Sein Grinsen war mit einem Mal weg. „Das ist das, was die wollen."

Er stierte mich an.

Das hatte gesessen.

Jetzt bekam ich richtig Angst. Wie konnte er das wissen? Wir sahen uns an und er verzog keine weitere Miene. Starrte nur und tief unten in mir juckte es wie eine Wunde unter eitrigem Schorf.

„Kaspar ...", brüllte jemand und riss mich aus seiner Umklammerung.

„Lass den Mann in Frieden."

Kaspar lehnte sich zurück und verfiel in eine geprügelte Hundehaltung.

„Schon gut, Friedrich, schon gut, wir plaudern nur." Gebückt quälte er sich unter lautem Ächzen von seinem Stuhl, warf mir einen letzten wissenden Blick zu und verkroch sich in eine Ecke.

Der Wirt kam und fragte, „Hat er Sie belästigt?", und bevor ich antworten konnte: „Nehmen Sie es ihm nicht übel. Er ist nicht gefährlich, nur einsam und ein bisschen bekloppt. Wir kümmern uns um ihn, sehen zu, dass er ab und zu mal etwas isst und nicht am dritten jeden Monats seine Rente bereits versoffen hat." Dann schaute er zu dem alten Mann und sagte: „Nicht wahr, Kaspar, wir passen auf dich auf."

„Bist'n guter Kerl, Friedrich", rief Kaspar rüber.

„Was darf es denn noch sein?", fragte Friedrich, der Wirt, mich dann. Doch ich musste mich erst sammeln. Dieser verdammte Kaspar hatte mir meinen Nachmittag, Abend und die Nacht versaut. Ich hatte mich richtig wohlgefühlt in dem Schuppen, war bereit gewesen, bis zum Äußersten zu gehen, seit langem mal wieder. Ich sah den Wirt an, der lächelte freundlich.

„Die Rechnung bitte", und ich konnte einen kurzen Hauch der Enttäuschung durch sein Gesicht huschen sehen. Dann lächelte er wieder, „In Ordnung", und verschwand hinter der Theke.

Als ich aus der Kneipe trat und die frische kühle Luft einsaugte, war ich kurz davor, loszuweinen. Ich wusste nicht, ob aus Mitleid für Kaspar, für mich oder aus Verzweiflung, weil ich wusste, dass ich eben meinem Schicksal gegenübersaß. Ich schlich zur Häuserecke, beugte mich vornüber und kotzte los. Alles kam wieder raus, Bier, Schnaps, Matjes und Brot. Achtzehn Mark fünfzig in die Gosse rein. Kam wieder hoch und fühlte mich besser. Lief zum Fluss, kaufte mir eine Club Cola an einem Stand und leerte sie in großen Zügen. Danach war es, als hätte die Kneipe nie stattgefunden. Ich sah auf meine Armbanduhr, eine Ruhla Spezialanfertigung für NVA-Kampfschwimmer, ein Geschenk meines alten Freundes, dem Doc, wo auch immer der die herhatte, und war gedanklich wieder bei Eichstädt.

Da ich noch Zeit hatte, lief ich an der Unterwarnow in Richtung Osten entlang bis zum Petridamm, als ich Musik von unter der Petribrücke vernahm. Es waren Klänge, die mir mittlerweile nur allzu vertraut waren. *The Cure.*

Scheppernd überdreht laut aus einem Ghettoblaster krächzten die E-Gitarren und hallten zwischen den Pfeilern wider. Dies hielt meine Neugierde natürlich nicht lange aus und ich folgte den Gesängen, hypnotisiert wie griechische Seefahrer von Sirenen.

Vier junge Männer und zwei Frauen standen vor dem Blaster und unterhielten sich teils feixend, teils singend und teils still vor sich hin wabernd zu Robert Smiths Seelenstriptease. Ich hielt ein wenig Abstand und beobachtete zunächst nur aus der Ferne. Sie trugen dreckige, zerrissene Jeans. Dicke schwarze Stiefel oder Creepers. T-Shirts mit offenen Hemden darüber, alles in Schwarz oder Schwarz meliert. Die Mädchen kurze Röcke mit Doc-Martens-Schuhen, Trägershirts mit Netzshirts darüber. Sie hatten die Haare schwarz gefärbt, mit rosa und blauen Strähnen gemischt, hochtoupiert und an den Seiten kurz geschoren. Die Jungen waren mit den Haaren zurückhaltender, hier und da ein wenig mit Haarspray hochgestellt, einer sah eher aus wie ein Ted, denn ein New Waver.

Als sie mich erblickten, verstummten sie unmittelbar und stellten die Musik leiser. So verharrten wir schweigend einen Augenblick, bis einer der Jungs fragte:

„Können wir Ihnen helfen?"

„Nein, ich, ähm, hab die Musik gehört und wollte nur sehen, wer hier ist."

„Und warum das?"

„Das sind *The Cure*, richtig?"

Sie sahen sich an, als hätte ich sie nach dem Verbleib der Titanic gefragt.

„Ich mag Robert Smith", schob ich hinterher und kam mir unmittelbar saublöd vor. *„Ich mag Robert Smith"*, äffte ich mich selbst im Kopf nach, wer bist du, ein dreizehnjähriges Mädchen? dachte ich und dass die mich für den letzten Schwachkopf halten müssten oder für irgendeinen Perversen, doch erstaunlicherweise antworteten sie:

„Er hatte letzten Monat Geburtstag", antwortete eines der Mädchen.

„Wer?", fragte ich zurück und dachte, sie meinte einen ihrer Kollegen, doch sie lächelte und antwortete: „Na Robert Smith, wir feiern das, einen ganzen Monat lang."

„Im August spielen sie in Leipzig, da gehen wir alle hin und bis dahin bringen wir uns in Stimmung."

„Wow", antwortete ich, „das sind noch drei Monate, ist ne verdammt lange Zeit, um sich in Stimmung zu bringen, haltet ihr das so lange aus?"

„Klaro, wir sind bestens ausgerüstet, wenn de verstehst, was ich meine", preschte jetzt ein Dritter vor, tippte sich an die Nase und grinste sich einen.

„Ey Alter, halt die Klappe", drängelte sich der Nächste an ihn heran und zog ihn am Ärmel.

„Schon gut", sagte ich, „keine Angst, interessiert mich nicht, aber dein Kumpel hat recht, du solltest aufpassen, wem du so etwas steckst. Dann feiert mal schön und grüßt mir Robert in Leipzig." Ich drehte mich um und machte mich auf den Weg zurück, von wo ich gekommen war.

Ich ließ das Auto stehen und ging gleich zu Fuß weiter. Waren nur knapp fünfzehn Minuten vom *Haus der Gewerkschaft* zur Untersuchungshaftanstalt. Auf dem Weg wurde mir dann mit jedem Meter, den ich näherkam, mulmiger im Magen. Ich war nervös und mir sicher, allen Grund dafür zu haben. Ich kannte entsprechende Anstalten, hatte aber selten eine von innen erlebt. Die Leute, die hier einsaßen, waren keine Kapitalverbrecher, sondern in den meisten Fällen politische Gefangene, die vom Ministerium für Staatssicherheit verhaftet und inhaftiert worden sind. Hier saßen Frauen und Männer wegen *Hetze, versuchter Republikflucht, staatsfeindlichen Aktivitäten* und so einem Blödsinn. Sie wurden monatelang exzessiv verhört und isoliert, bis sie letztlich vor ein Gericht kamen, um endlich formal abgeurteilt und in einen Strafvollzug geschickt zu werden. In solch einer U-Haft zu landen war kein Pappenstiel und es war ungewöhnlich, einen mutmaßlichen Mörder dort einzuquartieren, auch wenn es sich um drei Morde handelte. Die Stasi war hierfür nicht zuständig und interessierte sich eigentlich auch nicht. Ich erklärte mir das damit, dass es die Stasi offiziell ja gar nicht mehr gab und sie die Haftanstalt sicher entsprechend umfunktioniert hatten. Trotzdem fühlte ich mich äußerst unwohl in meiner Haut, denn mit einem hatte die unbekannte Stimme aus der Anwaltskanzlei Simon recht, ähnlich wie nach dem Zweiten Weltkrieg werden hier viele von den üblen Drecksäcken fest auf ihren Stühlen sitzen geblieben sein. Wie willst du auch so viele Posten so schnell neu besetzen oder die Betreiber umprogrammieren?

Schließlich stand ich vor dem Haupteingang und sämtliche Coolness war verloren. Ich hatte ja regelmäßig mit der Staatssicherheit zu tun gehabt und auch null Respekt vor diesen Hochstaplern. Ich hab sogar mal einen von ihnen verprügelt, einen Oberst, nachdem ich seinen Befehl missachtet hatte, doch das war in Berlin gewesen, wo ich ne Million Leute kannte. Staatsanwälte mit Vornamen grüßte und wo auch mich jeder kannte und respektierte. Aber hier in Rostock, auf fremdem Territorium, wo ich nur ein beschissener Schnüffler war, der für ein Anwaltsbüro den Hiwi machte, war das etwas ganz anderes. Diese Leute hatten die Macht, einen verschwinden zu lassen, ohne Rechenschaft ablegen zu müssen, zumindest früher einmal, und da half es auch nicht, dass ich ein suspendierter Bulle war.

Ich stand vor der riesigen dunklen Holztür und schaute links und rechts die Straße runter. Das Hauptgebäude war nur Teil eines ganzen Areals, welches rundherum mit einem gut drei Meter hohen Stacheldrahtzaun umgeben war. Hinter dem Zaun gehörten weitere verschiedene Gebäude, die ich im Einzelnen nicht erläutern kann, zu der gesamten Anlage. Ich nahm meinen Mut zusammen und klingelte an der Pforte. Ein ohrenbetäubendes Summen entriegelte die Türen und ich zog sie auf und trat hinein. Hinter einem Tresen mit Panzerglasscheibe saß ein Uniformierter. Ich stellte mich und mein Anliegen vor. Er telefonierte und antwortete dann blechern durch die in der Glasscheibe eingelassene Sprechvorrichtung.

„Setzen Sie sich da drüben auf die Bank, Sie werden abgeholt."

Zwanzig Minuten später kam ein Mann in Zivil, *gar nicht gut*, dachte ich und er forderte mich auf, ihm zu folgen. Wir verließen das Gebäude nach hinten und durchschritten einen Innenhof. Jetzt konnte ich erkennen, wie groß das Areal war. Links stand ein riesiges kubisches Bürogebäude, gut dreizehn Stockwerke hoch, das musste die Zentrale gewesen sein. Unmittelbar daran anliegend im rechten Winkel ein weiteres etwas kleineres, längliches Gebäude, daran anliegend ein weiteres und ein weiteres und ein weiteres, der Himmel weiß, wofür. So bildeten sie ein Karree, das von außen nicht einzusehen war. In der Mitte befand sich ein letztes Gebäude, nicht minder groß, aber so eingerahmt wirkte es begrenzt und eingeengt. Auf dieses liefen wir zu. Unten beim Pförtner Ausweis abgeben und über ein Treppenhaus in den zweiten Stock. Über eine kleine Brücke vom Treppenhaus in den Zellentrakt. Unter der Brücke waren aus Beton gegossene Parzellen. Zwei mal drei Meter groß und mit drei Meter hohen Wänden. In einer sah ein Mann zu mir hoch. Offensichtlich waren dies die Freigänge. Gruselig. Der Zellentrakt war ein klassisches Gefängnis, rechts und links Zellen mit schweren von außen zu verriegelnden Holztüren, mit Guckloch und Essensklappen. Rundherum ein Gang, um an jede Zellentür zu kommen, rechts und links je eine Treppe runter bis ins Erdgeschoss. Eine Etage war noch über uns. Aus Erfahrung wusste ich aber, dass sich mindestens noch zwei Stockwerke unter dem Erdgeschoss befanden. In der Mitte war es hohl, hier konnte man von oben bis unten durchsehen, nur unterbrochen von geflochtenen Stahlgittern auf jedem Stockwerk. Wir gingen nach rechts bis zu einer Zelle, an dessen Eingang bereits ein Uniformierter wartete. Als wir ankamen, entriegelte er die Tür klangvoll mit seinen riesigen Schlüsseln an seinem comicartigen Schlüsselbund. Dann gab er den Weg frei. Ich fragte mich, ob Eichstädt mich wohl erkennen würde. Ich schaute in die Zelle. Links ein offenes WC und ein Waschtisch. Rechts ein Tisch mit einem Stuhl daran. Geradeaus ein Bett, darüber eine Fensteröffnung mit Glasbausteinen. Der Raum war knapp zwei Meter fünfzig breit und vier Meter tief. Auf dem Bett unter dem Fenster saß Eichstädt und lächelte höflich. Mein Begleiter zeigte mir an, mich auf den Stuhl am Tisch rechts zu setzen, dann dem Uniformierten, die Tür hinter sich zu schließen, und stellte sich letzlich selbst im Raum vor die Tür und wartete.

Ich nahm auf dem Stuhl platz und wandte mich Eichstädt zu. Er hatte sich kaum verändert, war nur älter geworden. Er war ein kleiner, untersetzter Mann mit Halbglatze, die restlichen Haare an den Seiten kurz geschnitten. Auf seinem Hinterkopf war eine Verbandkompresse mit Verbandstape aufgeklebt. Er wirkte entspannt, schien keine Angst zu haben, gab sich frisch und erholt, nicht so, als hätte man ihn tagelang verhört. Er trug eine silberne Nickelbrille, hinter welcher kleine, freundliche Augen aufblitzten, die Vertrauen und Kühnheit signalisierten. Ich konnte verstehen, warum Grete ihn mochte. Er strahlte eine Sicherheit aus, hinter der man sich verstecken konnte. Wenn man ihn zum Freund hatte, würden viele Dinge, die einem Angst machten, sicher besser werden. Seine Gesichtszüge wirkten ausgeruht. Seine Hände lagen auf seinen Oberschenkeln. Nichts deutete darauf hin, dass er eingeschüchtert oder nicht kooperationsbereit gewesen wäre.

„Guten Tag, mein Name ist Benedikt Mulder", begann ich dann, „ich komme im Auftrag der Anwaltskanzlei Simon, für die ich arbeite und die mich beauftragt hat, in Ihrem Fall Erkundigungen einzuholen, um den Sachverhalt zu klären, sodass wir Ihnen die bestmögliche Unterstützung zukommen lassen können. In diesem Sinne würde ich Ihnen gerne ein paar Fragen stellen."

„Ich weiß, wer Sie sind, willkommen", sagte er freundlich, „Herr Simon hat mich informiert."

„Das ist gut, schön. Ich hoffe, es geht Ihnen besser und Sie fühlen sich in der Lage, mit mir zu sprechen."

„Es ist alles in Ordnung, danke. Sie brauchen sich keine Gedanken zu machen."

„Man behandelt Sie gut?"

„Den Umständen entsprechend, ja, danke."

„Das freut mich zu hören. Meine erste Frage ist, ob Ihnen erklärt wurde, warum Sie in Haft sitzen?"

„Man beschuldigt mich, drei Morde begangen zu haben. Bernhard Lotzo, einen zweiten Herrn, dessen Namen ich nicht kenne, und den Wirt der Gaststätte in dem kleinen Dorf Vitt, wo ich Lotzo am fünften Mai getroffen habe."

„Der Wirt der Kneipe *Zum Smutje* hieß Edgar Walls, der Name des dritten Opfers war Adrian Kint. Er lebte in dem Dorf Vitt, hatte Frau, zwei Kinder und arbeitete in einem Molkereibetrieb in Bergen."

„Das tut mir sehr leid."

„Was tut Ihnen leid?"

„Dass die Herren getötet worden sind und dass zwei Kinder ihren Vater verloren haben."

„Ja, das ist furchtbar. Nun, Herr Eichstädt, ich möchte vorausschicken, dass ich verstehe, dass dies für Sie eine schwierige Situation ist, und dass mir klar ist, dass es Ihnen zu Recht schwerfallen wird, zu unterscheiden, wem Sie vertrauen können und wem nicht. Und ich kann Sie hierin nur unterstützen, Sie sollten dringend aufmerksam und mit Bedacht auswählen, mit wem Sie reden und wem Sie was erzählen."

„Ich habe nichts zu verbergen, Herr Mulder."

„Das mag ja sein, aber manchmal ist es, denke ich, besser, nichts zu sagen, und auch wenn man sich im Recht sieht, erst einmal darüber nachzudenken, ob das für einen persönlich einen Mehrwert hat, wenn man mit bestimmten Personen redet oder vielleicht auch nicht."

„Ich danke Ihnen für Ihre Fürsorge, doch ich bin Anwalt, und das schon seit vielen Jahren, ich habe meine Erfahrungen."

„Selbstverständlich. Ich möchte Ihnen nur versichern, dass Sie mir vertrauen können und dass ich alles dafür tun werde, herauszufinden, was in besagter Nacht im *Smutje* passiert ist, um Sie dann schnellstmöglich hier herauszubekommen."

„Ich weiß, warum Sie für die Kanzlei Simon arbeiten, wer Sie dort hingeschickt hat, und Sie haben mein vollstes Vertrauen."

Das hieß, er wusste, dass ich von Grete kam, wollte aber nicht ihren Namen nennen, das war klug.

„Das freut mich zu hören. Nun, ich möchte Sie bitten, mir den Ablauf des gesamten Abends aus Ihrer Perspektive zu erzählen."

Er überlegte kurz, sah mich an und sagte in ruhigem Ton: „Ich befürchte, dass ich Sie da enttäuschen muss, Herr Mulder, mir ist klar, was Sie erwarten, von mir zu hören, doch befürchte ich, Ihnen nicht viel sagen zu können."

„Warum nicht?"

„Weil ich mich an so gut wie nichts erinnern kann."

„Was soll das heißen, an so gut wie nichts."

„Nun, ich kann mich nicht erinnern, wann ich niedergeschlagen wurde oder was ich gerade tat, als ich niedergeschlagen wurde, ob ich stand oder saß, ob ich auf dem Weg auf die Toilette war oder im Begriff zu gehen."

„Wann beginnt Ihre Erinnerung wieder?"

„Im Krankenwagen, auf dem Weg ins Krankenhaus."

„Und was ist das Letzte, woran Sie sich erinnern können?"

„Dass ich am Tisch saß, mein Bier trank und nachdachte."

„Auch worüber Sie nachgedacht haben?"

„Warum ich so weit rausfahren musste."

„Und?"

„Ich weiß es immer noch nicht."

„Was genau wissen Sie immer noch nicht, warum Sie überhaupt nach Vitt gefahren sind oder warum es unbedingt Vitt sein musste?"

„Letzteres."

„Und warum sind Sie nach Vitt gefahren?"

„Um jemanden zu treffen."

„Bernhard Lotzo."

„Das ist richtig."

„Wessen Idee war es, sich in Vitt im *Smutje* zu treffen?"

„Das kann ich nicht sagen."

„Warum nicht?"

„Weil ich es nicht weiß."

„Weil Sie sich nicht daran erinnern können?"

„Erinnern kann ich mich gut, nur weiß ich wirklich nicht, wessen Idee es war, sich ausgerechnet in dieser Kneipe zu treffen."

Er sprach in Rätseln. War ihm nicht klar, dass ich ihm helfen wollte.

„Das verwirrt mich. Sie können sich erinnern, wissen aber nicht, wer es war, wie ist das möglich?"

Er überlegte wieder kurz, sah zu dem Mann an der Tür und erklärte dann: „Bernhard Lotzo war mein Klient. Doch hatte er sich keiner Straftat schuldig gemacht, dessen man ihn hier anklagen wollte und weswegen ich ihn verteidigen musste, er wurde nur von mir betreut."

„Was soll das heißen, betreut? Wie ein Vormund?"

Er schüttelte leicht den Kopf und lächelte. „Nein, nicht wie ein Vormund, eher wie ein Berater und Vermittler."

„Berater und Vermittler wofür?"

„Für das tägliche Überleben."

Ich musste meine ganze Geduld zusammenkratzen, um den Kerl nicht am Kragen zu packen und zu schütteln. Was sollte das alles nur bedeuten?

„Sie sagten, dass er sich keiner Straftat schuldig gemacht hat, dessen man ihn hier anklagen wollte", seine

Augen funkelten kurz und er spannte ein wenig an, „soll das heißen, woanders aber schon?"

Mein Begleiter an der Tür räusperte sich leise und trat von einem Fuß auf den anderen. Eichstädt sah ihn kurz an und dann wieder mich.

„Das kann ich nicht sagen."

Doch Eichstädts Reaktion auf meine Frage und das Zucken des Begleiters an der Tür reichten mir aus, um zu begreifen, dass es so war. Trotzdem fragte ich:

„Weil Sie es nicht wissen oder weil Sie es nicht dürfen?"

„Das kann ich nicht sagen."

Ich ließ das kurz sacken. Ein Kribbeln machte sich breit, langsam begann ich zu verstehen.

„Wie ist Lotzo Ihr Klient geworden? Hat er bei Ihnen angefragt?"

„Er wurde mir zugewiesen."

„Von wem?"

„Das kann ich nicht sagen."

„Von den gleichen Leuten, die das *Smutje* als Treffpunkt ausgewählt haben?"

„Ja."

„Und Sie wissen nicht, wer das war?"

„Nicht persönlich, nein."

„Nicht persönlich heißt, Sie kennen keine Namen."

„Richtig."

So kompliziert hatte ich mir das Gespräch mit Eichstädt bei weitem nicht vorgestellt. Ich hatte zwar auf eine neue Sicht der Dinge gehofft, aber nicht auf solch eine. Ich dachte, Eichstädt würde mit Informationen rausrücken, die ein wenig Licht in das Dunkel bringen, und nicht alles noch verkomplizieren. Ich hatte gehofft, er würde mir erklären, wer Bernhard Lotzo eigentlich war, doch alles, was er sagte, befeuerte nur das bereits entfachte Chaos. Und klar war, dass ich nicht weiter nach Lotzo zu fragen brauchte, hier würden diesbezüglich keine Informationen kommen. Doch ich blieb dran.

„Also gut, Ihr Auftraggeber, den Sie nicht persönlich kennen, sagt Ihnen, Sie sollen Lotzo am fünften Mai im *Smutje*, im Fischerdorf Vitt, treffen …"

„Um einundzwanzig Uhr", unterbrach er mich.

„Um einundzwanzig Uhr, gut", wiederholte ich, „wie ist Ihr unbekannter Auftraggeber mit Ihnen in Kontakt getreten?"

„Er hat mich angerufen. Am dritten Mai gegen fünfzehn Uhr, in meinem Büro."

„Warum sollten Sie Lotzo treffen?"

„Es gab wichtige Dinge zu besprechen."

„Die Sie mir nicht sagen dürfen."

„Das ist richtig."

„Herr Eichstädt, Ihnen ist klar, dass Ihnen eine lebenslange Haft droht, wenn Sie nicht beweisen können, dass Sie die Morde nicht begangen haben."

„Das ist so nicht richtig. Genau genommen muss die Staatsanwaltschaft beweisen, DASS ich die Morde begangen habe, und nicht umgekehrt."

„Nun, ich muss Ihnen mitteilen, dass die Beweise der Staatsanwaltschaft erdrückend sind. Sie sind der einzige Überlebende aus der Nacht, Sie hielten die Mordwaffe in Ihrer Hand, niemand sonst war mehr in der Kneipe, die von innen verschlossen war, sodass man davon ausgehen muss, dass nach den Morden niemand weiteres die Kneipe verlassen hat. Das sieht nicht gut aus."

„Das ist mir klar."

„Wäre es dann nicht an der Zeit, mit solchen Informationen herauszurücken? Sie könnten hilfreich sein, um zu beweisen, dass Sie Lotzo, Walls und Kint nicht getötet haben."

„Ich habe niemanden getötet."

„Also, dann raus mit der Sprache."

„Diese Informationen wären nicht hilfreich, im Gegenteil, sie würden mich eher belasten. Davon abgesehen, würde mich das Preisgeben dieser Informationen in eine größere Gefahr bringen als eine Gerichtsverhandlung."

Ich sah mir den Kerl an der Tür genauer an. Er schaute über uns hinweg und tat völlig unbeteiligt.

„Es ist wegen ihm, richtig? Deswegen können Sie nichts sagen."

Eichstädt wollte ansetzen, doch ich unterbrach ihn, „Sie brauchen nicht zu antworten, ich weiß, dass es so ist", und Eichstädt schwieg.

„Weitere Gäste an diesem Abend haben ausgesagt, dass Sie und Lotzo sich gestritten hätten, können Sie sich daran erinnern?"

„Es war kein Streit. Herr Lotzo war mit einigen Dingen, die ich ihm zu sagen hatte, nicht einverstanden und wurde laut. Ich versuchte, ihn zu beruhigen, das war alles."

„Hatten Sie Verständnis für ihn?"

„Was meinen Sie?"

„Aufgrund der Nachrichten, die Sie ihm zu bringen hatten, konnten Sie verstehen, dass er deswegen aufgebracht war?"

„Durchaus, ja."

„Also waren es keine guten Nachrichten."

„Für Herrn Lotzo? Nein."

„Und für Sie?"

Er zuckte leicht mit den Schultern. „Mich betrafen sie nur indirekt."

„Sollte Lotzo nach diesem Abend noch weiter von Ihnen betreut werden?"

Eichstädt überlegte kurz, sah wieder zu dem Mann an der Tür und antwortete standardgemäß:

„Das kann ich nicht sagen", aber dieses Mal schüttelte er kaum sichtbar mit dem Kopf, während er das sagte.

Also wäre das so oder so ihr letztes Aufeinandertreffen gewesen.

„Haben Sie eine Waffe, Herr Eichstädt?"

„Ja, habe ich."

„Was für eine Waffe?"

„Eine Makarow, Handfeuerwaffe."

„Natürlich."

„So wie fast jeder, oder?", legte er nach.

„Ja, wie fast jeder."

„Wissen Sie, worin die Unterschiede zwischen einer Walther PP und einer Makarow liegen, Herr Eichstädt?"

„Was ist eine Walther PP?"

„Sie wissen nicht, was eine Walther PP ist?"

„Nein."

„Ebenfalls eine Handfeuerwaffe."

„Noch nie gehört."

„Haben Sie eine Ahnung, wer die Männer im *Smutje* getötet haben könnte?"

„Nein."

„Hat der Staatsanwalt Sie danach gefragt?"

„Sie sind der Erste, der mich überhaupt etwas fragt."

„Wie jetzt, es hat noch niemand mit Ihnen gesprochen?"

„Gesprochen schon. Man hat mir erläutert, was mir vorgeworfen wird, aber Sie sind der Erste, der mir Fragen stellt."

Das war der Hammer. Wie konnte das sein? Oder sollte das eine Art Zermürbungstaktik werden? Lange schmoren lassen in der Hoffnung, dass er dann schneller alles zugibt, um es alsbald zu beenden? Komische Taktik. Drei Tage lang intensiv verhören, dazu Schlafentzug, Androhung von Gewalt, belügen und vortäuschen von falschen Tatsachen, das war ihre übliche Vorgehensweise und, mit Verlaub, eine äußerst effektive. Danach würden sie alles gestehen, ob sie es getan hatten oder nicht.

„Können Sie mir noch irgendetwas Hilfreiches zu Bernhard Lotzo sagen, wo er gewohnt hat, was er beruflich machte oder warum er von Ihnen betreut werden sollte, oder musste?"

„Dazu darf ich nichts sagen, das ist leider vertraulich."

„Wegen Ihrer Schweigepflicht als Anwalt?"

„Nein, wie gesagt, Herr Lotzo wurde nicht von mir betreut, weil er von mir verteidigt werden musste."

„Dann haben Sie sich jemand Dritten zum Schweigen verpflichtet, Ihrem Auftraggeber?"

„Das ist richtig."

„Den Sie mir nicht nennen dürfen."

„Das ist wieder richtig, doch ich möchte Ihnen sagen, selbst wenn ich es dürfte, würde ich es in diesem Fall trotzdem nicht tun."

„Um sich zu schützen."

„Und Sie."

Ich blieb noch eine kurze Weile sitzen und dachte nach, aber es gab nichts mehr, was ich ihn hätte fragen können, zumindest nichts, was mir weitergeholfen hätte, außer vielleicht noch eine Sache.

„Wissen Sie noch, wie viele Gäste in der Kneipe waren, bevor Sie Ihre Erinnerung verloren haben."

„Mich eingeschlossen waren wir zu fünft."

Nachdem ich vom Stuhl aufgestanden war und mich zum Gehen bereit gemacht hatte, drehte ich mich noch einmal kurz um und fragte Eichstädt:

„Sie erinnern sich nicht an mich, oder?"

Er sah mich an und lächelte sanft. „Doch, das tue ich, Herr Mulder."

„Von der Brücke vor einigen Jahren."

„Ich weiß."

„Woher wissen Sie das, wir sind uns nie vorgestellt worden."

„Ich habe mich nach dieser Nacht über Sie erkundigt, ich wollte wissen, wer sich so mutig zwischen uns geworfen hatte, und mich bedanken, doch es wurde mir verboten, mit Ihnen Kontakt aufzunehmen, das tut mir leid, und ich möchte mich jetzt bei Ihnen bedanken."

„Ist schon in Ordnung, das war mein Job. Wissen Sie, wer auf Sie geschossen hat und warum?"

„Wieso glauben Sie, dass die Schüsse mir gegolten haben?"

Das war eine verdammt gute Frage.

„Nun, haben sie nicht?"

Er schüttelte leicht den Kopf.

„Wissen Sie, wen ich damals aus dem Westen entgegengenommen habe?", fragte er.

„Nein, uns wurde nichts gesagt, weder wer die Männer waren, die ausgetauscht wurden, noch warum."

„Ich verstehe, nun, bedauerlicherweise wird er sich nicht mehr bei Ihnen bedanken können, wenngleich er das sicher gerne getan hätte."

„Ist er tot?"

„Ja, kürzlich erst verstorben, viel zu jung und auf dramatische Weise."

Das musste ich erst einmal sacken lassen. Deutete Eichstädt gerade an, dass Lotzo der Mann war, den er damals auf der Glienicker Brücke übernommen hatte, und dass dort bereits versucht wurde, ihn zu töten?

„Die Zeit ist jetzt um", bellte der Wachhabende dazwischen.

Ich sah Eichstädt noch eine kurze Zeit an und kam nicht umhin, ihn für seinen Mut und seine Ruhe, die er in solch einer Situation an den Tag legte, zu bewundern.

„Sie sind ein bemerkenswerter Mann", sagte ich, „passen Sie auf sich auf."

„Danke, Sie auch."

Ich nickte.

„Ihr Verband ist ein wenig verrutscht." Er griff sich mit der linken Hand an die Stirn und zupfte an der Mullbinde.

„Jetzt aber raus hier, mir wird gleich schlecht vor lauter Geschwuchtelei", murmelte der Aufpasser, griff mich bei der Schulter und drückte mich aus der Zelle.

.

Kapitel dreizehn

Wieder an der frischen Luft, musste ich erst einmal langsam durchatmen, mir dann eine Zigarette anzünden, den Rauch tief inhalieren und, bis mir schwindelig wurde, einhalten. Ich versuchte, zu sortieren, was da eben geschehen war, und zu verstehen, ob mir das Gespräch weiterhalf.

Um Eichstädt zu entlasten:
Nein.
Um die Geschehnisse des Abends aufzudröseln:
Njet.
Um zu bestätigen, dass da von außen ordentlich mit rumgewurschtelt wurde:
Da können Sie Ihren Arsch drauf verwetten.

Und so neutral, wie ich mich bis dahin versucht hatte zu halten, war ich dann umso mehr überzeugt davon, dass Eichstädt unschuldig war. Und die ohnehin bereits sichere Erkenntnis, dass Bernhard Lotzo der Casus knacksus, des Pudels Kern und das hüpfende Komma für das gesamte Chaos war, bekam noch einen Kuss auf die Nuss.

Ursprünglich hatte ich an dem Nachmittag noch vor, die MUK Rostock zu besuchen, um nach der Waffe und weiteren Details zu fragen, doch ich war mir reichlich sicher, dass dies reine Zeitverschwendung sein würde. Wahrscheinlich wären sie ebenso mundtot wie die Kollegen in Stralsund gewesen oder hätten mir nur Sachen gesagt, die ich ohnehin schon wusste. Wenn Eichstädt mir schon nichts sagen konnte oder durfte, dann die Kollegen sicherlich noch viel weniger. Zudem sollte ich kurz danach noch Gelegenheit bekommen, mit ihnen zu kommunizieren, wenn auch anders, als ich es mir vorgestellt hatte.

Kapitel vierzehn

Auf meinem Rückweg von Rostock nach Vitt, als ich knapp zehn Kilometer auf der B 105 gefahren war, überholte mich ein schwarzer Lada und zwang mich zum Anhalten. Mir war gleich klar, dass dies Polizei sein musste. Vier Männer saßen gequetscht in dem Wagen. Wären wir in Italien oder den USA, wäre auch die Mafia eine Option gewesen, doch in Mecklenburg-Vorpommern eher nicht. Und das, was der Mafia am nächsten bei uns kam, die Stasi, na ja, Sie wissen schon ….

Ich blieb sitzen. Drei Männer stiegen aus dem schwarzen Lada aus, einer blieb am Steuer. Die drei stellten sich neben die Fahrertür, einer klopfte an mein Fenster und bedeutete mir, es herunterzukurbeln.

„Schönen guten Tag die Herren, gibt's ein Problem?"

„Führerschein und Zulassung bitte."

„Momentino." Ich kramte im Handschuhfach nach der Zulassung, gab sie dem Schmock, der gleich neben der Tür stand, zog mein Portemonnaie aus der hinteren

Gesäßtasche, nahm den Führerschein und reichte ihn nach. Er blätterte kurz in beidem, sagte „Aussteigen" und tat zwei Schritte zur Seite.

Ich stieg aus.

Blieb in der geöffneten Tür stehen und sah mir die Typen an. Einer wie der andere. Groß, breitschultrig, graue bzw. braune Stoffhose, Frottiershirt mit Kragen und dunkle Sonnenbrillen.

Der mit meinen Papieren in der Hand nahm seine Brille ab, besah sich meinen Wagen und sprach:

„Nettes Auto, keins der hiesigen, oder?"

„Nein."

„Franzose."

„Richtig."

„Schick."

„Danke."

„Gleich rüber und sich eins besorgt, was? Kaum ist das Chaos vorbei, die Idioten gewinnen und die Verräter kriechen aus ihren Löchern, um gleich das Beste abzugreifen."

„Wie bitte?"

„Tun Sie nicht so blöd. Sie wissen genau, was ich meine, und wenn Sie glauben, mich für dumm verkaufen zu können, gibt's gleich was auf die Fresse."

Ihm blitzte Hass und Aggressivität aus den Augen. Er roch nach Schnaps und seine Muskeln waren zum Bersten angespannt. Selten ist mir so eine Wut entgegengeschlagen. War besser, den Mund zu halten. Ich konnte mich wehren, keine Frage, aber gegen drei, mit dem Kerl im Auto vier, solcher Typen konnte ich es unmöglich aufnehmen.

„Ja, ist besser für dich, jetzt die Schnauze zu halten."
Er ging an mir vorbei, checkte mich mit der Schulter und sah sich mein Nummernschild an.
„Wo wollen Sie denn hin?", fragte er dann.
„Nach Vitt", antwortete ich.
„Und was machen Sie da, in Vitt?"
„Urlaub", doch das war die falsche Antwort.
Wutschnaubend stapfte er zurück zu mir, packte mich am Kragen, schleuderte mich gegen die Seitenwand meines Wagens und zischte mir mit seinem alkoholgetränkten Atem entgegen:
„Du verdammter Mistkerl willst mich verarschen, ist das richtig, ich werde dir zeigen, was mit denen geschieht, die glauben, mich verarschen zu können", und zog mit seinem Knie hoch mitten in meine Weichteile. Ein höllischer Schmerz nahm mir den Atem und sämtliche Körperspannung. Ich sackte zusammen und war der Ohnmacht nahe.
„Eh Michael, muss das sein", hörte ich eine Stimme von fern. Mein Peiniger schnellte herum und schnauzte einen seiner zwei Helfer an, „halt dich daraus oder du kriegst gleich auch eine von mir verpasst. Wenn dir das zu viel ist, kannst du dich gerne ins Auto verpissen." Alle blieben stehen.
Der Mistkerl stieg in meinen Wagen ein. Packte das Lenkrad, drehte es ein paarmal hin und her wie ein Dreijähriger, der das erste Mal hinter einem Steuer saß und sagte: „Wirklich ein schönes Auto, Ledersitze, sind bestimmt echt, oder?"
Ich konnte nicht antworten, ich schnappte immer noch nach umherfliegender Luft wie ein Fisch auf dem

Trockenen. Er stob aus der Karre, packte mich beim Kragen, zog mich auf die Beine und fauchte: „Ich hab dich was gefragt, Kollege."

„*Kollege?*", dachte ich, also wussten sie, wer ich war.

„Ja, echtes Leder, aus Frankreich."

Er stieß einen Pfiff aus und ließ mich los. Ich hielt mich auf den Beinen, aber der Schmerz ebbte einfach nicht ab, verbreitete sich vielmehr wie ein Buschfeuer im ganzen Körper. Es war schwer, klar zu denken.

„Nun, Kollege, noch einmal, was treibst du hier bei uns im schönen Norden, so weit weg von deinem verruchten Drecksloch", zog mich an sich heran und zischte, „und keine Lügen mehr."

„Also gut", hauchte ich, „ich ermittle im Mordfall Eichstädt. Es geht um einen Dreifachmord. Ich bin im Auftrag der Anwaltskanzlei Simon aus Stralsund im Einsatz, die Herrn Eichstädt in der Sache vertritt."

Versuchte mich zu beugen, um die Schmerzen ein wenig zu bündeln, doch der Mistkerl packte mich erneut beim Kragen und hielt mich oben.

„Und, weiter?"

„Ich war gerade im Gefängnis, um mit Herrn Eichstädt persönlich zu sprechen, jetzt bin ich auf dem Weg zurück nach Vitt."

„Ja", sinnierte er kurz gekünstelt vor sich hin, „ganz schön übles Loch, die Haftanstalt, will man lieber nicht landen, oder?"

„Hab's mir schlimmer vorgestellt."

„Warst vielleicht nicht lang genug drin?"

„Vielleicht."

„Lässt sich leicht ändern."

„Schon klar."

„Hat sich die lange Fahrt denn wenigstens gelohnt? Irgendetwas Nützliches erfahren, was Ihrem Klienten weiterhilft?"

„Nicht wirklich, nein."

„Tja, das tut mir dann ja leid für Ihren Klienten und um Ihre kostbare Zeit", sagte er grinsend und ließ mich endlich los.

„Wir wissen, wer Sie sind, Herr Mulder, und auch was Sie hier tun, glauben Sie mir, wir wissen alles", drehte sich zu seinen Lakaien um, spreizte die Arme und fuhr fort, „oder soll ich Oberleutnant Mulder sagen? Aber das wäre ja gelogen. Sie sind kein Oberleutnant mehr, nur ein elender Schnüffler. Ich habe mich über Sie erkundigt, ich habe auch meine Quellen." Er sah mich wieder an und grinste, „doch das Einzige, was ich rausgehört habe, ist, dass Sie ein elender Säufer sind, nichts weiter. Jahrgangsbester, Sondereinheit, MUK-Ostberlin, die Leute respektieren Sie, doch ich durchschaue das, Sie sind nur ein Wrack, das sich durchgeschummelt hat, ist doch klar. Sie haben keinen Respekt, weder vor diesem Land noch vor dieser Uniform. In Berlin mögen Sie ja ne große Nummer gewesen sein, hier bei uns im Norden wäre jemand wie Sie nicht mal gut genug, um uns morgens unseren Kaffee frisch aufzusetzen …"

„Na toll, echt jetzt?", rief der vierte Typ, der mittlerweile aus dem schwarzen Lada ausgestiegen war und in der offenen Tür stand, „ich mache dir morgens deinen Kaffee."

Mein Peiniger drehte sich um und rief zurück:

„Nicht gut genug, um uns den Kaffee zu machen, hör gefälligst zu, wenn ich rede, oder halt deine Klappe, du bist schließlich gut genug, um uns morgens den Kaffee zu machen", drehte sich zu den beiden anderen Kerlen und fragte: „Richtig?"

„Richtig", antwortete der Erste.

„Ja, was jammerst du rum, willst du dich beschweren?", fragte der Zweite.

„Hat sich aber anders angehört", nuschelte der Fahrer vor sich hin, aber so, dass es noch deutlich zu hören war.

Das Arschloch vor mir seufzte kurz und fuhr fort, „entschuldigen Sie die Unterbrechung, wo war ich, ach ja, dass Sie ein nutzloser Penner sind, der jetzt privat herumschnüffelt, weil er glaubt, dass er unsere Arbeit besser erledigen könnte als wir, stimmt's?"

„Hören Sie", versuchte ich es noch einmal ruhig, doch ich hätte besser meinen Mund gehalten, so wie er es gesagt hatte, „ich will Ihnen nicht ins Essen spucken, ich habe ein persönliches Interesse daran, zu klären, was in der Mordnacht passiert ist und ob Eichstädt der Täter ist …"

„Zweifelst du etwa daran?", unterbrach er mich, und verdammt noch mal, allerspätestens jetzt hätte ich wirklich meine verdammte Klappe halten sollen.

„Nun ja", fuhr ich fort, „es gibt da ein paar Ungereimtheiten, die mir aufgefallen sind, und das würde Eichstädt schon …"

„Ungereimtheiten?", unterbrach er mich erneut. „Was für Ungereimtheiten?" Und jetzt wurde mir dann endlich klar, ab wann ich meinen Mund hätte halten sollen, nur war es da schon zu spät.

Er sah mich an, kurz vor dem Platzen. Seine Pupillen schrumpften auf die Größe von Stecknadelköpfen, er ballte die Fäuste und atmete schwer.

Auf der Suche nach einer plausiblen Antwort, die ihn befriedigen und mich hier lebendig rausbringen würde, ratterte mein Hirn, stotterte und setzte schließlich aus.

Er sagte nichts, wartete nur darauf, dass ich das Falsche antworten würde, doch den Gefallen wollte ich ihm nicht tun, also riss ich mich zusammen, sammelte all meinen Mut und meine Eloquenz und feuerte raus:

„Gar keine!"

Genial, oder?

Er war kurz baff, dann:

„Wie jetzt, gar keine? Du sagtest doch gerade …, du willst mich schon wieder für dumm verkaufen."

„Nein wirklich nicht, versprochen", hörte ich mich jammern und schämte mich sogleich dafür. Doch dieser Typ jagte mir echt Angst ein. Mal abgesehen davon, dass er mir eben erst meine Kronjuwelen bis unter meine Brustwarzen getreten hatte, sah er mich an, als würde er mich am liebsten zerstückeln und am Wegesrand verscharren.

Meine Gedanken sprangen von Pontius zu Pilatus, so verunsichert und nicht fähig, standesgemäß zu reagieren, hatte ich mich selten gefühlt. Und ich wusste genau, warum dieser Typ mir so eine Angst einjagte, weil er zu allem bereit gewesen war. Den ganzen Weg, bis zum Ende zu gehen. Ich konnte es in seinen Augen sehen, denn da war mehr als nur Wut und Alkohol zu erkennen, viel mehr, etwas, das keinen Platz für Vernunft oder Gnade ließ. Doch klar war auch, dass mir Schwäche nicht weiterhelfen würde. Im Gegenteil, solche Typen genießen es, wenn die Leute Angst vor ihnen haben, das baut sie noch mehr auf, steigert ihren Drang, Macht spüren zu lassen, da hilft kein Betteln oder Klein-Beigeben, da muss man sich klarmachen, dass es so oder so zur endgültigen Konfrontation kommen wird, ob man das nun wollte oder nicht. Und wenn überhaupt irgendetwas bei solchen Sadisten half, war es, die Cojones wieder runter an ihren angestammten Platz zu drücken und Kontra zu geben. Manchmal ist es genau das, was nötig ist, um sich einen letzten Funken Respekt zu verschaffen, klare Ansagen, zeigen, wo der Hammer hängt, das ist die einzige Chance, die man noch hat. Ich richtete mich auf, atmete kurz tief durch und sah dem Mistkerl direkt in die Augen.

„Hör zu, Arschloch", begann ich, „wenn du glaubst, mir mit deinem hinterwäldlerischem Rambo-Macho-Scheiß Angst einjagen zu können, dann muss ich dir sagen, dass du da bei dem Falschen …",

„Mein Name ist Hoffmann und ich mag deine Uhr", und das Nächste und vorerst Letzte, was ich spürte, war ein Schlag wie ein Pferdetritt gegen meine Schläfe.

Als ich wieder aufwachte, war es bereits dunkel. Es dauerte eine Weile, bis ich mich einigermaßen zusammenhatte, um zu verstehen, dass ich noch lebte, und um mich zu erinnern, was passiert war. Vorsichtig hob ich meinen Kopf und dann wurde mir erst klar, dass ich saß und nicht in irgendeinem Graben oder Moor lag. Mein Kopf drohte zu explodieren. Mein Nacken war steif, dass es sich anfühlte, ich würde ihn mir brechen, wenn ich ihn bewegte. Langsam richtete ich mich auf und realisierte, dass ich in meinem Auto hinter dem Steuer kauerte. Ich griff mir in das Gesicht und versuchte zu ertasten, ob noch alles dran war, doch meine rechte Hand zitterte so sehr, dass sie Feinmotorik und Gefühl verloren hatte. Sie war wie taub, wie eingeschlafen. Ich drehte meinen Kopf langsam nach oben in Richtung des Rückspiegels, schaltete mit links eine der Leselampen an, drehte den Spiegel in meine Richtung und sah in das blutverschmierte Gesicht eines mir zunächst Unbekannten. Erst langsam konnte ich meine Konturen wiedererkennen und mit dem, was ich sah, kamen die Schmerzen schlagartig in die Realität. Ich langte rüber in das Handschuhfach und nahm eine fast volle Wasserflasche heraus. Die hatte ich noch übrig vom letzten Nachfüllen der Scheibenwischer, öffnete die Fahrertür und lehnte mich mit Flasche aus dem Auto. Schüttete mir etwas Wasser in die hohle Hand und wusch mir das Gesicht. Das wiederholte ich, bis die Flasche leer war. Dann trocknete ich mir das Gesicht so gut wie möglich mit meinem Ärmel ab. Lehnte mich zurück ins Auto und schaute erneut in den Spiegel. Jetzt konnte ich den Schaden besser einsehen und es schien nur noch halb so schlimm. Ein bisschen verbeult hier und da, aber nichts Wildes. Fühlte sich schlimmer an, als es aussah. Ich räumte die leere Flasche weg, sah auf mein linkes Handgelenk, Uhr war weg, startete den Motor und drehte die Scheinwerfer an. Schaute, wie weit ich gucken konnte, ob alles scharf genug im Hirn ankam, und nach kurzem Justieren entschied ich, dass es zum Fahren reichen würde, was hätte ich auch sonst tun können? Langsam fuhr ich los und mit den zunehmenden Metern beschleunigte ich meine Süße mehr und mehr auf Normalgeschwindigkeit.

Bauhaus gab den Takt vor und im Gleichklang ihres leidenschaftlichen Vortrages über Bela Lugosis Tod wuchsen meine Wut und meine Lebensgeister wieder.
Danach:
- *Killing Joke: Love like Blood*
- *The Smiths: Big Mouth strikes again*
...

Ich überdrehte in Gedanken und am Gas. Es war verdammt dunkel und zunehmend verschlechterte sich das Wetter. Ein Gewitter zog auf, kündigte sich mit hellem Wetterleuchten am Horizont an und minütlich folgten Donner in kürzeren Abständen. Als ich auf Rügen auffuhr, goss es bereits aus Eimern. Ich quälte meine Französin bis zum Ende der Insel, stellte den Wagen auf dem Parkplatz am Rande des Dorfes ab und schleppte mich zu Fuß weiter. In meinem Kopf klang *Green and Grey* von *New Model Army* nach und innerhalb von Sekunden war ich bis aufs Fleisch durchnässt. Eigentlich wollte ich gleich ins Hotel, duschen und Wunden lecken, doch auf meinem Weg kreuzte ich das *Störtebeker* und die Verlockung auf schmerzlindernden Schnaps war zu groß, um ihr zu widerstehen. Ich öffnete die Tür, summte *„Well there was no need for those guys to hurt him so bad"* und in dem Moment schlug ein Blitz hinter mir ins Land ein. Das Leuchten füllte den Eingang und zeichnete mich nur als dunklen Schatten ab. Die Kneipe wurde mucksmäuschenstill und alle starrten zu mir rüber. Ich muss ausgesehen haben wie eine Erscheinung, fast schon zu kitschig, um wahr zu sein. Ich schloss die Tür hinter mir und ging schnurstracks an die Theke. Alle Augenpaare folgten mir.

„Schnaps, bitte. Zwei Stück, bis knapp vorm Überlaufen."

Der Wirt stellte zwei Stamper vor mir auf die Theke und füllte sie bis zum Rand.

„Danke", sagte ich und stob mir beide nacheinander rein.

„Mulder?", fragte eine Stimme. Ich sah nach links und da stand Jansen.

„Yep", warf ich ihm knapp entgegen. Ich war eigentlich nicht in Plauschlaune, wollte mir nur in Ruhe den Hahn zudrehen.

„Was ist denn mit Ihnen los? Wieso rennen Sie bei so einem Wetter draußen rum? Das ist gefährlich, und falls Sie es nicht mitbekommen haben, es regnet in biblischem Ausmaß."

Ich antwortete nicht, deutete dem Wirt lieber, die Gläser einmal nachzufüllen, was er tat.

„Und was zum Henker ist mit Ihrem Gesicht? Hatten Sie einen Unfall?"

Ich griff eines der neu aufgefüllten Gläser und wollte ansetzen, doch Jansen riss es mir aus der Hand und zog mich von der Theke weg. Ich schnappte mir das zweite Glas im Vorbeigehen und folgte ihm. Er pflanzte mich auf einen Stuhl an einem der Tische, stellte den geklauten Sorgenbrecher ab, ging zum Wirt und sagte: „Willi, bring mir mal bitte ein Handtuch."

Willi verschwand hinter der Theke in einem unbekannten Raum und kam mit zwei Küchenhandtüchern wieder zurück. Jansen legte mir je eines über Kopf und

Schulter und setzte sich mir gegenüber. In der Zwischenzeit hatte ich schnell den dritten Schnaps verdingt und langsam verteilte sich die erlösende Betäubung, vom Magen ausgehend über das interne Versorgungssystem, endlich im ganzen Körper.

„Also, was ist passiert?"

„Geben Sie mir noch einen Moment, bis *Bacchus* stärkere Enkel ihre ganze Arbeit verrichtet haben", antwortete ich, nahm den vierten Schmerzlinderer zur Hand und warf ihn auf Nimmerwiedersehen in den Rachen.

„Ich verstehe nicht", sagte Jansen.

„Bis der Schnaps wirkt", erklärte ich.

Er lehnte sich zurück und starrte mich an.

Langsam ließ das Zittern in meiner rechten Hand nach und bald darauf war es so weit ein geebbt, dass ich ungeniert nachordern konnte. Kurz hinterfragte ich mich, wo das Zittern wohl tatsächlich hergekommen war. Verwarf den bösen Gedanken aber sogleich wieder und entschied mich stattdessen, zum Schnaps noch ein großes Bier dazu zu ordern. Und ich hätte alles für eine Handvoll Tranquilizer wie Faustan gegeben, die hätten den wild eingeforderten Absturz so richtig abgerundet. Radedorm oder Radepur hätten es auch getan, jedwede Art von Tranquilizer wären zum Betäuben willkommen gewesen. Damals war mir das nicht so klar, heute aber, mit Abstand, muss ich zugeben, dass mir die Geschichte mit den Bullen aus Rostock und die damit einhergehende Anspannung, Hilflosigkeit und Erniedrigung weit mehr zugesetzt hatte, als ich zugeben wollte. Ich war kurz davor, Jansen nach jedweden Drogen zu fragen, so sehr zerrte es in mir, besann mich zum Glück aber wieder. Der

Schalter jedenfalls flatterte bedenklich in Richtung Selbstzerstörung. Doch Jansens Blick bremste mich aus, zum Glück, sonst wäre ich wahrscheinlich erst zwei Tage später wieder rausgekommen, wenn überhaupt jemals. So stand es um mich, gerade, als ich glaubte, es ein wenig im Griff zu haben.

Ich nippte stattdessen lediglich leicht am Bier und ließ den Klaren noch stehen, ohne Jansens nervend bohrenden Blick wären beide je in einem Schwups schon Geschichte gewesen und die nächste Order auf dem Weg, denn so lief das dann, wenn ich richtig loslegte, schnell und heftig. Und wenn Sie etwas so gut können und es Ihnen dann auch noch die gewünschte Ruhe bringt, quälende Schmerzen nimmt, dann ist es verdammt schwer, sich nicht willenlos hinzugeben, sondern diszipliniert zu bleiben und stark. Der Preis wäre dieses Mal jedoch zu hoch gewesen. Hier ging es nicht nur um meine Gesundheit, also kämpfte ich.

Gegenüber Jansen zögerte ich ein bisschen rum, denn eigentlich wollte ich nur meine Ruhe haben. Ich hätte ihm schon noch alles erzählt und der nächste Morgen schien mir dafür früh genug, doch Jansen sah das anders. Starrte mich weiter erwartungsvoll an, bis ich seine stumme Penetranz nicht mehr aushielt.

„Wo soll ich anfangen?"

„Am Anfang?"

„Mein Gesicht kommt aber erst zum Schluss."

„Machen Sie sich nicht noch unbeliebter, Mulder."

„Na gut", seufzte ich einmal tief durch und begann:

„Heute Morgen bin ich wie angekündigt zuerst nach Stralsund gefahren, um mit einem der Kollegen zu reden, die in der Nacht vor Ort waren. Sein Name ist Rotetzki, er war der leitende Beamte, doch das ganze Gespräch war ein doppelhändiger Griff ins volle Klo, der wusste gar nichts, weder von der Pistole noch hatte er mit einem Anwohner oder einem von der Staatsanwaltschaft oder Spurensicherung aus Rostock gesprochen. Der hatte nicht einmal mehr seine eigenen Akten zu dem Fall, alles nach Rostock abgegeben, ohne Kopien zu machen, können Sie sich das vorstellen?"

„Nein."

„Genau, unfassbar, oder? Und der hatte auch keine Ahnung, wer Sie sind."

„Wie jetzt?"

„Ich habe ihm Ihren Namen genannt und der hat mich angesehen wie ein Bus, nur noch doofer. Das war eine ganz schön peinliche Nummer. Hat der aber so weggesteckt und sich mit Überlastung rausgeredet, jedenfalls bin ich da schnell wieder weg und nach Rostock gedüst …"

Ich erzählte ihm dann von meinem Besuch beim Staatsanwalt und dass ich in der Haftanstalt bei Eichstädt war, dass er Lotzo betreut hat, aber weder erzählen durfte, warum er ihn betreut hat, noch, von wem der Auftrag hierzu kam.

„… die ganze Zeit stand ein Kerl mit im Raum und hat zugehört, sodass wir nicht frei reden konnten: *„Dazu kann ich nichts sagen …"*, ääffte ich Eichstädt übertrieben nach, „… war das Einzige, was ich zu hören bekam, wenn es interessant wurde, doch ein paar Dinge ließen sich herausfiltern.

Erstens:
Der Abend im *Smutje*, sollte das letzte Mal sein, dass Eichstädt und Lotzo sich treffen. Eichstädt wurde der Auftrag entzogen. Und er sollte Lotzo eine schlechte Nachricht überbringen, wie die lautete, durfte er mir natürlich nicht sagen.

Zweitens:
Eichstädt hat keine Ahnung von Waffen. Er wusste nicht einmal, was eine Walther PP ist.

Drittens:
Eichstädt ist Linkshänder, hielt die Mordwaffe nach Ihrer Angabe aber in der rechten Hand.

Viertens:
Wenn man Eichstädts letzter Erinnerung trauen kann, hielten sich kurz vor der Eskalation fünf Personen im *Smutje* auf."

„Schumacher, der Handelsvertreter", schoss es aus Jansen.
„Das denke ich auch. Sie haben doch mit ihm gesprochen, oder? Hat er eine Angabe darüber gemacht, wann er die Kneipe verlassen hat?"
„Ja, soweit ich mich erinnern kann, sagte er, gegen elf. Ich kann nachschauen gehen, das steht in meinen Notizen."
„Nein, lassen Sie, so richtig weiterhelfen wird uns das eh nicht, da wir nicht wissen, wann Eichstädts Erinnerungen ausgesetzt haben, aber vielleicht reden wir

morgen noch einmal mit Schumacher, ich habe da eh noch eine Frage an ihn offen."

„Was für eine Frage?"

„Nicht so wichtig, hat wohl eher nichts mit unserem Fall zu tun. Hören Sie, Jansen, je länger ich mit Eichstädt gesprochen habe, wurde ich mir mehr und mehr sicher: Nie im Leben hat er jemanden ermordet."

„Und warum das?"

„Es sind die kleinen Dinge, wissen Sie?"

Doch das tat er nicht, ich sah es in seinem ausdruckslosen Blick und es war Zeit für eine Erklärung.

„Sehen Sie, ich kenne mich damit wirklich gut aus und nicht nur so intuitiv, sondern ernsthaft einmal angelernt. Es gibt nicht mehr viel, was dieser Staat und ich gemein haben, doch das war mal anders. Es gab Zeiten, in denen mir die grundsätzlichen Ideen, Überzeugungen und Ansichten echt etwas bedeutet haben. Das waren Dinge, an denen ich mich orientieren konnte, die mir richtig und wichtig erschienen und die mir Halt gaben in einer Welt, die mir haltlos schien. Ich glaubte an diese Form und ich war gewillt, ihr mein Leben zu schenken, um sie gegen alle Widrigkeiten zu verteidigen, also verschrieb ich mich ihr mit Haut und Haaren, mit Geist und Seele, mit Körper und Verstand. Auch wenn man mir das heute nicht mehr ansieht, ich war herausragend in dem, was ich tat. Disziplin, Mannschaftskompetenz, Führungspersönlichkeit und Gehorsam, gepaart mit Intelligenz, Sie können lachen, doch ich war einmal außergewöhnlich. Und die haben eine Menge Zeit und Geld in meine Ausbildung gesteckt, um eben genau so etwas herauszufinden. Ich erkenne, ob jemand lügt oder die Wahrheit sagt, ob jemand etwas verschweigt oder Angst hat. Es sind Gesten, Zeichen, körperliche Reaktionen, die Menschen in Stresssituationen verraten. Einige sind kontrollierbar, andere so gut wie gar nicht. Wenn der Körper Adrenalin ausstößt, Stresshormone und Cortisol, die Atmung flacher wird, der Herzschlag sich erhöht, die Pupillen sich verengen, das ist schwer zu steuern, und wenn man darin nicht trainiert ist, keine Chance. Unser Körper spiegelt Unbehagen in Echtzeit wider. Hinzu kommen Gesten und Verhaltensweisen, die sich bei den meisten Menschen, die sich in außergewöhnlicher Bedrängnis befinden, ähneln und wenn sie das nicht wissen und peinlichst darauf achten, diese zu vermeiden, eindeutig erkennbar sind. Häufiges, verstohlenes Berühren der Nase, Ziehen oder Reiben des Ohrläppchens, errötetes Ohrläppchen, wenn wir schon dabei sind, malmende Zähne oder das Massieren der Wangen und anderer Gesichtspartien, nur als Beispiele für viele weitere, sind eindeutige Zeichen von negativem Stress. Andererseits gibt es auch Fälle, wo Befragte sich so ungewöhnlich auffällig cool und lässig verhalten für eine Situation, in der sie sich befinden, dass dies unnatürlich ist. Ob sie schuldig sind oder nicht, kein normaler Mensch bleibt vollends gelassen, wenn ihm ein Verbrechen vorgeworfen wird oder er auch nur als Zeuge aussagen muss. Spätestens dann macht er sich verdächtig. Lässig gekrümmte Körperhaltung, Desinteresse, gespreizte Beinhaltung beim Sitzen, das macht niemand in einem Verhör, wenn er nicht versucht, etwas zu verbergen. Eichstädt hat nichts davon gezeigt. Er war so entspannt, als hätten wir auf einer Parkbank gesessen und über Philosophie diskutiert. Er hatte keinerlei Angst, was erstaunlich war, möglicherweise aber daran lag, dass ihn noch niemand verhört hatte. Was an sich auch wieder vollkommen untypisch für diese Art von Haftanstalt ist."

Ich bat Jansen um eine Zigarette, da meine durchnässt und gerissen waren, ließ mir von ihm Feuer geben und fuhr fort: „Das alles ist äußerst seltsam und für die Klärung der Abläufe an dem Abend im Smutje hat der Besuch bei Eichstädt nicht beigetragen."

„Beeindruckend."

„Was?"

„Ihr kleiner Vortrag gerade, ich hab fast ne Gänsehaut bekommen."

„Lecken Sie mich."

„Nein, ehrlich, sehen Sie", und er streckte mir seinen Unterarm entgegen.

„Ja, schon gut."

Jansen lachte.

„Kommen wir jetzt zu Ihrem Gesicht?"

„Tja, da wird es tatsächlich witzig. Ursprünglich hatte ich ja noch vorgehabt, den Kollegen vom MUK Rostock einen Besuch abzustatten, änderte dann aber meine Meinung. Nach den Erfahrungen des bisherigen Tages schien mir das mehr als pure Zeitverschwendung. Somit entschied ich, gleich nach Vitt zurückzukommen. Das sahen die Kollegen vom MUK Rostock aber offensichtlich anders. So, wie es dann verlief, hatten sie fest mit meinem Besuch gerechnet und waren äußerst enttäuscht, dass ich nicht vorbeigekommen war, also fingen sie mich auf dem Heimweg ab, winkten mich raus, hielten mich an und stellten Fragen."

„Was für Fragen?"

„Och, ganz verschiedene. Zunächst interessierte sie, warum ich überhaupt hier oben im Norden wäre, was pure Rhetorik war, die wussten genau, weshalb ich hier bin, und das ließen sie mich auch spüren, nachdem ich zuerst geantwortet hatte, ich wäre auf Urlaub."

„Was meinen Sie damit, sie ließen Sie das spüren, wollen Sie damit sagen, die haben Ihnen das dann angetan?" Und fuchtelte mir vor meinem Gesicht.

„Nein, nein, da noch nicht, da haben sie mir nur den Kopf ein Stück weit zurechtgerückt, nichts Schlimmes, bloß klargestellt, dass sie Bescheid wissen, und mich vor weiteren Lügen bewahrt."

„Ich verstehe nicht."

„Nun, ihnen war wohl daran gelegen, dass wir uns auf einem Level befanden, sie machten klar, dass sie genau wussten, warum ich hier bin, um Eichstädt zu entlasten, und dass ihnen das offensichtlich nicht schmeckt. Sie wussten, dass ich beim MUK Berlin war, dass ich suspendiert bin, und sie wollten nicht, dass ich herumschnüffele. Und als ich, zugegebenermaßen dummerweise, erwähnte, dass ich Ungereimtheiten in dem Fall ausgemacht hätte, war die Unterhaltung auch schon vorbei."

Jansen starrte mich mit offenem Mund an.

„Und dann, haben sie mir das hier angetan", fuhr ich fort und zeigte dabei auf mein Gesicht.

„Ich fasse es nicht, die eigenen Kollegen, was haben die sich dabei gedacht?"

Ich musste ein wenig lächeln, so süß fand ich seine Naivität. Offensichtlich hatte er es noch nicht allzu oft ernsthaft mit unserer Obrigkeit zu tun gehabt.

„Die wussten genau, wer ich bin und was ich wollte", fuhr ich fort, „und denen ist daran gelegen, dass Eichstädt schuldig ist."

„Aber warum?", fragte Jansen.

„Ich kann es Ihnen nicht sagen. Bei den Typen ist alles möglich. Ihnen ist alles zuzutrauen. Nicht nur, dass sie betrunken waren, und wer bin ich, darüber zu urteilen, waren sie zudem vollgepumpt mit Drogen. Pervitin würde ich tippen. Da fällt es schwer, Beweggründe auszumachen. Vielleicht wollen sie sich bei ihrer Arbeit nicht in die Suppe spucken lassen. Eventuell brauchen sie den schnellen Fahndungserfolg, weil sie irgendwo anders scheiße gebaut haben. Möglicherweise haben sie Zukunftsängste und wollen sich beweisen, wer weiß das schon ...", ich sah Jansen an und hoffte, dass er den gleichen weiteren Gedanken hegte wie ich.

Er schaute, blinzelte und ich sah, wie er mit sich rang, bis er schließlich entgegnete: „Oder sie wollen etwas vertuschen."

„Oder das."

Jansen lehnte sich in seinen Stuhl zurück, pustete einmal tief durch und sah sich in der Kneipe um, als würde er sicherstellen wollen, dass uns auch niemand gehört hatte. Oder er brauchte etwas Halt und dafür vertraute Gesichter.

„Das lässt sich alles so noch nicht zusammensetzen. Es fehlen einfach zu viele letzte Details, um nur ansatzweise eine Theorie aufstellen zu können. Es fehlt ein Motiv, Informationen über Lotzo et cetera, et cetera. So kommen wir nicht weiter. Ich muss dringend telefonieren und versuchen, mehr zu erfahren. Ich werde morgen früh einen alten Freund und Kollegen kontaktieren. Mal sehen, ob er uns helfen kann …", kurz dachte ich auch an den Doc, er wäre der perfekte Ansprechpartner hierfür gewesen, doch die Zeiten waren leider vorbei und wohl für immer Geschichte. „… die einzige logische Erkenntnis, die mir der heutige Tag gebracht hat und die wir im Moment ziehen können, ist, dass Eichstädt diese Morde nicht begangen hat, sie ihm vielmehr in die Schuhe geschoben werden sollen."

Jansen nickte leicht, während er auf das Bierglas, welches er in seinen beiden Händen hielt, schaute und den Inhalt vorsichtig hin und her schwappen ließ.

„Und da sie ihn noch nicht verhört haben", fuhr ich leise fort, „befürchte ich, dass er in ernster Gefahr schwebt."

Jansen nickte weiter. „Die wollen ihn loswerden, bevor es zu einem Prozess kommt und er sich äußern kann."

Jetzt nickte ich zustimmend. „Und nicht nur das", ergänzte ich, „aufgrund unseres Gespräches ist klar, dass Eichstädt etwas weiß, von dem sie nicht wollen, dass er es ausplaudert. Sie wollen vertuschen, und zwar endgültig."

Jansen schwieg einen Moment, dann schüttelte er leicht den Kopf, verzog seinen linken Mundwinkel und fragte:

„Und Sie glauben, die Kollegen haben Drogen genommen? Wie heißt das, was Sie genannt haben? Perv… irgendwas?"

„Pervitin", wiederholte ich, „Sie wissen nicht, was das ist?"

„Nein, nie gehört."

„Es ist ein Methamphetamin."

„Sagt mir nichts."

„Ein Aufputschmittel. Besser bekannt als Hitlers Wundermittel. Wurde den deutschen Soldaten verabreicht, bevor sie an die Front und in den Kampf zogen. Ein Rauschmittel, das dem körpereigenen Adrenalin ähnelt. Man ist nicht müde, sondern munter, statt hungrig fühlt man sich satt, statt gestresst – euphorisch und selbstsicher. Lässt einen tagelang marschieren, ohne die Motivation zu verlieren. Fand sich in jedem Tornister eines Wehrmachtssoldaten. Die ideale Kriegsdroge und kongenialer Partner zum Alkoholkonsum. Lässt einen durchhalten, wie viel man auch verdingt. Unsere Freunde von der Staatssicherheit waren große Fans. Haben die ungeniert bis in die Achtziger hinein konsumiert. Zu Observationen, Verhören und kritischen Einsätzen. Mit den richtigen Verbindungen einfach zu bekommen und wenn nicht direkt Pervitin, gleich wirkende Pillen nur mit anderem Namen. Sagt Ihnen Aponeuron etwas? Ist dasselbe. Der Nachteil all der Mittelchen, egal, wie sie heißen? Verheerende körperliche und psychische Nebenwirkungen. Herzversagen, Depressionen und Wahnvorstellungen. Nett, oder?"

Jansen sah mich an wie ein Zwölfjähriger, dem man gerade erklärt hatte, wo die Babys wirklich herkommen.

„Mein Gott", sagte er dann, „und das haben die genommen? Woher wollen Sie das wissen?"

„Oh, glauben Sie mir, das weiß ich."

Dann wurde es erst einmal still zwischen uns. Während Jansen daran arbeitete, das Gesagte zu verarbeiten, trank ich mein Bier aus und orderte für uns beide nach.

Das Gemurmel in der Kneipe ging ungeachtet unserer Unterhaltung weiter, als wäre das alles heute nicht geschehen. Ich war mir nicht sicher, wie stabil Jansen war, ich wollte nicht, dass er sich mit den ganzen Nebenkriegsschauplätzen wie den vollgepumpten Kollegen auseinandersetzte und dabei das Wesentliche vergaß, also versuchte ich, ihn abzulenken und dabei etwas mehr über ihn zu erfahren.

„Sie sagten, Sie seien nicht von hier, das heißt, Sie sind hierher abkommandiert worden, richtig?"

„Wollen Sie jetzt ernsthaft dahin das Thema wechseln?"

„Ja, warum nicht?"

„Weil ich mit dem letzten noch nicht ganz durch bin."

„Meiner Erfahrung nach kann ein bisschen Ablenkung nicht schaden, wenn man nicht mehr weiterkommt. Manchmal muss man die Dinge einfach eine Zeit lang ruhen lassen, kurz vergessen, dann ergeben sich oft von ganz alleine neue Perspektiven. Also, wann hat man Sie versetzt?"

Er blieb noch einen Moment verwirrt, musste noch einen Happen verdrängen, dann aber antwortete er.

„1987."

„Warum?"

„Freiwillig. Ich bat darum. So weit nördlich wie möglich."

„Verstehe", ließ eine kurze Pause und fragte nach, „was war der Grund dafür? Die frische Seeluft?"

Ein Schatten huschte durch seine Augen. Nur kurz und ganz schnell, wie eine Katze bei Nacht über eine dunkle Straße, doch ich hatte ihn gesehen und es erschreckte mich. Damit hatte ich nicht gerechnet und es passte nicht zu Jansen. Und es passte nicht zu seiner Antwort. Das war Angst, die sich kurz gezeigt hatte, keine Trauer.

Er lehnte sich zurück in seinem Stuhl, atmete einmal tief durch und richtete seinen Blick auf das halb leere Bierglas in seinen Händen.

„Ich komme aus Schwarzenberg, wie bereits gesagt, aus dem Erzgebirge. Ich war dort auch bei der Volkspolizei. Das war eine ruhige Arbeit, es gab nicht viel zu tun. Hier und da ein kleines Verbrechen, ein Alkoholdelikt, Streitereien in einer Kneipe oder Grenzvergehen, das war es. Die Menschen kannten sich und passten aufeinander auf. Es war ein gutes Leben, es fehlte nur an wenigen Dingen, bei denen man sich aushalf. Eines Abends wurde ich nach Schneeberg gerufen, ein Ort westlich von Schwarzenberg, keine fünf Kilometer entfernt. Es ging um einen Notruf wegen häuslicher Gewalt. Eine junge Frau hatte einen Streit in einer Nachbarwohnung gemeldet. Ich fuhr hin, stieg die Treppen hoch bis zu der genannten Wohnung und konnte schon im Hausflur die flehenden Schreie einer Frau aus der Wohnung vernehmen. Ich klopfte, zweimal, dreimal, gab mich als Polizei zu erkennen und rief danach, die Tür zu öffnen, doch erfolglos. Kurzfristig entschloss ich mich, die Tür einzutreten. Ich stürmte in die Küche, aus der die Schreie eindeutig zu identifizieren waren, und sah einen Mann auf einer auf dem Boden liegenden Frau sitzen, ein Messer in beiden Händen und auf die Frau einstechen. Ich zog meine Waffe, schrie den Mann an, das Messer wegzulegen und aufzustehen, doch er reagierte nicht, und bevor er ein weiteres Mal zustechen konnte, zielte ich auf seine rechte Schulter und schoss. Er fiel vornüber, kam wieder hoch, schaute sich zu mir um und es schien, dass er mich jetzt erst richtig wahrgenommen hatte. Sein Gesicht war hassverzerrt, voller Blut und Schweiß. Seine Haare strähnig und verklebt. Er stand auf und drehte sich zu mir, das Messer in seiner linken Hand, die rechte Schulter ein wenig hängend, doch keine Anzeichen von Schmerzen. Ich forderte ihn auf, das Messer fallen zu lassen und sich hinzuknien. Die Frau auf dem Küchenboden war schwer verletzt, röchelte und atmete schwer. Dann kam er auf mich zu. Ich rief ein letztes Mal danach, stehen zu bleiben, doch er hörte nicht, also schoss ich ein weiteres Mal. Die Kugel traf ihn in den Bauch, er knickte leicht ein, fiel aber nicht um, hielt sich gekrümmt auf den Beinen und sah mich von unten mit nach oben verdrehten Augen an, es war gruselig wie in einem Horrorfilm. Dann stürmte er auf mich zu. Ich schoss ein drittes Mal. Wieder traf ihn die Kugel in den Bauch. Er schmiss sich auf mich und wir fielen beide rückwärts in den Türbereich der Küche. Er schrie, schnaubte, fletschte die Zähne. Blut, Speichel und Schweiß benetzten mein Gesicht. Er hob seinen linken Arm, um zuzustechen, ich wehrte ihn ab, zog meinen rechten Arm unter unseren Körpern hervor, hob meine Hand mit der Waffe bis an seinen Kopf und schoss ihm ein letztes Mal in die Schläfe. Sein Kopf explodierte. Mein Gehör setzte aus, traumatisiert von dem Knall blieb nur ein lautes Pfeifen zurück. Ich drückte mich hoch, rollte seinen schlaffen Körper von meinem, Blut und Hirnmasse waren in der halben Küche verteilt, doch ich hatte nur die Frau im Sinn. Ich kroch zu ihr hinüber. Sie war übersät mit Messerstichen. Alles war voller Blut, das weiter aus den einzelnen Wunden gepumpt wurde. Ich sah sie an, nahm ihren Kopf vorsichtig hoch, wollte sie beruhigen und sagen, dass Hilfe gleich kommen würde, doch es war zu spät. Sie röchelte nur noch, presste Luft in ihre Lungen, so gut es noch ging, und spuckte Blut beim Ausatmen. Ihre Augen suchten wild umher nach Halt, flehten um Hilfe, bis sie mit einem Mal stehen und starr an der Zimmerdecke haften blieben. Dann, ganz langsam, sah ich zu, wie das Leben aus ihnen entwich. Wie sie immer trüber wurden, bis sie schließlich erstarrten. Es war das Schlimmste, was ich je erleben musste, und der Mann war der erste Mensch, den ich getötet hatte. Nicht, dass er das nicht verdient hatte und ich nur mein Leben verteidigen musste, doch es hat Monate gedauert, bis ich wieder einigermaßen schlafen und arbeiten konnte. Die Augen der toten Frau, werde ich nie wieder vergessen."

Jansen hatte mir all das erzählt, ohne mir ein einziges Mal in die Augen zu schauen. Ich hatte kurz Zweifel, doch verwarf diese sofort wieder, es gab keinen Grund dafür, wir waren nicht in einem Verhör, sondern halbtrunken in einer Kneipe in einem Gespräch, er hätte mir auch gar nichts erzählen müssen, also antwortete ich.

„Das ist nicht einfach, ich weiß. Es tut mir leid, dass Sie so etwas erleben mussten, das ist nicht schön und schwer zu verdauen."

Er nickte nur.

„Als ich hierherkam, war das *Smutje* mein erster Anlaufpunkt. Ich kannte niemanden, war allein und das *Smutje* schien mir ein guter Ort, um Selbstmitleid zu ertränken. Doch Walls, der Wirt, ließ das nicht zu. Wir freundeten uns schnell an, redeten viel, er machte mir die Eingewöhnungsphase einfacher, stellte mich den Bewohnern vor, kümmerte sich darum, dass ich nicht aufgab. Er war ein guter Freund, ich vermisse ihn."

„Es tut mir leid", wiederholte ich, „ich wollte keine alten Wunden aufreißen."

„Ist schon gut. Konnten Sie ja nicht wissen."

„Nein, trotzdem tut es mir leid."

„Ja, ich weiß."

„Was ist mit Ihrer Familie? Ich nehme an, Sie haben Familie? Gab es da niemanden?"

„Ja, ich habe Familie, eine Frau und einen Sohn."

„Wo sind sie?"

„Das weiß ich nicht. Meine Frau hat sich danach meinen Sohn geschnappt und ist weg. Hat mir einen Brief zurückgelassen und mich gebeten, nicht nach ihnen zu suchen. Sie wollte unseren Jungen so weit weg wie möglich von alldem bringen."

„Das ist hart."

„Ja, das ist es, aber berechtigt, ich hatte lange Zeit damit zu kämpfen und war wirklich kaputt. Ich war nicht mehr in der Lage, mich um irgendjemanden sonst zu kümmern als um mich selbst. Und noch viel schlimmer zog ich alle mir Nahestehenden mit hinunter. Ich hüllte alles und jeden in mein Schwarz mit ein. Sie hat das Richtige getan."

„Jetzt scheinen Sie mir aber einen sehr aufgeräumten Eindruck zu machen, möchten Sie nicht wissen, wie es ihnen geht, wo sie leben?"

„Was für eine blöde Frage, selbstverständlich möchte ich das, es vergeht kein Tag, an dem ich das nicht möchte, ich brauche nur noch etwas Zeit."

„Das sehe ich anders, ich glaube, Sie sind so weit, Sie haben nur Angst."

„Ach ja? Wie lange kennen wir uns noch einmal? Zwei Tage?"

„Ich sagte doch, dass ich eine gute Menschenkenntnis besitze, glauben Sie mir, je länger Sie warten, umso mehr werden Sie es später bereuen."

„Okay, genug von mir, was ist mit Ihnen? Frau? Kinder?"

„Ich war verheiratet, keine Kinder."

„Geschieden? Wundert mich nicht, ohne Ihre Frau zu kennen, sie hat recht", und grinste mich schief an. Ich grinste zurück.

„Tot", sagte ich.

Sein Grinsen fiel ihm aus dem Gesicht und klatschte in das Bier in seinen Händen.

„Tut mir leid, ich wollte nicht …"

„Schon gut. Kein Problem. Sie hatte Krebs. Hat ein Jahr lang gekämpft wie eine Löwin, dann war es vorbei. Hat mich ziemlich aus der Bahn geworfen damals, aber mit viel Alkohol und Tabletten habe ich begonnen zu verdrängen, da arbeite ich heute noch dran und es klappt hervorragend, sollten Sie auch probieren."

„Nun, jeder muss da wohl seinen Weg für sich finden."

„Sehe ich auch so."

Wir leerten unsere Gläser schweigend und bald überfiel mich die Erschöpfung wie ein schwerer schwarzer Vorhang. Ich konnte mich kaum mehr aufrecht halten.

Ich verabschiedete mich von Jansen, versprach, ihn morgen zu kontaktieren, und hob mich aus meinem Stuhl, kippte fast mit dem Stuhl um, fing mich aber noch gerade ab.

„Soll ich Sie zum Hotel begleiten", fragte Jansen.

„Soll ich Ihnen eine verpassen?", antwortete ich.

In dem Moment, als ich das Hotel betrat, rief mich Frau Wolters zu sich. Sie stand hinter ihrer kleinen Rezeption, hielt den Telefonhörer in der linken Hand und mit der rechten Hand die Sprechmuschel zu.

„Was ist denn mit Ihnen passiert", fragte sie.

„Bin gestolpert."

„Und worüber? Eine Klippe? Da ist eine Dame für Sie am Telefon." Sie hielt mir den Hörer entgegen.

„Danke", sagte ich, nahm das Telefon, wartete einen Moment, bis sie weg war, dann fragte ich in die Muschel: „Hallo?"

„Hallo, Ben, hier ist Grete."

„Hallo, Grete, wie geht es dir?"

„Du hörst dich müde an, alles in Ordnung?"

„Ja, mir geht es gut. Bin nur etwas k.o."

„Ich wollte fragen, ob du schon etwas herausgefunden hast?"

„Ja, Grete, das habe ich, sogar eine ganze Menge."

„Und?"

„Ich bin überzeugt davon, dass dein Freund unschuldig ist."

„Das ist großartig, habe ich dir doch gesagt, er könnte niemals jemanden töten."

„Ja stimmt, das sehe ich auch so."

„Okay, schön …", es entstand eine Pause, „aber …?", fragte sie dann zögerlich.

„Ich kann es nicht beweisen."

„Wie meinst du das?"

„Es sind noch zu viele Puzzleteile, die ich nicht zusammensetzen kann, doch ich bleibe dran. Ich hoffe, morgen noch mehr erfahren zu können."

„Verstehe."

„Hör zu, Grete, ich bin wirklich kaputt. Ich melde mich morgen, wenn ich weiter bin, in Ordnung?"

„Gut, Ben, du weißt, ich vertraue dir. Mach's gut. Bis morgen."

Und gerade als ich auflegen wollte, hörte ich Grete noch in den Hörer rufen:

„Ben, warte, Ben, eine Sache noch."

Ich führte den Hörer zurück ans Ohr.

„Ja?"

„Schöpf war hier und hat dich gesucht. Er war ziemlich aufgebracht. Hat gesagt, dass er seit Tagen versucht, dich zu erreichen und dass du dich dringend bei ihm melden sollst."

„Schöpf kann mich mal", antwortete ich.

„Er sagt, er hätte dir Geld gegeben und dass er Antworten erwartet."

„Schön für ihn."

„War es viel Geld?", fragte Grete.

„Ja, verdammt viel."

„Gut so."

„Okay, Grete, ich muss jetzt wirklich ins Bett."

„Schon in Ordnung, Ben, melde dich, wenn es Neues gibt."

„Ist doch klar", und ich legte auf.

Es tat mir leid, dass ich sie so abgewürgt hatte, doch ich wollte dringend unter die Dusche, mich pflegen und in die Bettdecke einwickeln.

Ursprünglich wollte ich mir ja noch Schumacher vorknöpfen, doch ich war viel zu erschöpft, viel zu ausgelutscht und viel zu betrunken, um mich jetzt noch einer Konfrontation zu stellen. Ich verschob es auf den nächsten Tag und schleppte mich die Treppen hinauf bis in mein Zimmer. Dort angekommen, verschloss ich die Tür von innen, ließ alles, was ich am Körper trug, fallen, wo ich ging, und stellte mich unter die heiße Dusche. Danach ins Bett wie Gott mich schuf und keine Minute später in Hypnos' Schoß.

Kapitel fünfzehn

Es war ein tiefer, von Erschöpfung geprägter Schlaf, aus dem ich am nächsten Morgen erwachte. Zunächst glaubte ich, traumfrei durch die Nacht gekommen zu sein, doch mit dem langsamen Eintauchen in die Realität krochen einzelne Fragmente des nächtlichen Unsinns in die Erinnerung zurück und mischten sich in die gelben Sonnenstrahlen, die durchs Fenster fielen und mein Gesicht erwärmten.

Eichstädt, der mir von einem sich schnell entfernenden Segelboot zuwinkt und sich über mich lustig macht.

Jansen, der von drei Männern, ganz in Schwarz gekleidet, gezwungen wird, zu tanzen und ein altes Seemannslied zu singen, um im nächsten Augenblick eine Klippe hinunterzustürzen.

Der Idiot mit der Aktentasche, wie er sie öffnet, vollgestopft mit Kondomen, und sie über meinem Auto ausschüttet.

Ein junger Mann, der aussah wie der Betreiber des kleinen Museums in Vitt, der im Smutje sitzt, die Beine auf den Tisch gelegt, und aus dem Mund und aus den Augen blutet.

Was ist das nur mit diesem Museum, fragte ich mich, schüttelte die Schlafreste aus dem Kopf und quälte mich hoch.

Alles tat weh.

Körperstellen, von denen ich gestern gar nicht gemerkt hatte, dass sie traktiert wurden, meldeten sich mit Schmerz und Ungelenk an.

Unbeholfen und steif kam ich auf die Beine und schleppte mich ins Bad. Ich sah in den Spiegel über dem Waschbecken und erschrak fast. Es sah schlimmer aus als gestern und mit den Bildern tastete ich die einzelnen kleinen Wunden in meinem Mund ab.

Schon mal so richtig übel verprügelt worden?

Glauben Sie mir, das ist kein Spaß und die Schmerzen und die Demütigungen sind am nächsten Tag noch mal schlimmer. Exponentiell. Dann filtern sich die kleinen Dinge, die einen noch tagelang behindern werden, heraus. Kein Kaffee, der nicht an drei Stellen brennt. Kein Brot, das nicht an der offenen Lippe kleben bleibt. Selbst die Kippen machen dann keinen Spaß mehr und nur die Sucht zwingt den beißenden Rauch durch den wunden Mund in die Lungen.

Vorsichtig wusch ich mir mein Gesicht.

Nahm einen Klecks Zahnpasta mit einer Handvoll Wasser. Gurgelte, um wenigstens ein wenig Mundhygiene zu betreiben.

Zahnbürste war gar keine Option.

Schmiss zwei Portionen der üblichen Dosierung Überlebenspillen ein und drei Schmerzheiler obendrauf. Wenn es dich nicht tötet, hilft es dir, zu überstehen. War nur ganz wichtig, bald Kaffee und Feststoffe unterzumischen, sonst melden sich Magenschleimhäute ganz gemein und hinterhältig.

Langsam und kontrolliert zog ich mir meine Socken an, dann die Hose mit Gürtel. Vorsichtig hob ich mir mein Poloshirt über den Kopf und steckte ihn durch die Öffnung. Dann einen Arm nach dem anderen. Die Jacke nur in die Hand.

Es war acht Uhr dreißig, als ich mein Zimmer hinter mir abschloss. Zeit also noch für Frühstück, das dann aber nur aus fünf Schluck qualvoll glühend heißen Kaffees bestand. Keine Feststoffe, die hätte ich im Leben nicht drin behalten.

Frau Wolter schielte mich jedes Mal, wenn sie an mir vorbeiging, mitleidig an.

Als sie mir meinen Kaffee brachte, war sie kurz davor, etwas zu sagen, doch sie schaute nur, als würde ich im Sterben liegen, und trollte sich dann wieder.

Wie ich am Abend zuvor schon beschlossen hatte, musste ich telefonieren, um Weiteres erfahren zu können. Doch wollte ich das in Jansens Büro erledigen, da gab es mehr Ruhe, Zeit und weniger Ohren. Und zudem, da bin ich ehrlich, ein fröhliches, hübsches Gesicht mit feinen Rundungen im engen Rock, auf das ich mich freute und dass mir den Tag erheitern würde.

Doch seit meinem Erwachen brodelte ein Töpfchen Lava in meinen Eingeweiden, welches ich zunächst so entspannt wie möglich versuchte zu ignorieren. Ich kannte dieses Brodeln und wusste, zu was es bei mir führen konnte. Es ist wie eine sich ankündigende Migräne oder ein Depressionsschub. Man versucht locker zu bleiben und hofft, dass es sich bald wieder legt, vorübergeht, ohne seine Klauen auszufahren und sich ins Gehirn zu krallen. Manchmal segelt es dann vorbei, manchmal aber nicht. Und an diesem Morgen steigerte sich die kochende Wut von einem leichten Blubbern mit jedem schmerzenden Schluck Kaffee zu einem siedenden Tosen. Jansen, Schumacher, alles, was ich mir vorgenommen hatte, wurde ins Abseits gedrängt. Als Frau Wolter zum x-ten Mal an mir vorbeischlich, packte ich sie beim Arm und fragte:

„Gestern hat mich ein Kerl auf dem Parkplatz draußen vor dem Ort angesprochen und sich über mein Auto ausgelassen. Er trug einen Regenmantel, eine grüne Wollmütze und hatte einen Aktenkoffer unter dem Arm."

„Sie meinen Heiko", antwortete sie.

„Wo finde ich ihn?"

„Was wollen Sie denn von dem?"

„Ich muss ihn etwas fragen, wissen Sie, wo er wohnt?"

„Ja, natürlich, wie sollte ich das nicht wissen, der ist bekannt wie ein bunter Hund und nicht nur hier in Vitt", sie neigte sich zu mir runter und begann zu flüstern. „Komische Typen kommen regelmäßig zu ihm, ich sehe sie manchmal, wenn sie am Hotel vorbeischleichen, sind leicht zu erkennen unter den ganzen Touristen, stechen heraus wie Zombies in einem Vergnügungspark."

„Nette Metapher", gratulierte ich.

„Danke", antwortete sie grinsend.

Und das war auch genau das, was ich über Heiko hören wollte, und mir sicher war, zu hören bekommen würde, wenn ich nach ihm fragte.

„Und wo genau wohnt er jetzt?"

„Gleich den Weg links weiter runter weg vom Strand, in einem kleinen Haus auf der rechten Seite, ist nicht zu verfehlen oder zu übersehen, da stehen nur drei Häuser, nehmen Sie das, was aussieht, als würde es beim nächsten Niesen zusammenfallen."

„Mache ich, danke."

Ich stand auf und quälte mich aus dem Hotel. Frau Wolter blieb an meinem Tisch stehen und sah mir nach. Ich konnte förmlich spüren, wie sie hinter meinem Rücken ihren Kopf schüttelte.

Ging den Weg die Straße rauf und keine drei Minuten später sah ich das Haus von Heiko. Frau Wolter hatte nicht übertrieben, es war eine Bruchbude und verwunderlich, dass es noch selbstständig stand. Ich öffnete das kniehohe Vorgartentörchen und stapfte durch den vom Unkraut überwucherten Pfad zur Eingangstür. Hämmerte an diese mit meiner Faust und bereute unmittelbar meine Unvorsichtigkeit. Ein Knarzen und Ächzen waren die Antwort des Hauses und ich machte instinktiv einen Schritt zurück. Für gewöhnlich war das nicht mein Stil, so unbedacht vorzugehen. Normalerweise würde ich erst einmal beobachten, versuchen herauszufinden, ob jemand zu Hause war, beurteilen, ob Gefahr bestand, warten, bis jemand das Haus verlassen würde. Doch mein Innerstes raste und wirbelte mittlerweile so ungestüm, dass es mich zur Rastlosigkeit und zur Tat antrieb. Schmerzen spürte ich keine mehr, da taten die Helferlein mittlerweile ihren vollen Dienst. Kurz kamen mir Zweifel, ob mein Plan immer noch so eine gute Idee gewesen war, denn zur Wahrheit gehörte auch, dass alles, was ich jetzt noch draufschütten würde, sich leicht ins Gegenteil verkehren könnte. Das würde ein Ritt auf der Rasierklinge werden.

Die Tür ging auf.

Zu spät für einen Rückzieher.

„Hey, hey, hey, langsam, Mann. Das Haus ist sensibel und das bin ich auch."

Ich packte Heiko mit beiden Händen am Kragen und schob ihn ins Haus zurück. Trat mit der Hacke gegen die Tür, die sich daraufhin geräuschvoll schloss.

„Alter, was geht denn jetzt ab? Wer bitte schön sind denn Sie und was zum Kuckuck wollen Sie?"

Ich sah ihm fest in die Augen und konnte sehen, wie er verstand, dass mit mir nicht zu spaßen war.

„Moment mal, Sie sind der Kerl mit dem Auto", erinnerte sich Heiko dann, was mich schwer wunderte, hätte ich ihm nicht zugetraut, so lange etwas zu behalten.

Ich nickte.

„Ja genau", fuhr er fort, „hören Sie, tut mir leid, das mit dem BMW, ich wollte Sie nicht beleidigen …"

„Deswegen bin ich nicht hier", antwortete ich, griff in meine hintere Hosentasche, zog meinen Ausweis heraus und hielt ihn ihm unter die Nase.

„Sie sind Polizist?"

Ich nickte wieder.

Dann schubste ich Heiko auf sein Sofa, gab ihm Zeichen, dass er sitzen bleiben sollte, und sah mich im Zimmer um. Es war ein bedauernswertes Drecksloch. Überall lagen Essensreste. Bier- und Weinflaschen. Dreckige Kleidungsstücke und Magazine. Etwas raschelte in einer Ecke und ich stob herum, sah Heiko an, doch der schaute nur dumm aus der Wäsche. Dann erblickte ich den Aktenkoffer und zeigte auf ihn. Heiko schluckte und ich musste fast lachen, so plump versuchte er cool zu bleiben.

„Es gibt zwei Möglichkeiten für dich", sprach ich dann zu ihm. „Erstens, in diesem Aktenkoffer gibt es etwas, das mich für acht Stunden zu Supermann macht und in eine Paralleldimension befördert, oder …"

„Was ist mit Ihrem Gesicht passiert?", fragte er dazwischen.

Ich tat das ab.

„… ODER", fuhr ich bestimmend fort, „ich Prügel dir die Schuppen aus den Haaren, schleif dich zu Wachtmeister Jansen, erkläre ihm, dass du mich angegriffen hast, und schütte ihm den Inhalt der Aktentasche auf seinen Schreibtisch."

„Was sind Sie denn für ein Bulle?"

Das Zeug, das er mir gab, war eine Mischung aus MDMA (eine spezielle Form der Amphetamine) und Lysergsäurediethylamid oder besser bekannt unter seinem Kürzel: LSD.

Und wer hat's erfunden?

Die Schweizer haben's erfunden.

Kaum zu glauben, oder?

Um es dann bei psychotherapeutischen Behandlungen als Adjuvans einzusetzen, was bedeutet, um Wirkungen zu verstärken. Ist natürlich schiefgegangen und wurde verboten. War mir bis dato auch nicht bekannt, auch nicht die Mengen, die nötig wären, um in Fahrt zu kommen. Also blieb mir nichts anderes übrig, als es selbst zu beproben. Mittlerweile hatte ich mich so in meine Rachefantasien eingewickelt, dass mir alles andere egal wurde. Ich redete mir ein, dass ich diesen Mistkerl von einem Bullen aus Rostock nur befragen würde, um weitere Informationen zu bekommen, hilfreiche Informationen, doch es war längst klar, dass er, so oder so, eine angemessene Abreibung erhalten sollte.

Von da an kann ich mich nicht mehr an viel erinnern. Keine Einzelheiten über das Wetter, die Musik, die ich hörte, wie lange ich gefahren bin oder vor der Wache in Rostock warten musste.

Irgendwann aber kam Hoffmann aus dem Gebäude und trat auf die Straße. Er blieb kurz stehen, schaute sich hektisch um, sprach ein paar Worte zu sich selbst, zuckte mit den Armen, als würde er sie ausschütteln, und ging zu Fuß in Richtung Hafen. Meinen Wagen hatte ich ein paar Ecken weiter abgestellt, der wäre viel zu auffällig gewesen, und hatte gebetet, dass er gleich noch da sein würde. Ich dankte Tyche für die glückliche Fügung, dass der Kerl zu Fuß ging, kein Auto nahm, und folgte ihm.

Er lief quer durch Rostock in Richtung Alter Markt, ließ diesen aber hinter sich und ging weiter zur Petribrücke, diese kannte ich ja bereits und war gespannt, ob die Punks dort immer noch feierten, wie sie gestern behauptet hatten. Zu meiner Verwunderung lief er aber nicht über die Petribrücke drüber, sondern nahm den gleichen Weg wie ich gestern und ging unter die Brücke. Für einen Moment fragte ich mich, ob er wegen mir hier sei, ob er meinen Weg von gestern rekonstruieren wollte, um irgendetwas herauszufinden. Ich machte mir Sorgen, dass er der Truppe unter der Brücke zusetzen würde, also beschleunigte ich meinen Schritt, weil ich von Anfang an mitbekommen wollte, was dieser Mistkerl dort zu suchen hatte.

Ich hielt mich hinter einem Hagebuttenstrauch, die hier am Ufer zu Massen unkontrolliert wucherten, versteckt und beobachtete, wie er zu dem kleinen Haufen Aussätziger sprach, nein, nicht sprach, auf sie eindrosch, nicht mit Fäusten, nur mit Worten.

Es waren lediglich drei von gestern übrig. Drei Kerle. Der, der mich zuerst angesprochen hatte, der, der mir verriet, dass sie dealen würden, und der letzte, der ihn deswegen zurechtgewiesen hatte. Sie sahen verängstigt aus, keiner von ihnen sprach, während mein Peiniger sie anbrüllte und einschüchterte. Dann leerten sie ihre Taschen aus, er kramte in dem Zeug herum, doch das schien ihm nicht zu reichen, also schnappte er sich einen nach dem anderen und durchsuchte sie grob. Schmiss sie auf den Boden, trat sie so lange, bis er offensichtlich gefunden hatte, was er suchte. Dann vertrieb er sie, laut und mit weiteren Tritten.

Es fiel mir schwer, mich zu beherrschen. Trotz des unkontrollierten Drogencocktails, den ich mir verabreicht hatte, gab es zum Glück noch einen letzten Funken Selbstkontrolle in mir, der mich stoppte und dafür Sorge trug, dass ich nicht alles komplett versauen würde, das sollte erst später kommen. Doch zunächst konnte ich mich zurückhalten und so verhindern, dass irgendjemand davon wusste, dass ich da war, dass ich jetzt und sofort aus meinem Versteck sprang, um dem Penner die Scheiße aus dem Gesicht zu prügeln.

Ungeduldig sah ich, wie er wartete, bis die drei davongelaufen waren. Dann, wie er eine Tüte voll mit Tabletten in der Hand hielt und sie begutachtete und wie er offensichtlich zufrieden mit sich selbst kehrtmachte und zurück auf mich zukam.

Bevor er auf Höhe war, trat ich aus meinem Versteck hervor und stellte mich ihm in den Weg. Es waren noch gut fünf Meter zwischen uns. Er blieb stehen und fokussierte. Seine Pupillen waren so groß, dass keine Iris mehr übriggeblieben war, nur das Weiß drum herum. Sein Blick rutschte immer wieder an mir ab, deshalb erkannte er mich wohl auch nicht gleich.

„Für den Moment dachte ich, Sie wären wegen mir hier heruntergekommen", begann ich.

„Was?", fragte Hoffmann.

„Doch scheinbar wollten Sie nur ein paar Kleindealer abräumen."

„Verdammt, Mulder, das sind ja Sie! Was ist los mit Ihnen? Nicht genug aufs Maul bekommen?" Er grinste mich an, aber da war nichts Spaßiges in seinem Grinsen, nur Wut und Hass.

Ich reagierte nicht, sah ihn nur an.

„Was ist los? Was wollen Sie?", fragte er, doch ich blieb ruhig und sagte nichts, deckelte stattdessen meine Wut ab und spürte sofort, wie der Druck anstieg.

„Reden Sie schon, oder gehen Sie mir aus dem Weg, ich hab nicht den ganzen Tag Zeit für Ihre Spielchen."

Ich starrte ihn weiter nur an und registrierte, wie er unruhig wurde, unruhig und unsicher. Also schwieg ich weiter. „Ach lecken Sie mich am Arsch." Er machte einen Schritt zur Seite und wollte an mir vorbei, doch ich versperrte ihm den Weg.

„Sie haben es echt nicht kapiert, was?", fragte er. „Das hier ist mein Revier, Mulder, Sie sollten sich lieber ganz schnell verpissen, bevor es richtig böse wird."

Langsam schüttelte ich den Kopf.

Entnervt legte er seinen Kopf kurz in den Nacken und sah nach oben, dann schaute er mich wieder an mit einem mitleidigen Blick, der mich verunsichern und der mir sagen sollte, *„tu dir das doch nicht an …"*.

Als ich mich immer noch nicht rührte, seufzte er, öffnete die Tüte, die er einem der Kerle eben abgenommen hatte, griff hinein und schmiss sich eine Handvoll irgendetwas in den Mund. Zerkaute es und würgte kurz, als müsste er gleich loskotzen.

Dann tanzten seine Pupillen Sirtaki.

Verengten sich.

Erweiterten sich.

Verengten sich.

Erweiterten sich.

Wie ein Jo-Jo, das auf und ab läuft.

Ich war verdammt neidisch und hätte fast alles dafür gegeben zu fühlen, was er wohl gerade fühlte, doch ich blieb cool, fokussierte mich auf das, weswegen ich hier war.

Was war das gleich noch mal?

Rache.

Richtig.

Nein falsch.

Informationen.

Richtig.
Äääh und welche?
Eichstädt.
Richtig.
Also cool bleiben ...
Ach, scheiß drauf.

Und bevor die Drogen, die er sich eingeschmissen hatte, ihre ganze herrliche Vielfalt in seinem Körper vollends verströmen konnten, platzte mein innerlicher Deckel ab und der Druck entlud sich mit einem stummen „*Pow*". Kopflos stürzte ich mich auf das Arschloch. Doch zu meiner Überraschung sprang er zur Seite wie ein junger Rehbock, neben dem ein Schuss losgegangen war, und ließ mich ins Leere hechten. Offensichtlich schien ein Teil der Pillen, die er gekaut hatte, nicht nur halluzinogene Molekülketten in seiner Blutbahn verankert zu haben, sondern zusätzlich superheldbildende, amphetaminische Muntermacher. Ich stolperte an ihm vorbei, fiel fast vornüber, fing mich aber gerade noch vor einem Brombeerstrauch ab. Drehte mich um und da stand er schon unmittelbar vor mir. Baute sich auf und holte zum Schlag aus.

Seine Faust traf mich in meiner Magengrube, sodass ich tatsächlich ein paar Zentimeter abhob und dann zusammenklappte wie ein Stiletto-Klappmesser. Ich krümmte mich am Boden, rang nach Luft und versuchte gleichzeitig, nicht loszukotzen, was mir nicht gelang. Ich übergab mich gleich vor seinen Füßen. Er sprang beiseite und fluchte:

„Was für eine Scheiße ..., pass auf, wo du hinkotzt."

Dann kam er wieder zurück, holte aus und trat mir in meine linke Seite. Ich hob erneut ab und landete einen halben Meter weiter auf der rechten Seite. Ich fürchtete, gleich sterben zu müssen. Schnappte nach Luft und versuchte sie in meine Lungen zu pressen, um nicht ohnmächtig zu werden. Ich spürte, wie Panik langsam in mir hochkroch und drohte mich zu lähmen. Wenn ich das zulassen würde, zu den Schmerzen und dem Ringen um ein wenig Sauerstoff, hätte er mich ganz einfach fertigmachen können. Also kämpfte ich dagegen an. Verdrängte die Hilflosigkeit, in der ich mich befand, und das half dann zwar meinem Kopf, aber nicht meinem Körper. Es war mir unmöglich aufzustehen, um mich zu wehren. Wenn er jetzt mit weiteren Tritten fortgefahren wäre, hätte ich keine Chance gehabt, doch zu meinem Glück war er ein arrogantes, überhebliches Arschloch, der seinen Triumph in allen Zügen auszukosten suchte. Er wollte mich nicht einfach nur erledigen und weiterziehen, er wollte mir in die Augen schauen und mich leiden sehen, also packte er meine Jacke beim Revers, zog mich hoch und ich rasselte auseinander wie eine Ziehharmonika. Er war überraschend kräftig, doch ich schob es auf die Drogen, war bei mir auch so, ich sammelte mich erstaunlich schnell wieder, jetzt, da ich einmal stand.

Er kam mir ganz nahe und sagte:

„Was für eine Enttäuschung du bist, Superbulle! Ich hätte mit mehr Widerstand gerechnet. Seid dann wohl doch nicht aus einem härteren Holz geschnitzt in der großen Hauptstadt, eher aus einem aufgeweichten Haufen Scheiße zurechtgepanscht. Siehst du nun, das passiert hier an der rauen See mit einem neunmalklugen

Wichtigtuer, der nicht weiß, wann es für ihn vorbei ist. Manche lernen halt nur auf die harte Tour, und das wird jetzt verdammt hart für dich, schnall dich besser gut an."

Und in dem Moment, als er gerade ansetzen wollte, um mir letztlich den Garaus zu machen, huschte etwas aus dem Hagebuttenstrauch, hinter dem ich mich versteckt hatte, heraus, und paranoid aufgedreht, wie er war, schnellte sein Kopf herum, um zu sehen, was das Geräusch verursacht hatte. Ich aber hielt ihn fest in meinem Blick und sah meine Chance gekommen, mich zu wehren, sammelte meine Konzentration und meine Kraft, griff blitzschnell nach seiner geschlossenen Faust und drehte seinen Arm herum, und als er das realisierte und mir seinen Blick wieder zuwandte, holte ich mit meinem Kopf aus, schnellte ihn nach vorne und schmetterte ihm meine Stirn auf seine Nase.

Dann ging alles ganz schnell, viel zu schnell, um voraussehen oder verhindern zu können, was letztlich geschah.

Das Krachen seiner Nase vibrierte in meinem Kopf nach wie ein Steroid im Muskel von Ralf Moellers Bizeps. Schaufelte weitere Energie in meinen unkontrollierten Ausbruch wie ein ausgetrockneter Weihnachtsbaum, der in ein Lagerfeuer geschmissen wird. Sein lautes Aufstöhnen beflügelte meine Wut und zündete meine Entschlossenheit und meinen Mut, die Chance zu nutzen, um jetzt dranzubleiben und nicht nachzulassen.

Klar ist, ohne den Muntermacher-Cocktail, den ich mir aus Heikos bunter Mischung, selbst zusammengestellt hatte, ich nicht so reagiert hätte, wie ich es dann tat.

Nicht so kopf- und skrupellos.

Möglicherweise besonnener und der Situation angemessen. Ich hätte meine Chancen nach dem ersten Wirkungstreffer, den ich ihm versetzt hatte, realistisch neu und fair analysiert und nicht blind, im Wahn rasend agiert.

Doch was bedeutet das schon „*Hätte* ..."? Einen feuchten Furz bedeutet es, wenn es schon passiert ist.

„*Hätte ich mich bloß nie auf diesen Typen eingelassen* ..."

„*Hätte ich doch bloß Sarah Schuhmann in Ruhe gelassen* ..."

„*Hätte ich doch bloß nie diese Drogen genommen* ..."

Hatte ich aber und so war das Kommende nicht zu verhindern, denn ich war von Sinnen.

Ich nutzte seinen Schmerz und seinen Moment der Schwäche, um nachzulegen. Ich wusste, dass er für Sekunden, Drogen intus hin oder her, nicht in der Lage sein würde, sich zu wehren. Woher ich das wusste? Selbst schon erlebt und ich verspreche Ihnen, niemand hat eine Chance nach so einem Treffer. Das ist nur vergleichbar mit einem Tritt in die Nüsse oder einem Schlag auf den Solarplexus. Keine Selbstbeherrschung hilft einem in dem Moment mehr daraus. Die Schmerzen betäuben die Realität. Tränen schießen in die Augen, dass Sie nichts mehr sehen können. Sie schlucken Blut und befürchten, daran zu ertrinken.

 Sie glauben mir nicht? Probieren Sie es aus, wenn Sie sich trauen. Bis dahin halten Sie die Klappe.

Er taumelte zurück, griff sich an seine Nase und beugte sich vornüber. Also schnappte ich mir seine Ohren, hielt damit seinen Kopf fest, zog mein Knie hoch und setzte einen zweiten Treffer in seinem Gesicht. Er fiel auf die Seite und ich trat ihm in den Magen. Einmal, zweimal, dreimal …. Es sprudelte aus mir heraus, wie ein Staudamm, der brach und dessen Wassermassen nicht mehr zu stoppen waren. Ich kniete mich mit einem Bein auf seinen Hals, nahm seinen Arm, drehte ihn nach hinten und kugelte ihm die Schulter aus. Er schrie auf. Es war markerschütternd. Das weckte mich kurz aus meinem Rausch. Ich stand auf, rang nach Luft und schaute auf den sich windenden Haufen Elend hinab. Wut brannte immer noch in mir wie ein glühendes Brandmal, doch der Wahn ließ langsam nach. Klares Denken war aber noch lange nicht drin. Alles raste durch meinen Kopf, nur kein ordentlicher Gedanke zu dem, was soeben geschah. Weder kam mir in den Sinn, was als Nächstes passieren sollte, noch, wie das alles enden könnte, geschweige denn, was danach kommen würde. Ich stand nur da und schmorte in den Pfützen meiner eigenen Säfte. Atmete ein und aus, ein und aus, ein und aus.

„Du verdammter Hurensohn", wimmerte Hoffmann dann.

„Mein Arm, du hast ihn mir gebrochen, und meine Nase, verdammte Scheiße, meine Nase ist Matsch. Das wirst du bereuen, das schwöre ich dir bei meinem Leben, das wirst du bereuen."

Ich schaute auf und sah mich um. Plötzlich hatte ich Angst, dass irgendjemand etwas davon mitbekommen hatte, und zum ersten Mal dachte ich kurz klar. *„Bei meinem Leben"*, klingelte es mir durch den Kopf, *„bei meinem Leben"*, hatte er gesagt, immer und immer wieder pulte mein Hirn diese drei Wörter hervor, nichts anderes mehr, wie eine Schallplatte, die einen Sprung hatte.

Er rappelte sich auf, hielt sich seine Schulter. Sein Arm hing herunter wie eine schlaffe Liane und sein Gesicht sah aus wie eine zermatschte Tomate. Dann griff er in die Innenseite seiner Jacke. Wie in Zeitlupe spielte sich das vor meinen Augen ab, doch in Wirklichkeit ging es blitzschnell, so schnell, dass mir keine Zeit blieb, einen neuen Gedanken zu formen. Es blieb bei einem letzten dröhnenden *„bei meinem Leben"*.

Wieder stürzte ich mich auf ihn wie ein Rugbyspieler auf den Ballträger. Riss ihn von den Beinen und wir landeten gemeinsam im Dreck. Er auf seinem Rücken, ich halb auf ihm und halb auf dem trockenen Boden. Er gab nur ein stilles Geräusch von sich. Wie eine Luftpumpe, die ins Leere schoss. Er musste kurz vor der Ohnmacht gewesen sein. Solche Schmerzen sind, ohne vollgestopft bis Oberkante Unterlippe nicht zu ertragen. Ich rollte mich zur Seite, er hechelte nach Luft. Aus den Augenwinkeln sah ich, wie er wieder versuchte, in seine Innentasche zu greifen. Und mir kam nur ein Gedanke: Waffe. Ich lag auf dem Rücken und tastete mit meiner linken Hand im Dreck, bis ich etwas Schweres, Rundes zu greifen bekam, packte es, hielt es fest in meiner Hand, schleuderte herum und schmetterte ihm den Stein auf seinen Kopf.

Dann war es still.

Kein Röcheln, kein Rasseln, nicht einmal ein leises Stöhnen war mehr zu hören, nur leichtes Rascheln von zuckenden Gliedmaßen, die über den Boden kratzten.

Und erst dann, in diesem Moment, als es vorbei war, wurde mir bewusst, was geschehen war.

Ich wagte nicht mich, zu rühren, wartete stattdessen auf ein erlösendes Geräusch, oder eine Bewegung, die mir verriet, dass er noch am Leben war, doch nichts passierte und ich fiel in Schockstarre.

Ich hatte Schmerzen, war halb tot vor Erschöpfung, musste dringend tief durchatmen, doch mein Körper weigerte sich. Meine Lungen fingen an zu brennen, ich bebte und zuckte, wand mich im Verlangen nach Luft und mein Herz raste. Alles um mich herum löste sich in einem Tornado auf. Mein Kopf drohte zu explodieren, doch paradoxerweise ergriff mich gleichzeitig eine Euphorie, die mich antrieb, es durchzuziehen, es jetzt geschehen zu lassen, dann würde Ruhe sein. Bis ich kurz davor war mein Bewusstsein zu verlieren, und alle Gedanken und Ängste schwanden.

Dann setzte mein Überlebenstrieb ein. Ließ die Starre erschlaffen und schob Adrenalin in mein Herz und meine Lungen, sodass sie, ohne meine gewollte Zustimmung, automatisch wieder begannen zu pumpen.

Unbewusst bäumte ich mich auf, blähte meine Lungenflügel weit auseinander und atmete ganz tief ein. Zweimal, dreimal sog ich die Luft bis tief in die Gedärme und presste sie dann geräuschvoll wieder hinaus.

Kurz war dann alles gleißend hell, sodass ich die Augen zusammenkneifen musste, bis es sich, im Einklang mit meinem Puls, beruhigte und langsam normalisierte. Konturen wurden scharf und das Licht nahm wieder Standardbeleuchtung an. Ich hechelte wie ein fünfzigjähriger, schwammiger Geschäftsmann, der sich an seinem ersten Marathon versucht hatte.

Ein lautes Pfeifen setzte kurz ein und ließ schnell wieder nach.

Und dann war es ganz still.

Kein Krabbeln aus Büschen.

Kein Auto, das über die Brücke fuhr.

Keine kleinen Wellen mehr, die an Kieseln am Flussbett brachen.

Kein Atem, kein Zucken.

Ich blieb liegen und wagte nicht aufzustehen oder auch nur den Kopf zur Seite zu drehen, um dem Unvermeidlichen ins Auge zu schauen.

Doch das funktionierte nicht lange. Denn was hätte ich tun sollen? Bis zum Sankt Nimmerleinstag dort liegen bleiben? Irgendwann wäre jemand gekommen und hätte uns gefunden, dann wäre die Kacke für mich so richtig am Dampfen gewesen.

Aber weglaufen wollte ich auch nicht. Ich konnte mir nicht vorstellen, noch eine weitere Last versteckt mit mir herumzuschleppen. Ich wollte das klären, mich dem Prozedere und den Konsequenzen stellen. Erklären und entschuldigen.

Und dann schob sich Sarahs Antlitz zwischen meine eigentlich richtigen Vorsätze und der sich zwangsweise daraus ergebenen Realität.

„Love is blindness.
I don't want to see.
Won't you wrap the Night around me?
Oh my heart

Love is blindness.

Love is drowning
In a deep well
All the secrets
And no one to tell
..."

Das konnte ich nicht tun.

Entgegen aller Vernunft konnte ich das nicht tun. Mein Leben war durch meine Tat endgültig ruiniert, so oder so. Doch wenn ich aufgegeben und mich gestellt hätte, um dem Unvermeidbaren kampflos seinen Lauf zu lassen, hätte es für Sarah keine Chance mehr gegeben, sich aus der Situation, in der sie durch mein Hinzutun saß, herauszukommen.

Ich musste fliehen, vertuschen und ich musste lernen, mit der Schuld und der Angst, erwischt zu werden, zu leben.

Jeden kommenden Tag.

Das musste ich tun.

Nichts anderes.

Eine Schuld mehr oder weniger ...

Ich konnte Sarah nicht im Stich lassen, nicht ein zweites Mal, also rüttelte ich mich innerlich wach, mobilisierte Synapsen, befeuerte sie, Befehle an alle Gliedmaßen zu senden, um sich zu regen und zu gehorchen, ohne nachzudenken oder Fragen zu stellen. Und von Sekunde zu Sekunde spürte ich, wie mehr Leben in meinen Körper zurückfloss. Wie sich neue Kräfte regten und darum kämpften, die Situation aufzulösen, um zu der Geliebten zurückzukehren. Wie ein Ritter in seiner goldenen Rüstung, mit erhobenem Schwert und unterzeichneter Begnadigung.

Und silberner Ruhla Armbanduhr am Handgelenk.

Kapitel sechzehn

Der nächste Morgen:
In meiner langen Karriere als Säufer und Vortester der verschiedensten Kombinationen aus Tabletten, chemischen und natürlichen Psychopharmaka mit und ohne Alkohol als Rutschmittel hatte ich einige wirklich üble Kater zu überstehen gehabt. Manche, die mich zur Aufgabe zwangen und die ich nur durch Zufall und aufgrund glücklicher körperlicher Konstitution überlebte. Manche, die Eier mit Speck, starken schwarzen Kaffee und zwei Hände voll Schmerzmittel benötigten, und manche, die nur Zeit brauchten, um die Gegenbetankung im Magen zu halten.

Doch was dieser Morgen, in dem beschaulichen Fischerdorf Vitt, in dem unschuldigsten Hotel der ganzen Welt, für mich bereithielt, war eine gänzlich neue Erfahrung und in nichts zu vergleichen, was mir bis dato zugeteilt gewesen war.

Mir ging es so:

Unerwartet gut!

Ich hatte keine Schmerzen, abgesehen von denen, die gestern bereits da gewesen und noch nicht verheilt waren. Aber keine Katerschmerzen.
Kein Kopfweh.
Keine Übelkeit.
Ein wenig *sssss*, das war es.
Ich hatte überraschend gut und fest geschlafen, was ich auf eine schwere körperliche Erschöpfung schob nach einem langen und außergewöhnlich anstrengenden Tag.

Eine leichte Euphorie glühte noch tief in mir, was sicher mit Restdrogeninhalt zu tun hatte.

Ich hüpfte aus dem Bett und ging ins Bad. Setzte mich zur Morgentoilette hin und erledigte mein kleines Geschäft. Dann ans Waschbecken, kaltes Wasser ins Gesicht und Wunden checken im Spiegel. Dabei blitzten Erinnerungsfetzen von gestern Abend auf, doch die verdrängte ich erfolgreich und erschreckend leicht. Ich hatte einen Tag verloren und einiges aufzuholen. Jansen würde verdammt sauer sein, dass ich mich gestern nicht gemeldet hatte. Doch auch das war mir überraschend gleichgültig. Ich fühlte mich leicht wie eine Frühlingsbrise. Ich genoss die Leichtigkeit und freute mich auf mein Frühstück. Hatte Kohldampf wie ne Horde Wölfe in einer Fallgrube, also:

Bisoprolol zum Überleben eingeschmissen, hoppelte ich die Stufen hinab und schwang mich auf den Stuhl, bereit fürs Essen fassen.

Frau Wolters kam mit skeptischem Blick an meinen Tisch und fragte:

„Wie geht es Ihnen heute Morgen? Gut geschlafen?"
„Hervorragend."
„Konnte Heiko Ihnen weiterhelfen? Bei was auch immer?"
„Wer?"
„Na Heiko, nach dem Sie mich gestern gefragt hatten, der junge Mann, der oben weiter die Straße hinauf haust."
„Ach Heiko, ja klar. Hat mir weitergeholfen. Danke. Was gibt es denn heute Morgen Leckeres?"
Das gefiel ihr gar nicht, dass ich sie nicht weiter einweihte. Sie schob ihre Augenbrauen über ihrer Nase zusammen und fuhr erst einmal fort:
„Wachtmeister Jansen war gestern zweimal hier und hat nach Ihnen gefragt."
„Ah ja, danke für die Information, ich werde ihn gleich, nachdem ich gegessen habe, aufsuchen, was gibt es zum Frühstück?"
„Und die Dame von vorgestern Abend hat noch dreimal angerufen und wollte Sie sprechen."
„Grete! Hat sie gesagt, was sie wollte?"
„Ja. Sie sprechen. Habe ich doch gesagt."
Das hatte gesessen.
„Okay verstehe, danke schön. Was, sagten Sie gleich, gibt es Gutes heute Morgen?"
Mein Magen hing auf halb acht.
Sie sah mich noch einen Moment lang an und ich fragte mich, warum sie so kurz angebunden war. Passte so gar nicht zu ihrem üblichen Frohsinn und ihrer Gesprächigkeit.

„Räucherlachs, gekochtes Ei, helle Brötchen, Frühstückskäse, Teewurst, Zuckerrübensirup und Pflaumenmus", zählte sie dann auf.

„Hört sich hervorragend an. Und einen Pott Mocca-Fix Gold bitte."

„Sicher! Spreewaldgurke?"

„Nein, danke. Hab ausnahmsweise mal keinen Kater heute", und grinste sie über beide Backen an.

„Schön", antwortete sie, drehte sich um und ging weg. Auf halbem Weg blieb sie stehen, sah noch einmal über ihre Schulter zurück und ergänzte, „sie schien nervös zu sein, die Dame am Telefon".

„Grete?", sagte ich. „Ach, machen Sie sich keine Sorgen, ihr geht es gut."

„Wenn Sie meinen", und ging weiter.

Frau Wolters' unterkühlte Reaktionen an diesem Morgen hinterließen bei mir einen faden Geschmack und ich fragte mich, was dahinterstecken konnte. Doch hatte ich sie ja schon fest in mein Herz geschlossen und um da wieder rauszukommen, musste man einiges mehr vorzeigen als einen schlecht gelaunten Morgen. Ich war Schlimmeres gewohnt. Und ich wollte mir nicht die gute Laune verderben lassen. Es war schon schwer genug, nicht zu sehr darüber nachzudenken, warum mich der gestrige Tag so kaltließ. Im Gegenteil, glücklich machte. Ich sinnierte kurz vor mich hin, schaute dabei in Richtung Fenster und sah Hoffmann durch eines in den Essensraum starren. Seine rechte Stirnhälfte war komplett zertrümmert. Hirnbrocken hingen aus der Wunde. Seine Haare waren verklebt und sein Gesicht war getränkt vom Blut. Dreck und Blätter baumelten an ihm. Er grinste mit der guten Gesichtshälfte und formte die Worte:

„Es ist noch nicht vorbei."

Ich sprang vor Schreck von meinem Stuhl auf.

Niemand sprach mehr. Die Gäste der drei zusätzlich besetzten Tische gafften mich an. Frau Wolters kam just wieder in den Raum zurück und blieb, wie vom Backfisch geohrfeigt, mit weit aufgerissenen Augen drei Meter vor mir stehen. Sie schaute kurz zum Fenster, auf das ich immer noch starrte, und dann mich wieder an. Dann kam sie zu mir und fragte:

„Alles in Ordnung bei Ihnen?"

Ich schreckte auf, sah sie an und dann zurück zum Fenster, Hoffmann war verschwunden und mir wurde schlagartig bewusst, wie bekloppt das ausgesehen haben musste.

Ich ließ meinen Blick durch die Runde schweifen. Alle gafften.

„Ja. Entschuldigung, ich bin nur kurz eingenickt und habe mich dann erschrocken."

„Eingenickt? Ich war keine drei Minuten weg."

Ich zuckte mit den Schultern und setzte mich wieder an den Tisch. Dabei sah ich verstohlen noch einmal kurz zum Fenster hinüber. Niemand mehr zu sehen.

Nachdem ich das Frühstück inhaliert hatte, wollte ich mich schon aufmachen, um vor Jansen zu Kreuze zu kriechen, da kam Frau Wolters noch einmal an meinen Tisch.

„Telefon für Sie."

Ich sah sie von unten *so* an und hob fragend meine Brauen.

„Die Dame von gestern."

„Grete", wiederholte ich und freute mich ehrlich darauf, mit ihr zu sprechen.

„Sie können an den Apparat hinter der Rezeption gehen."

„Danke", sagte ich, schob den Stuhl geräuschvoll nach hinten und wollte an die Rezeption stürzen, da hielt mich Frau Wolters noch kurz auf.

„Er ist mein Neffe, wissen Sie? Heiko, er ist mein Neffe. Sein Vater ist vor drei Jahren gestorben. Er war schon immer, wie soll ich sagen, anders, doch nach dem Tod seines Vaters wurde es viel schlimmer."

„Warum erzählen Sie mir das?"

„Ich möchte nicht, dass ihm etwas passiert. Ich weiß, mit was für Leuten er verkehrt, aber er tut niemandem etwas zuleide."

Das war also der Grund für ihr ungewöhnlich kaltes Auftreten an dem Morgen gewesen, sie machte sich Sorgen um ihren Neffen und dass ich ihn aufgesucht hatte, um ihm vielleicht zu schaden.

Ich drückte ihr kurz ihren Oberarm, lächelte sie an und sagte:

„Alles in Ordnung, ich habe ihn nur etwas gefragt, ganz harmlos."

„Grete, hallo, hier ist Ben."

„Ben, gut, dass ich dich erreiche."

Frau Wolters hatte recht gehabt, sie wirkte nervös und ich bekam einen Stich in den Magen.

„Was ist los? Ist etwas passiert? Macht Schöpf Ärger?"

„Nein, Schöpf war nicht noch einmal hier. Ich habe ihn seit drei Tagen nicht gesehen …", sie machte eine Pause und mich damit dann nervös.

„Was, Grete?"

„Ich habe gestern schon versucht, dich zu erreichen."

„Und?"

„Das Gefängnis hat angerufen."

Und mein Herz rutschte mir in den Schritt.

„Mach dir jetzt erst einmal keine Sorgen, sie haben Sarah auf die Krankenstation verlegt. Sie hatte einen Nervenzusammenbruch und sie weigert sich seit Tagen zu essen. Ich will dir nichts vormachen, Ben, es geht ihr nicht gut. Sie muss dringend da raus. Sie ist jetzt erst einmal unter Beobachtung und sie versuchen sie wieder aufzupäppeln, doch sie ist psychisch echt im Keller. Es wäre hilfreich, wenn ich ihr bald eine gute Nachricht überbringen könnte."

Mein erster Gedanke?

„Und du verplemperst einen ganzen Tag für diesen beschissenen Wichser."

Mit einem Leberhaken war meine Leichtigkeit in den Gully gespült und ich bekam Angst und ich machte mir Sorgen und ich wurde traurig. Doch das durfte ich nicht zulassen. Kein Selbstmitleid. Keine Angst. Die würde nur lähmen.

„Ich kümmere mich, Grete. Danke."

Und legte auf.

Raus aus dem Hotel.

Es war ein wunderschöner Morgen. Tau lag auf den Gräsern und Blumen. Letzte Nebelfelder trieben über das Meer, von der aufgehenden Sonne immer weiter an den Horizont verdrängt. Doch dafür hatte ich keine Augen. Vorbei am Schmugglermuseum, wo mir der junge Leiter aus dem Schaufenster beim Umdekorieren zuwinkte. Grußlos schritt ich schnellen Fußes weiter. Durch das Dorf bis zur Wache. In die Wache hinein, vorbei an Rosi und ihren Rundungen, gleich durch ins Büro von Jansen, der an seinem Schreibtisch saß und mir beim Eintritt entgegenschleuderte:

„Verdammte Scheiße, Mulder, was soll das? Und wo zum Henker waren Sie gestern den ganzen Tag?"

Ich stemmte mich mit beiden Händen auf seinen Schreibtisch, beugte mich vornüber und ignorierte seine Fragen.

„Ich muss telefonieren."

„Erklären Sie mir erst einmal, wo Sie waren. Ich hab hier rumgesessen und blöd Däumchen gedreht, während ich auf Sie gewartet habe."

„Tut mir leid. Später. Jetzt muss ich dringend telefonieren … bitte."

„Mann, Sie gehen mir wirklich auf den Sack, Mulder. Hier, bedienen Sie sich", und schob mir das Telefon rüber.

Ich wählte. Es klingelte dreimal, dann:

„Krug."

„Manfred, hier ist Ben, Ben Mulder."

„Ben! Wie geht es dir?"

„Gut. Danke. Ich brauche deine Hilfe."

„Wow, was ist los? Du hörst dich nicht an, als würde es dir gut gehen."

„Das ist jetzt nicht wichtig. Ich brauche deine Hilfe, Manfred, kannst du versuchen, ein paar Namen für mich zu checken? Schauen, ob du etwas über sie findest?"

„Mann, Ben, jetzt beruhig dich erst einmal. Was ist denn los?"

„Bitte, Manfred, ich habe nicht viel Zeit für große Erklärungen und schon gar nicht am Telefon. Kannst du das bitte einfach für mich tun?"

„Tut mir leid, Ben, das würde etwas dauern."

„Wieso?"

„Ich bin offiziell gar nicht mehr hier. Du hast echt Glück, mich zu erreichen. Ich räume gerade meine letzten Sachen aus dem Büro. Das Telefon ist so ziemlich das Einzige, was hier noch steht."

„Was ist passiert? Bist du gefeuert?"

„Nein, Ben, ich bin dabei, in eine neue Abteilung zu ziehen. Dein Tipp mit den Schultes hat echt eingeschlagen wie eine Bombe. Wir haben eine ganze Reihe von Mittelsmännern und Hehlern festnehmen und verhören können. Wenn sich das alles bewahrheitet, was die so erzählen, reden wir hier von Kunst, Schmuck und Gold in Millionenhöhe. Alles illegal, gestohlen von ihren Nazieltern und versteckt hier in der DDR. Die Schultes sind uns entwischt, doch wir glauben zu wissen, wo sie sich aufhalten. Irgendwo in Weißrussland, ich bin gerade auf dem Weg dorthin, um mit den örtlichen Behörden Kontakt aufzunehmen. Wir sind hier einem echt großen Ding auf der Spur, Ben, und das haben wir nur dir zu verdanken. Ich schulde dir etwas und wenn das reicht, kümmere ich mich gleich darum, wenn ich zurück bin, dauert aber leider ein paar Tage."

„Manfred, du schuldest mir überhaupt nichts, du hast mehr als genug für mich getan, doch in ein paar Tagen ist es zu spät, ich brauche jetzt deine Hilfe."

„Was ist mit Karl Faisst? Hast du ihn schon gefragt?"

Karl Faisst war hauptamtlicher Mitarbeiter und Offizier des Staatssicherheitsdienstes. Er war eine Art Analyst und Verwaltungsgenie. Er war nie wirklich operativ eingebunden, doch war er ein wesentlicher und überaus wichtiger Strippenzieher und das Gehirn hinter vielen, vielen Verhaftungen und OVs, operativen Vorgängen. Er kümmerte sich nicht um Hinz und Kunz aus der Eckkneipe, sein Aufgabengebiet frühstückte die hohen Tiere ab. Politiker, Polizei, Künstler und Spione, weswegen ich eine Zeit lang regelmäßigen Kontakt zu ihm hatte. Wir mochten uns nicht. Er war ein Besessener, ein Theoretiker. Und ich war auch ein Besessener, ein Praktiker.

„Wieso arbeitet der noch?", fragte ich. „Ich hätte geschworen, dass sie den nach dem Sturm auf die Bastille mit am nächsten Baum aufgeknüpft haben."

„An dem Tag war er krank", und ich konnte Krugs Grinsen durch den Hörer spüren, „ernsthaft", fuhr er dann fort, „ich wette, der wusste ne Woche vor dem 15. Januar schon, was passieren würde, und hatte sich entsprechend ferngehalten."

„Schon klar, das Glück ist dann doch nicht nur mit den Doofen, sondern vor allem mit den Geheimdiensten. Aber wie kann er mir helfen, sag jetzt nicht, die lassen ihn noch mitmischen."

„Aber so was von. Der sitzt jetzt hier bei uns in der Keibelstraße im Keller in einem der Nutzkabinette. Dafür ist er zu wichtig. Die brauchen den zur Aufarbeitung und zur Auswertung der digitalen Archive, ohne den würde das Jahre dauern."

In der Keibelstraße in Ostberlin befand sich das Polizeipräsidium, in dem Krug und ich Jahre gemeinsam gearbeitet haben. Dort sind Ende der Achtziger sogenannte Nutzkabinette errichtet worden. Abgeschirmte Kellerräume, in denen Polizei- und Staatssicherheitsakten digital aufgearbeitet und gespeichert wurden.

Mir war gar nicht wohl bei dem Gedanken, noch einmal Kontakt zu Faisst aufnehmen zu müssen. Er war arrogant, überheblich und ein eiskalter Psychopath. Ich hatte gehofft, Leute wie ihn endgültig aus meinem Leben verbannt zu haben, und unabhängig davon, dass wir uns nie verstanden haben und es mir schwerfiel, ihn um etwas zu bitten, musste ich auch vorsichtig sein, wie ich das Ganze anging. Ihm war nicht zu trauen.

„Wir mögen uns nicht", sagte ich dann zu Krug.

„Na, das ist ja mal eine Überraschung", erwiderte er.

„Brauchst nicht sarkastisch zu werden, mir ist es bitterernst."

„Schon gut, entspann dich. Ich rede mit ihm. Gib mir fünf Minuten, dann kläre ich das."

„Okay, danke, Manfred."

„Ist doch klar. Gib mir deine Nummer, dann rufe ich dich zurück, wenn ich ihn erreicht habe."

Ich gab ihm die Nummer von Jansens Büro und legte auf.

„Und jetzt"? fragte Jansen.

„Jetzt warten wir auf einen Rückruf."

„Von wem?" und jetzt erst wurde mir klar, dass Jansen ja von alldem nur die Hälfte mitbekommen hatte, und definitiv schuldete ich ihm eine Erläuterung. „Das war ein alter Kollege von mir, er schuldet mir einen Gefallen. Er kontaktiert jemanden, der sich mit so etwas auskennt."

„Womit?", fragte Jansen zu Recht.

„Dinge über Leute herauszufinden."

„Was für Dinge?"

„Na Dinge halt. Beruf, Kontakte, Geheimnisse, solche Dinge."

„Wie?"

Ich zögerte einen Moment, doch das war nur ein alter Reflex. Jansen vertraute ich zu einhundert Prozent und wegen der Stasi brauchte ich mir nun echt keine Sorgen mehr zu machen.

„Der Mann ist ein Überbleibsel des Staatssicherheitsdienstes. Das war Jahrzehnte sein Beruf, solche Dinge zu wissen, zu analysieren und zu archivieren. Wenn wir es hier mit etwas Höherem zu tun haben, wovon ich fest ausgehe, wird er uns etwas sagen können oder niemand. Außer Beteiligte natürlich."

„Und wenn nicht?"

„Dann wird es kompliziert."

Das Telefon klingelte. Das ging schnell und ich befürchtete schon, dass Krug Faisst nicht erreicht hatte. Ich sah Jansen an und er gab mir das Okay, abheben zu dürfen.

„Mulder", sagte ich in den Hörer.

„Ich habe mit ihm gesprochen und ihm erläutert, was du für mich getan hast und dass ich dir etwas schulde, er hat versprochen, dir zu helfen."

„Danke, Manfred."

„Notier dir die Nummer."

Es klingelte einmal, dann nahm Faisst den Hörer ab.

„Ja."

„Hier ist Mulder."

„Schießen Sie los."

„Ich brauche Informationen über folgende Namen. Bernhard Lotzo und Philip Eichstädt und ob sie in irgendeiner Beziehung zueinander standen."

Plötzlich stand Jansen auf und verließ das Büro. Mir war nicht klar, warum er das tat. Wollte er nicht zu sehr involviert werden? Nur so viel wissen wie nötig, um den Fall zu klären, oder steckte mehr dahinter?

Als er raus war, ergänzte ich, „und Wachtmeister Dirk Jansen. Stationiert in Vitt, kommt aber aus Schwarzenberg im Erzgebirge", fügte ich an.

„Wie erreiche ich Sie?"

Ich gab ihm die Nummer und bereute es unmittelbar. Auch wenn Krug gut mit ihm konnte, vertraute ich ihm nicht so weit, wie ich ihn hätte werfen können, und jetzt genau verriet ich ihm, wo ich zu finden war und dass Jansen mir half.

„Geben Sie mir drei Stunden, ich melde mich", und legte auf.

Ich hatte ein verdammt ungutes Gefühl danach gehabt. Ich begab mich in die Hände eines Mannes, der Strippenzieher in unzähligen illegalen Abhörungen, Verhaftungen und Folterungen gewesen war. Dessen Leben darin bestand, alles dafür zu tun, um diesen Schurkenstaat zu schützen. Würde er das, worum ich ihn gebeten habe, als Verrat empfinden? Wie würde er reagieren, wenn sich herausstellte, dass die Verbindung, die es zwischen Lotzo und Eichstädt gab, eine vom ehemaligen Staat geknüpfte war, wovon ich zu dem Zeitpunkt ausging. Wie viel Loyalität empfand er noch für seinen alten Arbeitgeber und Kollegen?

Jansen öffnete die Tür einen Spalt und steckte seinen Kopf hindurch, um zu sehen, ob das Gespräch beendet war.

„Kommen Sie rein, wir sind fertig."

Er trat ein, verschloss die Tür von innen und setzte sich auf seinen Stuhl.

„Warum sind Sie rausgegangen?", fragte ich.

„Ich muss nicht mehr wissen, als zu diesem Fall gehört. Der Rest interessiert mich nicht."

„Verstehe."

„Wie geht es jetzt weiter?"

„Wir warten."

Er nickte.

„Glauben Sie, das wird uns helfen?"

„Ich denke schon, ja."

„Wie?"

„Nun, wenn wir wissen, in was für einer Beziehung Lotzo und Eichstädt zueinander standen, wird uns das zu einem möglichen Motiv führen oder zu Hintermännern. Klären, warum die Polizei aus Rostock agiert, wie sie es tut, und warum der Staatsanwalt es nicht tut. Vielleicht erklärt das, warum Eichstädt in der Haftanstalt Rostock einsitzt und nicht in Warnemünde und warum keine Anklage erhoben wird, soll ich fortfahren?"

„Nein, schon gut, verstehe", sagte Jansen, doch es war klar, dass er Zweifel hatte.

„Was?", fragte ich also.

„Hm?"

„Was ist los? Was möchten Sie sagen?"

Er sah mich eine kurze Weile an, dann antwortete er: „Ich verstehe nicht, wie mir das zur Aufklärung des Falls weiterhelfen soll. Nehmen wir einmal an, dass Ihr Freund ...",

„Er ist nicht mein Freund."

„Gut, alter Bekannter, oder was auch immer, nehmen wir einmal an, er findet das Bindeglied zwischen Lotzo und Eichstädt, und nehmen wir weiter an, dass das, was er findet, uns ein Motiv liefert, wie wollen Sie dann damit umgehen?"

„Sie hören sich gerade an, als wären Sie Ihren ersten Tag Polizist, Jansen, wenn ich ein Motiv habe, ist es in der Regel nicht mehr weit bis zur Lösung. Dann laufen die Fäden zusammen, Täterkreise verengen sich, Abläufe klären sich auf, meistens geht es dann nur noch darum, Beweise zu sammeln oder den Täter zu finden und zum Geständnis zu bringen."

„Ja, sicher, bei normalen Mordfällen ist das in der Regel so, nur ist das hier kein normaler Mordfall. Ich denke, wir sind uns darüber einig, dass weder Lotzo noch Eichstädt die Hauptfiguren in diesem Fall sind, sondern maximal die Hauptopfer. Von den beiden weiteren Opfern, Walls und Kint, mal ganz abgesehen. Die hatten sicher nur Pech, zur falschen Zeit am falschen Ort zu sein. Also wenn wir jetzt Informationen bekommen, die uns ein Motiv liefern sollten, was ich bezweifle, wie soll uns das bei der Lösung helfen? Hier geht es doch nicht mehr darum, herauszufinden, warum Eichstädt Lotzo getötet hat, denn wir sind uns ja einig, dass er das nicht getan hat, hier geht es doch um mehr. Hier sind Mächte von außerhalb beteiligt, die mit Mitteln agieren, denen wir nichts entgegenzusetzen haben. Nehmen wir an, die beiden waren in eine große Verschwörung involviert oder wussten beide etwas, was sie nicht wissen durften, und wir bekommen geliefert, was das war …, was sollen wir damit anfangen? Wen wollen wir damit angehen? Die Polizei? Die Staatsanwaltschaft oder den nicht mehr existierenden Staatssicherheitsdienst? Wen, Mulder? Wen von denen sollen wir fragen, was an diesem Abend passiert ist? Wen sollen wir fragen, wie der Mörder aus dem geschlossenen Raum entkommen ist? Und wie sollen wir sie dazu bringen, zuzugeben, dass Eichstädt nur das Bauernopfer ist, und freigelassen wird? Denn das ist es doch, was Sie wollen, Eichstädt frei bekommen. Wer, glauben Sie, wird sich stattdessen zu dem Mord bekennen oder freiwillig opfern? Nein, selbst wenn wir Informationen bekommen, die uns ein Motiv zusammenstricken lassen, bezweifle ich, nach allem, was wir bis jetzt wissen, dass wir aufgeklärt bekommen, was wirklich passiert ist."

Das hatte gesessen und das musste ich erst einmal sacken lassen.

War ich seiner Meinung?

Aber so was von, wie denn nicht?

Hat mich das abgehalten?

Ich bitte Sie.

Ich hatte doch keine andere Wahl,

oder bessere Idee.

Er vielleicht?

„Okay und was schlagen Sie vor?"

„Lassen Sie uns noch einmal von vorne beginnen. Und lassen Sie uns so tun, als würde keine große Verschwörung dahinterstecken, sondern ein cleverer Mord aus niederen Gründen. Ehrliche Polizeiarbeit, die uns hilft zu klären, wie der Täter es geschafft hat, zu entkommen, warum Eichstädt doch der Täter sein kann und uns geschickt etwas vormacht. Irgendetwas müssen wir übersehen haben. Lassen Sie uns noch einmal mit den Zeugen aus der Kneipe reden. Mit Lotzos Frau, Walls' Frau, Anwohnern, Schaulustigen vor der Kneipe, eventuell fällt uns etwas Neues auf, jetzt, da wir mehr wissen. Eine neue Perspektive bei der Befragung, die eine Antwort jetzt in einem anderen Licht dastehen lässt. Ich denke, das ist das Einzige, was wir wirklich tun können, bei allem Weiteren sind wir raus, Mulder."

Ich sah mir Jansen genau an. Etwas war anders. Seine Selbstsicherheit hatte einen Knacks bekommen und er wirkte, als würde er im freien Fall wild mit den Armen flattern.

Schließlich:

„Sie haben Angst", stellte ich fest.

„So ein Quatsch, ich habe keine Angst, wovor sollte ich Angst haben?"

„Vor den Konsequenzen, denen wir uns vielleicht stellen müssen, wenn wir herausgefunden haben, was passiert ist und wer dahintersteckt."

„Das sehen Sie falsch, es geht nicht um die Konsequenzen, es geht mir nur um den Fall und darum, wer diese Menschen ermordet hat und dass er oder sie dafür zur Rechenschaft gezogen werden müssen."

Doch das klang alles andere als souverän. Seine Stimme wurde ein wenig zu laut und hatte ein leichtes Zittern im Hintergrund. Er antwortete zu hektisch.

Nach einer kurzen Pause, in welcher er konsequent auf den Boden schaute, fuhr er dann fort:

„Es scheint mir, als würden unsere unterschiedlichen Interessen, den Fall zu lösen, uns in verschiedene Richtungen zwingen."

Ich konnte nicht widersprechen.

„Sie wollen beweisen, dass Eichstädt unschuldig ist, ich will wissen, wer es war und was passiert ist in der Nacht, möglicherweise sollten wir uns trennen und jeder für sich ermitteln."

Doch das war nicht in meinem Interesse.

„Ergibt das eine nicht das andere?"

„Nicht zwangsweise, nein. Wenn Eichstädts Unschuld bewiesen ist und er freikommt, werden Sie sich vom Acker machen, ob der wahre Mörder dann gefunden ist oder nicht, denn es ist ja durchaus möglich, Eichstädts Unschuld zu beweisen, ohne einen weiteren Täter gleich zu finden."

„Ich verstehe, was Sie meinen, Jansen, aber ich bin nicht Ihrer Meinung. Ich denke, wir sollten weiter zusammenarbeiten, das wird uns unser beider Ziel näherbringen, als wenn wir uns trennen. Ich teile Ihren Vorschlag, noch einmal von vorne zu beginnen, Sie sollten das tun, ich werde währenddessen weiter am Motiv und der Verbindung von Eichstädt zu Lotzo arbeiten, dann treffen wir uns regelmäßig und tauschen uns aus."

Und während ich Jansen das ausführte, spürte ich, wie es in meinem Inneren zunächst nur leicht, dann immer stärker zu vibrieren begann. Wie eine Membran, die flattert, oder ein Fädchen, das in der Lunge beim Einatmen wedelte. Mir wurde heiß und gleichzeitig kalt. Panik kam langsam auf, weil ich spürte, dass etwas Wichtiges in mir aus dem Ruder geriet. Ich musste an eine Nacht in Berlin vor ein paar Monaten zurückdenken, da gab es eine Situation, in der es sich ähnlich anfühlte, ähnlich begann, um dann in einer Panikattacke zu kumulieren. Damals dachte ich, dass der Ursprung ein erzwungener Entzug war, an diesem Tag aber, in Jansens Büro, spürte ich, dass es sich um ein ernstes körperliches Problem handelte. Etwas, was ich nicht mehr selbst im Griff hatte, mit aller Disziplin und Selbstkontrolle nicht bezwingen konnte. Und das machte mir dann echt Angst, was meinen Adrenalinausstoß befeuerte, welches dann mein Herz zusätzlich noch antrieb, was wiederum das ominöse Vibrieren verstärkte, und meine Angst hochtrieb, es war ein Teufelskreis.

„Mulder, alles in Ordnung?", hörte ich Jansen dumpf aus weiter Ferne fragen, „Sie sehen aus, als würden Sie gleich umkippen."

Ich schaute zu ihm auf. Er war um seinen Tisch herum zu mir gekommen und hatte mich am Arm gepackt.

„Mulder, hören Sie mich?"

Ich versuchte mich auf seine Stimme zu konzentrieren, denn solange ich ihn noch hören konnte, wäre ich noch bei Bewusstsein, das gab mir Halt.

„Was sagen Sie?", vernahm ich mich zu fragen, ohne gewusst zu haben, wann ich entschieden hatte, die Frage zu stellen.

„Ob Sie mich hören, möchte ich wissen, und ob es Ihnen gut geht? Brauchen Sie ein Glas Wasser?" Er wendete sich kurz ab, ohne meinen Arm loszulassen, öffnete die Tür des Büros und rief den Flur runter: „Rosi, können

Sie mir bitte ein Glas Wasser für Herrn Mulder bringen? Danke." Und sah mich wieder an. Der Raum schien langsam zu schwinden. Alles fiel in eine enge, lange Röhre. Ich hielt meinen Blick an Jansens Gesicht fest, der es mir gleichtat. Er legte eine Hand beruhigend auf meine rechte Wange und ich sah, wie er sprach, doch es war, als hätte ich Ohrenschützer an, alle Geräusche waren verstummt, nur ein lautes Summen blieb zurück. Jansens Gesicht schwand dann mehr und mehr in einem Gesprenkel aus schwarzen Punkten. Mein Blick rutschte ab. Dann wurde mein Kopf zur Seite geschleudert. Einmal, zweimal, dreimal und langsam lösten die schwarzen Punkte sich mehr und mehr wieder auf. Ich hob meinen Kopf an und sah, wie Jansen mit seiner rechten Hand ausholte und einen offenen Treffer auf meiner Wange landete. Es dauerte noch zwei Schläge, bis ich wieder etwas spürte. Dann noch zwei, bis ich ihm sagen konnte, dass es reichen würde. Langsam ebbte das Vibrieren wieder ab, wurde die Umgebung schärfer und verflog der Anflug der Panik mit jedem Atemzug. Als Rosi mit dem Glas Wasser kam, hatte ich mich bereits wieder im Griff.

„Das Wasser", sagte sie, reichte es Jansen, der es an mich weitergab.

„Danke", und ich nahm einen Schluck.

„Geht es besser?"

„Ja, danke. Alles in Ordnung."

„Scheint mir zwar nicht so, aber gut."

Er ließ meinen Arm los, sagte, „danke, Rosi", schob sie aus dem Büro und setzte sich zurück auf seinen Stuhl, sah mich eindringlich an und fragte:

„Passiert Ihnen das öfter?"

„Nein, nie."
„Was glauben Sie, war das gerade?"
„Ich habe keine Ahnung. Kreislauf?"
„Sah auf jeden Fall scheiße aus."
„Jetzt geht es wieder."
„Was haben Sie gestern getrieben, Mulder?"
„Nichts Wildes", log ich schamlos, „ich hatte etwas Persönliches zu erledigen."

Jansen sah mich daraufhin ganz lange *so* an. Bis er fortfuhr: „In Ordnung, hören Sie, Mulder, Sie sehen immer noch aus, als hätten Sie eine Woche durchgemacht, wie wäre es, wenn Sie sich eine Runde ausruhen, zurück ins Hotel gehen, ne Mütze voll Schlaf nehmen, und in drei Stunden treffen wir uns hier wieder. Ich werde in der Zwischenzeit ein paar Gespräche führen."

Es widerstrebte mir, dem zuzustimmen, und ich hatte ganz sicher auch nicht im Sinn, mich jetzt schlafen zu legen, trotzdem stimmte ich zu. Ich brauchte ein paar Momente der Ruhe. Erst der tote Hoffmann am Fenster beim Frühstück und jetzt das. Ich musste mich dringend sammeln und meine Sinne wieder zusammenschustern. Ob ich wollte oder nicht, hatte ich mich auch mit dem Tag zuvor noch einmal auseinanderzusetzen. So jenseits von Gut und Böse, wie ich gewesen war, schien mir die Wahrscheinlichkeit, mir einen verheerenden Fehler beim Vertuschen geleistet zu haben, mehr als nur gering. Drei Stunden der Besinnung würden mir guttun und mich wieder auf Kurs bringen, also antwortete ich:

„Geht in Ordnung, Sie haben wahrscheinlich recht, wir sehen uns dann später."

Jansen brachte das kurz aus dem Konzept, mit so einer schnellen Einwilligung hatte er nicht gerechnet. Er schaute verdattert und sagte: „Alles klar, dann bis später, entspannen Sie sich für eine Weile."

Aber, was soll ich sagen, dazu kam es nicht.

Kapitel siebzehn

Ich verabschiedete mich, ging aus dem Büro, schlich geduckt an Rosis Rezeption vorbei in der Hoffnung, dass sie mich nicht wahrnehmen und dann schnell vergessen würde, wie sie mich eben erlebt hatte.

Habe ich schon einmal erwähnt, was meine große Schwäche ist? Also neben Alkohol, Tabletten und übertriebenen Rachegelüsten?

Mit meinen Schwächen umzugehen.
Sie einzugestehen.
Vor anderen.

Und dann auch noch körperliche Defizite ..., Mann, ich würde mir lieber den linken Arm abhacken, als zu offenbaren, dass ich dort Stiche habe.

Es gibt Menschen, die mit so etwas kokettieren, die ganz offen damit umgehen und sich der Fürsorge ihrer Mitmenschen gewiss sein können.

Das muss toll sein.

Und sicher hilfreich.

Ich würde mich in ein Kellerloch verkriechen, selbst bemitleiden und dahinsiechen, bis sich vielleicht jemand erbarmt oder aber auch nicht.

Meine Medizin?

Verdrängung.

Wie immer.

Hilft in allen Lagen.

So auch hier.

Verdrängen, was eben passiert ist, und kommentarlos die Bühne verlassen.

Halb aus der Tür raus, erwischte sie mich aber doch und fragte über ihren Tresen:

„Geht es Ihnen wieder besser?"

Ohne mich umzudrehen, nuschelte ich, „danke, alles gut".

„Sie sollten das mal überprüfen lassen."

„Mach ich."

„Geht mich ja nichts an, aber in Ihrem Alter und so, da ist es wichtig, regelmäßig zum Arzt zu gehen, und nach so einem Anfall wie gerade eben, noch zweimal."

Ich ballte die linke Faust, zerdrückte die Türklinke in meiner rechten und presste durch meine malmenden Zähne: „Mhhm."

Dann zog ich ab.

Mann, das hatte wehgetan.

Ich lief durchs Dorf zurück Richtung Strand. Hoffte, am Meer für ein paar Minuten den Kopf frei zu bekommen, bevor ich mich neu aufstellen wollte.

Auf der Promenade sah ich, wie der junge Museumsdirektor vor dem Schaufenster seines Ladens stand und offensichtlich begutachtete, ob ihm gefiel, was er sah. Als er mich bemerkte, winkte er mich strahlend zu sich. Ich schaute wehleidig zum Meer, dort wartete Ruhe, dann wieder zu ihm, „Kommen Sie", rief er. Ich schüttelte leicht meinen Kopf, verdrehte genervt die Augen und trottete auf ihn zu. Als ich auf seiner Höhe war, fragte er stolz:

„Und? ...", dabei zeigte er auf die Auslage, „... was sagen Sie?"

Zuerst wusste ich nicht, was er meinte, doch dann fiel mir unsere erste Unterhaltung und seine Enttäuschung, dass ich beim Blick in das Schaufenster nicht erkannt hatte, dass dies ein Museum war, wieder ein und ich sah, dass er einige Veränderungen vorgenommen hatte.

„Find ich gut", antwortete ich, doch eigentlich war es mir schnurzegal.

„Sehen Sie, ich habe die alten Fundstücke ausgeräumt, dafür ein paar mehr Bilder und Informationstext, jetzt sollte es klar sein, dass dies ein Museum und kein Andenkenshop ist, oder?"

In der Mitte des Schaufensters schwebte an zwei Fäden ein leicht gebogenes Schild über der Auslage, auf dem *Schmugglermuseum* geschrieben stand.

„Wenn nicht, sollte das Schild den Rest erledigen."

Er lachte auf, „Genau", und stupste mich mit seinem Ellenbogen an. Ich grinste gequält zurück.

„Sehen Sie das hier", sagte er dann, „erkennen Sie es?"

„Was denn?"

„Na hier, sehen Sie hin."

Und ich sah hin.

Eine Weile, dann:

„Ist das ein Bild vom *Smutje*?"

Es war eine schwarz-weiße Aufnahme. Alt und vergilbt. Doch war auch zu erkennen, dass das Gebäude auf dem Bild jünger war. Die getünchten Wände waren heller, noch nicht so verdreckt. Das Reet wirkte frischer, noch nicht so trocken und stumpf. Die Szenerie drum herum war belebter. Im Hintergrund sah man viele Boote und Fischer. Menschen wuselten um das Gebäude und vor dem Eingang stand ein großer Mann mit weißer Schürze, einem riesigen Schnäuzer und den Armen in die Hüften gestemmt. Seine Haare waren an den Seiten kurz rasiert und obenauf lang und fettig, mit einem mächtigen Scheitel.

„So ist es", antwortete der junge Mann.

„Warum hängt das hier?"

„Weil das *Smutje* eine lange Geschichte hat."

„Was meinen Sie damit? Was für eine Geschichte?"

„Viele Geschichten. Einige davon kennen wir, die meisten wahrscheinlich nicht."

„Was für Geschichten?"

„Piratengeschichten. Halunkengeschichten. Heldengeschichten, solche Geschichten eben."

„Piraten?", fragte ich.

„Natürlich Piraten, vor allen Dingen Piraten und Schmuggler natürlich."

„Also hängt das Bild hier, weil im *Smutje* solche Geschichten erzählt wurden", und grinste ihn schräg an, „erfunden, gesponnen, Geschichten vom Klabautermann und so weiter."

„Ja, genau", er drehte sich mir zu, während ich weiter auf das alte Bild starrte, das mich fest in seinen Bann gezogen hatte. „Sehen Sie", fuhr er dann fort, „das war eine andere Zeit damals. Ohne Fernseher, ohne Telefon, wenige Bücher, die einfache Leute unterhalten konnten oder aufklären. Im *Smutje* traf man sich, jeden Abend. Nach Tagen und Nächten auf See, wenn der Wind und das Meer den Männern alles abgerungen hatte und wenn die Einsamkeit sich immer weiter einschlich, sehnte man sich nach der Gesellschaft von Menschen. Und nach Geschichten, nach Ablenkung, nach Aufmerksamkeit. Deswegen wurden die Geschichten immer fantastischer. Geschichten von fremden Ländern, riesigen Meeresungeheuern und gnadenlosen Piraten. Und Geschichten vom Schmuggel, ganz besonders Geschichten vom Schmuggel. Prahlereien vom Einfallsreichtum, wie man Polizei und Zoll mal wieder übers Ohr gehauen hatte, welche Verstecke mal wieder nicht gefunden wurden. Viele frei erfunden, aber einige auch wahr."

„Hört sich spannend an."

„Ja, oder?"

„Deswegen hängt ein Bild vom *Smutje* hier? Weil dort Geschichten erzählt wurden?", sagte ich dann spöttisch. „Nicht gerade das, was einen in ein Museum treibt, oder? Ein Bild von einer Kneipe, in der man sich Geschichten erzählt hat."

Doch der junge Mann ließ sich nicht beirren.

„Kommen Sie mal mit", sagte er dann, ging zur Eingangstür, öffnete sie und zeigte mir an einzutreten. Ich hatte eigentlich keine Lust, mir jetzt weitere Vorträge anzuhören und Bilder anzuschauen, doch irgendwie hatte er mich auch neugierig gemacht.

„Kommen Sie, ich zeige Ihnen etwas, bin gespannt, ob Sie es erkennen."

Und schon hatte er mich.

Drinnen im Laden stapelten sich kleine und mittelgroße Gegenstände auf krummen Regalen. Bootslampen aller Couleur und Formen, aus Blech, beschlagenem Kupfer und Glas. Kompasse in klein und groß, flach und kugelig. Kleine und große Schatullen, Bücher und Werkzeuge. An den Wänden hingen alte Rettungsreifen, Tauchhelme aus Kupfer, eingerahmte Seekarten und Bilder von Booten, Menschen und Landschaften. Auf vier Tischen lagen große Bücher aufgeklappt und gestapelt. Geradeaus durch war eine kleine Theke mit einer alten Kasse und einem Durchgang in einen Raum dahinter.

Während ich mich umsah, legte der Kerl seinen Mantel ab, ging hinter die Theke und verschwand in dem dunklen Raum. Ich blätterte ein paar Seiten aus einem der aufgeschlagenen Bücher durch. Dort waren einfachste Gegenstände dargestellt, die zum Teil raffiniert, zum Teil vermeintlich plump manipuliert worden waren. Ausgehöhlte Bücher, Schachteln mit doppeltem Boden, falsch etikettierte Dosen. Aber auch Bilder von aufwendigen oder großen Verstecken. Bootsrümpfe mit doppelter Wandverkleidung, Matratzen, vollgestopft mit Geld, oder Wasserfässer, zur Hälfte abgetrennt und mit Alkohol gefüllt.

Und wie ich so blätterte und staunte, knallte der Museumsdirektor plötzlich ein weiteres Buch gleich neben mich auf den Tisch. Ich schreckte auf und war kurz vor einem Herzklappenabriss.

„Wie ist Ihr Name?", fragte ich ihn mit angehaltenem Atem.

„Manuel, Manuel Discher."

„Okay, Manuel, wenn Sie mich noch einmal so erschrecken, muss ich Ihnen Ihre Nüsse wegschießen."

Dann griff ich mir an die Brust, um mein Herz zu beruhigen, und atmete dreimal tief durch. Nach meinem kleinen Schwächeanfall eben in Jansens Büro hätte mich das fast mein Leben gekostet.

Manuel grinste, als hätte ich einen Scherz gemacht, doch mir war es in dem Moment todernst.

Er schlug das Buch auf, blätterte geräuschvoll ein paar Seiten um und stemmte schließlich seinen Zeigefinger auf eine Fotografie, die in dem Buch abgebildet war. Schaute mich an und sagte:

„Aha."

Ich starrte ihn an.

Er deutete mit seinem Kopf auf das Buch.

„Was?", fragte ich.

„Sehen Sie hin."

Ich sah hin.

„Wenn Sie das Bild in dem Buch meinen ..., Ihre Hand verdeckt es."

„'tschuldigung", und zog sie samt Finger weg.

Ich blickte auf das Foto.

Zunächst konnte ich kaum etwas erkennen, ich beäugte Manuel noch einmal skeptisch, denn ich wusste nicht so genau, worauf das alles hinauslaufen sollte, und beugte mich dann vor, um es näher zu betrachten.

Es war ein Raum zu erkennen. Der Ausschnitt eines Raumes. Das Bild war schwarz-weiß, grobkörnig und leicht unscharf. Es schien alt zu sein. Zu erkennen war ein Tisch in der Mitte des Bildes. Rechts von dem Tisch war eine Sitzbank fest installiert an einer Wand dahinter. Der Tisch stand nicht parallel zu der Sitzbank, er war nach vorne hin nach links verschoben. Im Hintergrund war ein Fenster tief in die mächtige Außenwand eingelassen und ein paar Sonnenstrahlen fielen durch dieses in den Raum. Von der Decke hing eine Lampe herunter, die normalerweise mittig über dem Tisch angeordnet wäre, wenn der Tisch in seiner richtigen Position stand. Unter dem Tisch war eine geöffnete Luke und ein Loch zu erkennen.

Ich blickte auf und Manuel an.

„Toll", sagte ich „und was soll mir das sagen?"

Manuel grinste.

„Erkennen Sie es?"

Ich schaute noch einmal kurz auf das Bild.

„Was?"

„Den Raum, erkennen Sie, was für ein Raum das ist?"

„Nein."

„Schauen Sie noch einmal hin."

Genervt schnaufte ich bewusst einmal laut durch und sah dann noch einmal hin.

„Ich seh nix."

„Hier", sagte Manuel und deutete auf die rechte obere Bildhälfte.

Ein Gemälde war zu erkennen. Ein Dreimaster im tosenden Sturm mit zerrissenen Segeln.

„Moment", entgegnete ich, „das kommt mir bekannt vor." Ich wusste nur nicht genau, woher.

„Und die Lampe", ergänzte Manuel.

„Ja, jetzt, wo Sie es sagen, die Lampe kenne ich auch", dann fiel der Groschen langsam in Pfennigen. „Ist das, das …", wollte ich sagen, doch Manuel unterbrach mich.

„Bingo."

„Was? Was heißt das?"

„Was?", fragte Manuel.

„Was soll das heißen, *Bingo*?"

„Sie wissen nicht, was *Bingo* bedeutet?"

„Scheiße nein, woher? Ist das überhaupt ein Wort?"

„Das ist ein Spiel."

„Ein was?"

„Ein Spiel, ein Glücksspiel und wenn einer gewonnen hat, sagt man *Bingo*!"

Ich hatte keinen Schimmer, wovon er sprach. Hatte ich noch nie gehört.

„Es bedeutet: Richtig. *Bingo* halt."

„Hören Sie schon auf damit, also was ist *Bingo*?"

„Der Raum auf dem Bild", sagte Manuel, „ist das *Smutje*, oder ein Teil davon, das wollten Sie doch gerade sagen, oder?"

„Richtig."

„*Bingo*", wiederholte er.

Ich sah in **so** an.

„'tschuldigung."

Und zurück zum Foto.

„Wie alt ist das?"

„Fast siebzig Jahre."

„Aha, faszinierend. Warum steht der Tisch krumm und was ist so Besonderes daran, dass es in diesem Buch abgebildet ist."

Manuel grinste von einer Hörmuschel zur anderen.

„Schauen Sie hier."

Und er zeigte auf etwas Helles, Langes, Dünnes, das auf dem Boden lag.

„Was ist das?"

„Ein Seil."

„Wofür ist das?"

Manuel plusterte seine Brust, das war sein Moment gewesen. Dann antwortete er:

„Sehen Sie die Klappe unter dem Tisch?"

„Ja."

„Die verschließt das Loch daneben."

„Aha."

Manuel sah mich erwartungsvoll an, doch ich schnallte überhaupt nichts.

„Okay", hatte er schließlich Mitleid, „das ist ein Versteck, verstehen Sie? Wenn Sie sich verstecken müssen und niemand, wirklich niemand wissen soll, wo Sie sind, ist dies das perfekte Versteck. Sehen Sie, das Seil ist unter dem rechten Tischbein festgemacht. Das Tischbein ist von unten ein wenig ausgehöhlt, hier ist das Seil befestigt und verläuft dann über ein Loch in der Luke bis hinunter in das Versteck unter dem Tisch, in welches ein Mann hineinpasst und das mit der Luke unsichtbar verschlossen werden kann. Sie klettern hinein, schließen die Luke und ziehen an dem Seil, bis sich der Tisch so weit zurückverschoben hat, dass das Tischbein genau über dem Loch in der Luke steht. So können Sie sich ohne fremde Hilfe verstecken. Der Tisch steht gerade, das Tischbein verdeckt die Luke und wenn keiner davon weiß ..., *Bingo*."

Ich warf ihm einen Blick zu.

„'tschuldigung."

„Und wie kommen Sie da wieder raus?"

„Sie drücken die Luke hoch und schieben den Tisch so wieder von der Luke runter."

„Und das ist so im *Smutje*?"

„Na ja, war es zumindest einmal, wissen Sie, das ist es, was ich Ihnen erzählen wollte, dass das *Smutje* einmal berüchtigt gewesen war, hier haben sich ..."

„Haben Sie in letzter Zeit mal jemandem davon erzählt, also außer mir jetzt?", unterbrach ich ihn.

„Nicht wirklich, nein. Ich meine, sicher habe ich das schon einmal jemand anderem gezeigt, aber nicht, dass ich mich jetzt speziell daran erinnern könnte."

„Weiß noch jemand davon?"

„Das kann ich Ihnen nicht sagen, die Leute hier interessieren sich nicht für mein Museum, die glauben, das alles schon zu wissen, und halten es für eine Touristenfalle. Sie halten sich hiervon fern wie der Teufel vom Weihwasser."

„Verstehe, was ist mit dem ehemaligen Wirt, Herrn Walls, wusste er davon?"

„Ich schätze schon, sollte er, oder? Aber sicher bin ich mir nicht, ich habe ihn nie danach gefragt und um ehrlich zu sein ...", er klappte das Buch zusammen, nahm es unter den Arm und drehte sich in Richtung Hinterzimmer, „... die Bewohner und ich pflegen nicht die beste ..."

Den Rest hatte ich nicht mehr gehört, denn ich war bereits zur Tür wieder raus.

Ich lief zum *Smutje* und hoffte, dass es geöffnet war, war es aber nicht. Ich rüttelte an der Vordertür, doch die war verschlossen. Ich lief um das Gebäude herum zur Rückseite, versuchte es hier, doch die Tür war ebenfalls zu. Ich presse mein Gesicht an die Fenster in der Hoffnung, innen etwas erkennen zu können, die Luke, das Tischbein oder etwas vom Seil, doch es war hoffnungslos, drinnen war es zu düster. Drehte mich um in Richtung Wasser, atmete dreimal tief durch und versuchte, mich zu sammeln. Auch wenn ich noch so aufgeregt war und es in mir brannte, musste ich versuchen, ruhig zu bleiben und Geduld walten zu lassen. Doch Geduld zählte nicht zu meinen Stärken, nicht mehr. Früher konnte ich Tage ausharren, beobachten und analysieren, um im richtigen Moment zuzuschlagen, doch diese Fähigkeit war mir abhandengekommen. Jede Leichtigkeit war mir abhandengekommen und ob dies nun der Lauf der Zeit oder die natürliche Gegenreaktion auf eine jahrelang erzwungene Geduld war, kann ich nicht sagen, nur dass in dem Moment die Minuten krochen wie Stunden und ich das so harrend nicht aushielt. Ich zwang mich, zurück zum Strand zu gehen. Atmete ein paarmal tief durch und versuchte meine Gedanken abzulenken, das half oft, um nicht vorschnell zu urteilen. Abschalten, neue Gedanken aufschalten, um danach dann Gesagtes oder Gesehenes noch einmal ganz in Ruhe Punkt für Punkt von vorne durchzugehen. Dann fallen einem oftmals Dinge auf, die in der ersten Aufregung untergegangen sind, Abzweigungen, die einfach überfahren wurden. Doch zunächst gelang es mir weder, mich abzulenken, noch, einen Fehler zu finden. Wie auch? Ich musste nur herausfinden, ob das

Bild tatsächlich aus dem *Smutje* stammte und ob es den Schacht so noch gab.

Mit der Zeit wurde ich dann aber doch etwas ruhiger, und beschloss, mir einen Moment zu nehmen. Das Adrenalin, das in meinen Adern pumpte, war dabei, mich wieder aus dem Gleichgewicht zu schieben, und so einen Scheiß wie eben in Jansens Büro wollte ich nicht noch einmal erleben. Ich warf meinen Blick auf das Meer. Es war ungewöhnlich glatt. Nur seichte Wellen plätscherten ans Ufer. Das Wasser war hellgrau. Am Horizont türmten sich dunkel neue Gewitterwolken auf und vereinzelt waren Blitze zu sehen. Es war nicht sicher, ob es zu uns ans Land ziehen würde oder weiter Richtung Norden. Wenn man in der Stadt lebt, stellt sich so eine Frage nicht. Das Wetter, das man sieht, ist da. Hier aber sieht man auch Wetter, wenn es ganz weit weg ist und es gar nicht bis zu einem hin schafft. Ich dachte an Sarah und an Grete und daran, wie nervös sie geklungen hatte. Doch auch diese Gedanken halfen mir nicht weiter, im Gegenteil, wenn ich Angst um Sarah zulassen würde, käme ich sicher nicht weiter.

Dann horchte ich in mich hinein, der Zusammenbruch im Büro von Jansen hing mir im Nacken wie eine Wäscheklammer. Ich wollte erforschen, ob da mehr war, irgendetwas, das sich eingenistet hatte, und ob sich etwas anders anfühlte, doch da war nichts. Was mich nicht beruhigte, nur die Tatsache, dass ich tags zuvor einen nicht weiter definierten Drogencocktail zu mir genommen hatte, auf den ich alles schieben konnte.

Ich sah kurz zum *Smutje*, dann zum Schmugglermuseum. Manuel trat aus der Tür, schloss sie ab und verschwand in Richtung Zentrum. Er hatte mich nicht gesehen.

Eine starke, warme Brise erwischte mich und ich hielt mein Gesicht hinein. In ihr roch es nach Regen und ich dachte kurz, dass das Gewitter uns wohl doch noch treffen würde.

Ich wollte mich gerade in den Sand setzen, da sah ich Jansen aus dem Dorf den Weg runter zum Meer kommen. Ich rief ihn und lief ihm entgegen. Er blieb stehen und ich fragte ihn, ob er den Schlüssel für das *Smutje* dabeihatte und kurz Zeit, mit mir hineinzuschauen.

Als wir eintraten, sah ich mich sofort um und fand die Nische, die auf dem Foto im Museum abgebildet gewesen war. Jansen setzte sich mit betrübter Miene an einen Tisch. Ich ließ ihn rechts liegen, zog meine Jacke aus, schmiss sie über einen Stuhl und stellte mich mit etwas Abstand vor die Nische, von wo ich meinte, dass ungefähr das Foto aufgenommen worden war. Rechts an der Wand hing das Bild mit dem Dreimaster im Getöse. Die Lampe über dem Tisch war zentriert. Ich suchte den Boden nach Spuren ab. Fugen von der Bodenklappe, Schleifspuren vom Wegrücken des Tisches, vielleicht ein Stück des Seils. Doch ich konnte nichts erkennen und ich war bereits enttäuscht.

„Mulder? Was tun Sie da?", fragte Jansen.

„Schauen", antwortete ich.

Jansen stellte sich neben mich. Er sah mich an und folgte dann suchend meinem Blick.

„Auf was?"

„Den Fußboden."

„Warum?"

„Fällt Ihnen irgendetwas am Boden auf? Oder am Tisch?"

Jansen bemühte sich, genauer hinzusehen.

„Nein."

„Mir auch nicht."

„Warum starren wir dann den Fußboden an?"

„Ich dachte, ich hätte etwas entdeckt."

„Auf dem Fußboden?"

„Nein, auf einem Foto, im Museum."

„Museum? Wovon reden Sie denn da, Mann?"

„Warten Sie", und ich ging näher auf den Tisch zu und dann auf die Knie. Und plötzlich sah ich doch etwas. Leichte Schleifspuren auf dem Holz, die in einem Bogen von rechts nach links verliefen. Kaum zu sehen, nur wenn man gezielt danach suchte. Dann sah ich die schmalen Ritzen zwischen den Bodenplanken. Längs war nichts Auffälliges zu erkennen, da die Fugen zwischen den Planken überall waren, aber quer konnte ich jetzt auch zwei Spalte ausmachen.

„Sehen Sie hier", sagte ich zu Jansen, zeigte auf die Spalten und winkte ihn zu mir runter. Mit lautem Geseufzte ließ er sich neben mir nieder.

„Was denn?"

„Sehen Sie das? Die feinen Linien quer durch die einzelnen Bretter?"

Er sah näher hin.

„Ja tatsächlich, und?"

„Passen Sie auf."

Ich sprang auf, nahm den Tisch an seiner linken Seite in beide Hände und versuchte ihn zu verschieben, doch er hakte fest, als wäre er verschraubt, er ließ sich ein wenig wackeln, aber nicht verschieben. Verlegen schaute ich zu Jansen runter, der noch vor dem Tisch hockte, und er sah mich fragend an. Blitzgescheit kam mir eine Idee und ich ging wieder auf die Knie, fühlte am linken vorderen Standbein entlang und fand auf der mir abgekehrten Seite, circa fünf Zentimeter oberhalb des Fußbodens eine zwei Zentimeter große Aussparung und darunter einen kleinen Knopf. Ich zog den Knopf hoch und ein Holzstift löste sich aus dem Fußboden. Dann quälte ich mich wieder auf die Beine und der Tisch ließ sich verschieben. Es war eine Absicherung gewesen, die Sorge dafür tragen sollte, dass der Tisch nicht aus Versehen beim Putzen oder Ähnlichem verschoben werden konnte und sein Geheimnis zufällig preisgab.

Jansen fiel nach hinten auf seinen Arsch, stützte sich auf seinen Händen ab und schrie: „Passen Sie doch auf."

Laut quietschend ließ sich der Tisch überraschend einfach verschieben. Und mit einem Mal wurde das Seil, das im Boden unter dem rechten Tischbein versteckt war, sichtbar und mit jedem Zentimeter zog es sich weiter aus dem Boden heraus.

„Was ist das denn?", fragte Jansen.

„Warten Sie es ab."

Ich schob, bis das Tischbein die Bodenklappe freigab, grinste Jansen an, zog kurz beide Augenbrauen hoch, kroch unter den Tisch, griff in das Loch in der Luke, durch welches das Seil geglitten war, und hob die Klappe hoch. Vorsichtig ließ ich sie auf die andere Seite herunter und legte sie auf dem Boden ab. Dann schaute ich in das Loch. Jansen kam neben mich gekrabbelt und beide suchten wir etwas zu erkennen. Doch es war zu dunkel.

„Ein Loch", sagte Jansen.

„Das ist richtig."

„Ein Versteck."

„Mann, Sie sind ja in Höchstform."

„Woher ...",

„... ich das weiß?", vollendete ich den Satz. „Erzähle ich Ihnen gleich, zunächst aber möchte ich wissen, wie es da unten aussieht. Haben Sie irgendwo eine Taschenlampe gesehen?"

„Äh nein. Aber vielleicht eine Kerze."

Jansen stand auf und ging hinter die Theke.

„Na also", hörte ich ihn triumphieren und schwups war er wieder neben mir und hielt mir die Kerze hin.

„Feuer?", fragte ich.

„Sie sind doch der lungenverseuchte Totgeweihte hier. Haben Sie keins in der Tasche?"

„Oh, Mann." Ich kroch unter dem Tisch hervor und ging zu meiner Jacke, die ich zuvor auf einen der Stühle geschmissen hatte. Nahm mein silbernes Benzinfeuerzeug aus der Innentasche und kroch zurück unter den Tisch. Kerze angezündet und in das Loch gehalten.

Sah aus wie ein verdammtes Grab. Oder besser noch, wie eine Gruft. Es war kein ausgehobenes Erdloch, es war eine Lücke zwischen ein paar Felsen, wo das Gebäude drüber gebaut worden war. Ein wenig verwinkelt, Felsen, die hervorstachen und zurücksprangen. So auch der Boden, eine einzige Felsplatte, aber glatt und erstaunlich trocken. Das Ganze war gut einen Meter zwanzig tief und bestimmt zwei Meter lang und ein Meter fünfzig breit. Genug Platz, um für einen ausgewachsenen Mann hineinzuschlüpfen und sich im Liegen noch ordentlich bewegen zu können.

„Wow", sagte Jansen, „ist ja verrückt. Woher wussten Sie davon?"

„Von Manuel."

„Manuel? Welcher Manuel?"

„Na der junge Mann aus dem Museum, oben am Strand."

„Der hat Ihnen davon erzählt?"

„Nee, gezeigt, auf einem Foto in einem Buch über Schmuggelnester. Das war ein altes Bild und ich war mir nicht sicher, ob das Versteck hier noch existiert."

„Warum zeigt er Ihnen so etwas?"

„Och, wir haben über seine Auslage diskutiert und ob sie das repräsentiert, worum es geht, da hat er mir ein Buch vor die Nase gehalten mit einer Fotografie vom Innenraum des *Smutje*, auf dem das hier zu erkennen war."

Jansen sah mich an und zögerte einen Moment, dann:

„Und Sie glauben, dass sich der Mörder hier drin versteckt hat?"

„Sie nicht?"

„Keine Ahnung, ich bin da jetzt nur nicht so euphorisch, wie Sie es offenbar gerade sind. Ich hätte da schon noch Fragen."

„Die habe ich auch, nur vermutlich andere als Sie."

„Wie ist er aus der Kneipe herausgekommen, nachdem alle weg und die Türen und Fenster versiegelt waren? Ohne sie zu zerstören?"

„Ich glaube, dass das noch relativ einfach gewesen wäre." Ich pustete die Kerze aus, erhob mich stöhnend und ächzend vom Boden und setzte mich an den

Nebentisch. Jansen tat es mir gleich und sah mich erwartungsvoll an, doch ich hatte erst einmal damit zu kämpfen, meine Beine und den Rücken wieder geschmeidig zu bekommen.

Ich habe mal Folgendes gelesen:
Wenn Sie bei jeder Bewegung, die Sie vollziehen, sich hinsetzen, wieder aufstehen, oder sich hinunterbücken ... ein Geräusch von sich geben, dann wissen Sie, dass Sie alt sind.
Ich war offensichtlich bereits weit über meinem Zenit.

„Wie sie sehen", fuhr ich dann fort, „kann der Tisch aus dem Versteck heraus einfach verschoben werden. Klappe anheben und Tisch verrückt sich. Dann ein Fenster aufmachen oder gar die Tür und die Versiegelung wieder anbringen, scheint mir jetzt auch nicht unmöglich, wer schaut da schon später noch mal richtig hin und selbst wenn, was dann? Nein, für jemanden, der so etwas hier plant und ausführt, ist das sicher keine große Hürde. Schwieriger ist es da schon, im Vorfeld einzukalkulieren, wann man wieder raus aus dem Versteck kann, ohne gesehen zu werden. Wann werden die Morde entdeckt? Wie lange wird sich die Spurensicherung hier rumtreiben? Wie lange danach noch die Polizei und Staatsanwaltschaft, wie lange Verwandte und Freunde der Opfer? Ab wann wird draußen vor dem *Smutje* wieder normaler Betrieb herrschen? Fischer stehen früh auf und wird es dann schon wieder hell sein?"

Ich neigte leicht meinen Kopf zur Seite und hob meine Augenbrauen an. „Das sind Dinge, die sind schwer einzukalkulieren und in einem Dorf wie diesem fällt doch jeder Fremde auf wie eine Transe im Papageienkostüm."

Jansen sah weniger verwirrt aus, als ich dachte, dass er es tun würde. Er wusste etwas oder ahnte bereits etwas.

„Sie glauben, er hatte Hilfe", sagte er schließlich.

„Das tue ich."

„Und Sie glauben, dass die Polizei diese Hilfe war."

„Polizei, Staatsanwalt, Spurensicherung …, wer weiß das schon. Vielleicht eine Institution, vielleicht alle."

Jansen schwieg und grübelte. Er rang mit sich, etwas zu sagen, etwas, das er wusste oder glaubte zu wissen und sich nicht sicher war.

„Was ist los, Jansen", sagte ich, „spucken Sie es aus."

„Nun, es gibt vielleicht etwas, das dazu passen würde", hier stockte er wieder.

„Und?"

Jetzt sah er aus, als hätte er Angst.

„Ich bin ganz ehrlich zu Ihnen, Mulder. Ich habe es bereits vorhin in meinem Büro angedeutet, ich befürchte, dass uns das über die Ohren wachsen könnte. Sie sagten, ich hätte Angst, und um ehrlich zu sein, ja die habe ich, aber nicht aus den Gründen, die Sie glauben. Ich habe keine Angst vor möglichen Konsequenzen für uns, ich habe vielmehr Angst davor, etwas zu erfahren, mit dem ich dann nicht umgehen kann. Was, wenn sich das alles bewahrheitet, Staatsanwalt, Polizei, sie alle hängen da mit drin und ich kann nichts dagegen tun. Ich weiß, wer meine Freunde und deren Lieben getötet hat, aber ich kann niemanden zur Rechenschaft ziehen, damit könnte ich nicht umgehen, das würde mich auffressen und ich könnte hier niemandem mehr in die Augen sehen. Für Sie ist es einfach. Sie schütteln sich zweimal und fahren zurück in die Hauptstadt, feiern die neue Welt und lassen sich von den Ereignissen und Ihren eigenen Freunden ablenken ...",

Welche Freunde? dachte ich kurz,

„... ich aber muss hierbleiben und den Menschen, die hier leben und die unter dem Verlust leiden, jeden Tag etwas vormachen oder sie gar belügen?"

Darüber musste ich kurz nachdenken, so hatte ich das noch gar nicht gesehen und er hatte natürlich recht damit. Ich wusste genau, was er meinte, ich trage seit Jahrzehnten Geheimnisse und Ungerechtigkeiten mit mir rum, von denen ich nie einer Menschenseele erzählen konnte, obwohl das wahrscheinlich viel Leid ertragbarer gemacht hätte. Manches vielleicht sogar vergessen. Das war schwer und hing an mir wie ein Sack festgewachsener Seemuscheln. Doch irgendwann gewöhnt man sich daran und baut einfach mehr Muskeln auf, um die Last nicht mehr so sehr zu spüren. Wenngleich die Bewegungsfreiheit für immer eingeschränkt bleibt. Ich hatte zwar Verständnis für Jansens Situation, aber dennoch, ich verfolgte ein anderes Ziel und dem hatte sich alles unterzuordnen. Sarah. Dafür musste die Wahrheit ans Licht und nichts konnte mir so viel Angst einjagen, dass ich das Risiko dafür nicht eingegangen wäre. Ich musste Jansen beruhigen und auf meine Seite ziehen.

„Ich verstehe Sie", sagte ich.

„Ach ja?"

„Glauben Sie mir, mehr, als Sie ahnen." Ich griff nach seinem Unterarm und drückte ihn kurz. „Ich weiß, dass das ein Risiko ist und dass wir uns möglicherweise in Gefahr begeben, wenn sich das, was ich glaube, als wahr herausstellt, und ich kann Ihre Bedenken nachvollziehen. Doch fragen Sie sich selbst, Jansen, wollen Sie wirklich jetzt aufhören und die Geschichte auf sich beruhen lassen? Kommen Sie, dafür sind Sie doch gar nicht der Typ. Fragen Sie sich mal, wie Sie Ihre Leute mehr im Stich lassen, wenn Sie jetzt aufgeben und den Fall nicht aufklären oder wenn Sie wissen, was passiert ist, und selbst entscheiden können, ob Sie die Einwohner damit belasten möchten oder nicht. Denken Sie auch an Eichstädt und dass er wahrscheinlich unschuldig einsitzt und bestraft wird, können Sie das mit Ihrem Gewissen vereinen?"

Doch er war noch nicht überzeugt.

„Mulder, die sind aus einem anderen Holz geschnitzt als wir. Die können uns fertigmachen und verschwinden lassen, ohne dass uns jemand vermissen würde."

„Wer sind denn ‚die', Jansen? Das wissen wir doch gar nicht. Vielleicht nur ein Haufen verblödeter Vorstadtbullen, die irgendwelche niederen Beweggründe haben und beim leichtesten Gegenwind auseinanderfallen. Glauben Sie mir, ich habe mit den Polypen in Stralsund gesprochen, das waren nicht die hellsten Kerzen im Kronleuchter. Lassen Sie uns erst einmal zusammenpacken, was wir wissen, herausfinden, wer wirklich dahintersteckt, dann ziehen wir unsere Konsequenzen und entscheiden, wie wir damit umgehen."

„Ihre Entscheidung steht doch längst fest, Sie gehen über Leichen."

„Das heißt aber nicht, dass ich Sie mitnehmen muss. Sie können jederzeit aussteigen, wenn Sie wollen, helfen Sie mir nur mit Ihrem Wissen und Ihrer Erfahrung, den Rest übernehme ich dann und Sie halten sich raus, wenn Sie das dann noch möchten."

Doch um ehrlich zu sein, war ich mir ja schon sicher, welche Mächte hier am Werk gewesen waren, und dass, sobald wir in die falschen Bäuche piksten, Jansen längst mit erledigt wäre. Die würden keinen wissend zurücklassen.

Es vergingen noch ein paar Augenblicke, dann:

„Ich habe noch einmal mit Frau Walls gesprochen, sie hatte in der Nacht der Morde die ganze Zeit über vor dem *Smutje* gewacht, bis alle Polizei und Einsatzkräfte das Dorf wieder verlassen hatten und ihr Mann vom Krankenwagen abtransportiert worden war. Erst dann wurde sie, von Nachbarn gestützt, nach Hause gebracht. Ich habe sie gebeten, die Nacht mit mir Revue passieren zu lassen, mir alles ein zweites Mal aus ihrer Perspektive zu erzählen und darüber nachzudenken, ob ihr im Nachhinein etwas Ungewöhnliches aufgefallen sei. Sie können sich vorstellen, dass ihr das nicht leichtgefallen ist, aber sie ist eine starke, mutige Frau und sie hat mir mit viel Geduld den Abend geschildert."

„Und?"

„Mir ist etwas aufgefallen. Nachdem sie ihre Ausführungen abgeschlossen hatte, ging ich mit ihr noch einmal alle Standardfragen durch. Ob ihr an ihrem Mann an dem Tag etwas Ungewöhnliches aufgefallen war? Ob er die Tage zuvor von etwas berichtet hatte, das ihm seltsam vorkam? Irgendjemandem, der ihm aufgefallen war?

Wann kamen die Einsatzkräfte? Et cetera ... Ihre Antworten glich ich mit den Notizen, die ich mir in der Mordnacht zu den gleichen Fragen gemacht hatte, ab. Das tat ich, da sie mir sehr aufgewühlt schien, als ich das heute noch einmal alles hervorholte, aufgewühlter als in der Tatnacht selbst, wahrscheinlich stand sie dort unter Schock und konnte noch gar nicht so richtig verarbeiten, was geschehen war."

„Clever, und?"

„Frau Walls ist eine äußerst starke Persönlichkeit. Sie hatte alles noch in Erinnerung und alles im Blick. Als ich sie nach den Einsatzkräften fragte, sagte sie, dass sie die Ankunft der Spurensicherung nicht komplett mitbekommen hatte, zu dem Zeitpunkt waren die Kollegen aus Stralsund gerade dabei, sie und die weiteren Bewohner, die sich versammelt hatten, zurückzudrängen und zu beruhigen, sodass sie keinen freien Blick auf das *Smutje* hatte. Es gab wohl einige hitzige Diskussionen, Frau Walls schmeckte das verständlicherweise überhaupt nicht, sie wollte ihrem Mann nahe sein und auf keinen Fall verpassen, wenn er abtransportiert werden sollte. Nichtsdestotrotz konnte sie sich noch gut daran erinnern, als die Spurensicherung das *Smutje* wieder verlassen hat. Sie sagte, dass die ganze Szenerie außergewöhnlich skurril auf sie gewirkt hatte, wie in einem Science-Fiction-Film oder einer Pandemiekatastrophe. Die Herren seien in ihren weißen Anzügen mit Maske in Reih und Glied hintereinander aus dem *Smutje* raus und gleich in den wartenden Transporter rein, Türen zu und ab. Alle hatten einen Koffer in der Hand, alle, bis auf einen."

Ich war gespannt wie Achilles' Sehne, auch wenn schon klar war, worauf das hinauslaufen würde.

„Sie sprach von insgesamt fünf Männern in weißen Anzügen, die das Smutje verlassen haben. Zuerst zwei Männer und zwanzig Minuten später noch einmal drei. Vom Staatsanwalt wurden mir nur vier von der Spurensicherung angegeben."

Ich lehnte mich zurück.

„Sind Sie sicher?"

„Zu einhundert Prozent. Ich habe mir meinen Bericht mindestens zwanzig Mal selbst durchgelesen, um ihn auf Ungereimtheiten zu durchforsten, bevor ich ihn abgeben musste. Ich bin mir sicher."

„Verdammt."

Jansen sah mich starr an. Nicht dass mich das sonderlich überrascht hatte, aber die Bestätigung, dass die übelste alle Wahrscheinlichkeiten eingetreten war, ließ mir dann schon ein wenig die Düse gehen. Keine vertrottelten Polypen, kein Einzeltäter, die verdammte Spurensicherung, also auch mal mindestens der Staatsanwalt, wahrscheinlich die Kollegen aus Rostock und mit Sicherheit noch eine etwas höhere Instanz, die all dies, inklusive Mörder, organisiert hatten.

Verdammt.

Doch wie jetzt weiter?

Ich sah mich vor einer riesigen Felswand stehen, ohne Griffe, ohne Haken oder ein Seil, das mich sichern würde, wenn ich anfange zu klettern, und hinter mir ein Abgrund.

Ich schaute zu Jansen, der, das konnte ich sehen, Ähnliches dachte.

Wir schwiegen dann gemeinsam eine Weile.

„Gut, Jansen, Trübsal blasen hilft nicht weiter, Sie müssen sich jetzt entscheiden, gehen Sie bis zum Ende mit oder steigen Sie aus?"
„Habe ich das nicht gerade?"
„Was?"
„Mich entschieden."
„Sieht so aus, ja."
„Also was ist Ihr Plan?"
Ich schaute auf die Uhr, die drei Stunden waren fast vorüber.
„Ich schlage vor, dass wir zunächst zurück in Ihr Büro gehen, der Anruf wird gleich erfolgen."
„Und dann?"
„Wir werden sehen."
„Guter Plan."

Kapitel achtzehn

Zurück in Jansens Büro saßen wir uns an seinem Schreibtisch gegenüber und schwiegen. Zu meinem Bedauern war Rosi nicht mehr da gewesen, ich hätte ihr gerne gezeigt, was für ein harter Kerl ich eigentlich bin, wie ich den kleinen Schwächeanfall weggesteckt hatte und wie locker ich damit jetzt umging. Doch sie hatte bereits Feierabend. Jansen bemerkte mein Bedauern, was nicht schwer war, mein tölpelhafter Versuch, ganz nebenbei nach ihr zu fragen, war weder unauffällig noch subtil, sondern nur peinlich für uns beide gewesen.

„Sie ist heute Abend im *Störtebeker*, wenn es Sie interessiert", sagte Jansen und lächelte leicht, „wie jeden Mittwochabend."

„Ah, okay, verstehe, mit ihrem Mann oder Freund ...?"
Und wieder plump heraus. Ich konnte nichts dagegen tun. Jansens höfliches Lächeln wurde schelmisch schief.

„Sie ist Witwe. Und hochbegehrt im Dorf."
„Das verstehe ich."

Und dann grinsten wir beide.

„Mulder", begann Jansen dann, „bevor der Anruf kommt, muss ich Ihnen noch etwas sagen."

„Schießen Sie los."

„Sie sollten wissen, dass ich …",

Das Telefon klingelte.

Ich sah Jansen an.

Er schaute auf das Telefon und dann zurück zu mir.

„Gehen Sie dran, das ist wichtiger."

Ich nickte, griff nach dem Hörer, hob ihn ab und hielt ihn mir ans Ohr.

„Hallo?", fragte ich.

Ohne Höflichkeiten oder Umschweife begann Faisst:

„Zuerst zu Ihrem Hauptwachtmeister Dirk Jansen, da habe ich nicht viel gefunden. Kommt ursprünglich aus Schwarzenberg und hat dort bis vor vier Jahren gearbeitet, bis er, während eines Einsatzes, einen Mann erschoss, laut Bericht war es Notwehr, hat ihn aber wohl ziemlich aus der Bahn geworfen. Freistellung, therapeutische Behandlung, die ganze Litanei. Danach ist er an die Ostsee versetzt worden, nach Vitt, ein Kaff auf Rügen. Bis dato hat er sich nicht viel zuschulden kommen lassen. Parteimitglied, keine Vorstrafen, keine großen Verfehlungen, ziemlich weiß und kurz das Ganze."

Die Geschichte kannte ich ja schon, nur eine Sache passte nicht an dem, was Faisst gerade gesagt hatte, doch da konnte ich noch nicht nachfragen.

„Verstehe", antwortete ich und blieb dabei gelassen, als würde Faisst mir vom Wetter in Berlin berichten und nicht von dem Mann, der mir gegenübersaß und nach dessen Akte ich hinter seinem Rücken gefragt hatte. Das hätte unserem gegenseitigen Vertrauen einen ziemlichen Dämpfer verpasst.

„Okay und weiter?", fragte ich dann.

„Über Bernhard Lotzo ist nichts hinterlegt."

„Was soll das heißen, nichts? Sie meinen nichts Negatives, keine Auffälligkeiten, oder was?"

„Nein, nichts, gar nichts, nicht einmal sein Name."

„Wie jetzt? Er ist vor ein paar Tagen ermordet worden, da sollte er doch spätestens jetzt irgendwo auftauchen. Was ist mit der Mordakte? Hier muss er drinstehen."

„Keine Akte über einen Mord an Bernhard Lotzo!"

Und Adrenalin schoss mir in den Magen, das war gar nicht gut.

Ich musste erschrocken geschaut haben, denn Jansen flüsterte:

„Was?"

Doch ich ignorierte ihn.

„Wäre es möglich, dass die Akte noch nicht eingegeben ist?"

„Möglich schon, ja, aber ungewöhnlich. Bei einem Mordfall hat es oberste Priorität, sämtliche Kopien und Belege unmittelbar einzupflegen. Dann müsste schon jemand absichtlich darauf sitzen."

„Was ist mit Eichstädt?", fragte ich in die Muschel.

„Über ihn gibt es massenhaft Dateien. Er steht unter besonderer Beobachtung des MfS, schon seit langem. Er hat viele Prozesse geführt, Kontakte zu Dissidenten und diese auch verteidigt. Sagen Ihnen die Namen Rudolf Bahro und Robert Havemann etwas?"

„Rudolf Bahro ist Philosoph und Politiker. Lebt jetzt im Westen. Hat ein Buch geschrieben, ‚Die Alternative', dafür wurde er verhaftet, später rehabilitiert und ist dann rüber zu den Brüdern. Havemann war schon Widerstandskämpfer gegen die Nazis, ist irgendwann Anfang der Achtzigerjahre gestorben. Wurde schon früh aus der SED geschmissen. Er war ein Freund von Wolf Biermann und hatte nach dessen Ausbürgerung schwer Krawall gemacht, nicht auf der Straße, hat Artikel im *Spiegel* veröffentlicht. Daraufhin verurteilt, musste seine Strafe aber nie antreten, da er schon zu krank gewesen war."

„Ich bin beeindruckt, mit Dissidenten kennen Sie sich offenbar gut aus."

Ich musste schlucken.

„Nun, in beiden Prozessen war Eichstädt der Hauptverteidiger", fuhr Faisst fort, „selbstverständlich hatte er keinen Einfluss auf das Urteil, aber er war einer der ersten Anwälte, der Verfahrensfehler in einem Prozess rügte oder Befangenheitsanträge in Erwägung zog und das auch vor Gericht kommunizierte."

„Wow", entwich es mir.

„Ja, wow", kommentierte Faisst trocken, „Eichstädt hat sich im Zuge seiner Tätigkeit als Anwalt, wesentlich mit Ausreiseantragstellern beschäftigt und diese vertreten. Das kam bei der MfS überhaupt nicht gut an. Er wagte es, Gesetze oder ihre grundsätzliche Anwendung durch Verweis auf verfassungsrechtliche Normen oder internationale Vereinbarungen infrage zu stellen."

„Das war möglich?"

„Selbstverständlich. Das traute sich zwar kaum jemand, kam aber in den späten Achtzigern immer häufiger vor. Drehbuchprozesse mit ausgedachten Szenarien durch die MfS waren da schon lange passé, schnelle

Abfertigungen mit zwei möglichen Entscheidungen, gleich nach der Verhaftung Freikauf durch die Bundesrepublik oder Gefängnis, so sollte es ablaufen. Möglichst geräuschlos, damit der *Verkauf* an die BRD kein großes Thema wird."

„Verstehe", antwortete ich, „und nirgends findet sich ein Hinweis oder Querverweis darauf, dass er und Lotzo miteinander zu tun hatten?"

„Habe ich das nicht eben schon gesagt?"

„Verdammt", zischte ich.

„Was ist los?", fragte Jansen.

Ich hielt die Sprechmuschel zu und flüsterte:

„Über Lotzo ist nichts hinterlegt, nicht mal seine Ermordung ist dokumentiert und laut den Akten gibt es auch keinerlei Verbindung zwischen Eichstädt und Lotzo."

Jansen zeigte keine Regung, sagte „Aha!" und lehnte sich zurück in seinem Stuhl, was merkwürdig war, ich hätte mit Enttäuschung gerechnet, andererseits hatte Jansen ja zur Genüge dargestellt, dass er an Eichstädt oder Lotzo kein Interesse hatte.

„Mulder?", fragte Faisst aus dem Hörer. „Sind Sie noch dran?"

„Ja, entschuldigen Sie, das musste ich erst einmal verdauen."

„Nun, vielleicht hilft Ihnen das weiter, Eichstädt und Hauptwachtmeister Jansen kannten sich vielleicht."

Und der Raum um mich herum verschwand in einem Tunnel.

„Wie bitte", fragte ich nach, „wiederholen Sie das."

„In den Akten von Eichstädt findet sich der Name Dirk Jansen wieder."

Mir fiel alles aus dem Gesicht.

„Mulder, geht es ihnen gut?", fragte Jansen, „Sie sehen aus, als würden Sie gleich wieder umkippen."

Ich sah Jansen an, mein Kopf war leer. Angeschlagen überlegte ich, wie ich an mehr Informationen von Faisst kommen konnte, ohne dass Jansen Verdacht schöpfen würde.

„Nein, schon gut, alles in Ordnung. Wären Sie so freundlich und würden mir ein Glas Wasser holen?"

Da Rosi nicht mehr im Büro war, musste Jansen sich selbst darum kümmern, das würde mir einen Moment geben.

„Klar", antwortete er, „kommt sofort", und verließ den Raum.

„Was genau steht da?", fragte ich Faisst.

„Genaues nichts, es ist nur sein Name, Dirk Jansen, er taucht auf einer Seite auf, die sich mit einem anderen Prozess beschäftigt, den Eichstädt geführt hat. Dort hat er einen Polizisten verteidigt, diesem wurde Nötigung und Totschlag vorgeworfen und in einer Zeile ist geschrieben, ich zitiere: ‚… sollte behandelt werden ähnlich wie im Fall Dirk Jansen …'."

„Das war es?", fragte ich.

„Das war es. Das muss nicht heißen, dass sie sich kannten oder dass es überhaupt Ihr Dirk Jansen ist."

„Wäre aber ein ziemlich großer Zufall."

„Mag sein, aber es ist kein Beweis."

„Wie haben Sie das so schnell gefunden?"

„Ich habe beide Namen in Kombination gebracht und das ist dabei rausgekommen."

„Und das geht so einfach?"

„Mit den Rechnern, mit denen wir arbeiten, schon, ja."

„Das ist sehr verwirrend."

„Was genau jetzt? Die Computer oder dass Jansen und Eichstädt sich vielleicht kannten?"

„Zweites. Es scheint so weit hergeholt und doch könnte es Sinn machen."

„In Ordnung, Mulder, für Spekulationen bin ich nicht zuständig, das ist Ihr Bereich, war es das für mich?"

„Eine Sache noch, Sie sagten jetzt bereits zweimal Hauptwachtmeister Jansen."

„Und?"

„Er ist nur Wachtmeister."

„Hier steht Hauptwachtmeister."

„Wie kann das sein?"

„Die Einträge sind schon älter, vielleicht wurde er degradiert?"

„Aber warum? Er hat einen Mörder erledigt, dafür bekommt man einen Orden, keinen Arschtritt."

„War es das jetzt für mich, Mulder, ich habe wichtigere Dinge zu erledigen, als Ihren Co-Schnüffler zu spielen."

Blödes Arschloch", dachte ich.

„Ja Faisst, das war es. Danke."

Und er legte auf. Langsam tat ich es ihm gleich.

Das musste ich dann erst einmal verarbeiten. In Bruchteilen durchzuckten Aussagen, Gestiken und Reaktionen von Jansen meinen Schädel und filterten diese nach Hinweisen aus, die das eben Gehörte in Einklang bringen konnte, so ähnlich mussten diese

Teufelsmaschinen von Faisst funktionieren. Doch ich hatte viel zu wenig Zeit. Bevor ich zu einem befriedigenden Ergebnis kommen konnte, so oder so, stand Jansen schon wieder neben mir und reichte mir ein Glas Wasser. Ich nahm es, schlürfte einen Schluck ab und stellte es auf den Tisch.

„Danke", sagte ich.

„Und? Was hat er noch gesagt."

Ich entschied mich, ihm erst einmal nichts zu erzählen. Es gab ja auch nicht viel, außer dass sein Name in einer Akte von Eichstädt auftauchte, und ich wollte ihn jetzt noch nicht damit konfrontieren, das musste ich für mich erst noch ordentlich durchkauen.

„Das war ein Fehlgriff. Er kann nicht weiterhelfen, es gibt keine Verbindung zwischen Lotzo und Eichstädt, zumindest keine, die irgendwo offiziell festgehalten wurde."

„Also sind wir genauso schlau wie vorher", stellte er fest.

„Das ist richtig."

„Langsam gehen uns die Optionen aus, Mulder."

Ich brauchte dringend Ruhe, um nachdenken zu können.

„Ich denke, ich werde ne Mütze voll Schlaf nehmen, sollen wir zusammen zu Abend essen? Im *Störtebeker* um sieben?"

„Geht in Ordnung."

„Alles klar, dann bis später", ich stand auf und wollte gerade aus dem Büro, da fiel mir noch etwas ein.

„Eben, bevor der Anruf von Faisst Sie unterbrach, waren Sie dabei, mir etwas zu sagen, was war das?"

„Hm?" fragte Jansen.

Ich schaute ihn an.

„Ach so, das, ist nicht so wichtig."

„Sicher? Hörte sich aber wichtig an."

„Vergessen Sie es, war nur ne kurze Gefühlsduselei."

„Was auch immer das heißen soll. Nun gut, dann bis heute Abend."

Es hatte keinen Sinn, jetzt nachzubohren, dafür würde später noch Zeit sein, dachte ich.

Ich trat aus dem Revier, sah kurz verstohlen zum *Störtebeker* rüber, duckte mich weg und ging rechts die Straße runter Richtung Hotel. Kurz vor dem Strand war auf der rechten Seite ein kleines Café mit ein paar Stühlen und Tischen als Außengastronomie gelegen. Niemand saß dort. Es war Mittwoch und bereits nach fünf Uhr. Die Handvoll Touristen, die an einem Mittwochnachmittag Zeit hatten, um Vitt und dem Meer einen Besuch abzustatten, waren schon fort und die Einheimischen, mit alltäglichen Dingen zu beschäftigt, um faul in der Sonne zu sitzen und Nordhäuser zu schlürfen. Ich schritt an der Terrasse vorbei und sah im Augenwinkel etwas huschen. Ich stob herum und konnte gerade noch erkennen, wie der tote Hoffmann hinter das Gebäude des Cafés huschte. Ich starrte auf die Ecke, hinter der er verschwand, und wartete einen Moment. Mein Herz schlug mir bis in den Hals und kalte Schauer liefen mir über den Rücken. Ich hoffte, dass das nur ein kleiner letzter Flashback gewesen war und damit endlich vorbei, doch in dem Moment, als ich mich wieder umdrehen und weitergehen wollte, trat Hoffmann hinter dem Gebäude wieder hervor. Sein Gesicht war fahl und zerfurcht wie Moby Dicks Haut. Das geronnene Blut auf seiner linken Kopfseite war schwarz und bröckelig und aus der klaffenden Wunde auf der rechten Seite quoll weiße Hirnmasse bedeckt mit Dreck und Blättern. Er hob seine Hand, spreizte Zeige- und Mittelfinger ab, hob sie zur Geste an seine beiden Augen und zeigte dann auf mich. Er würde mich beobachten. Ich würgte und drehte mich weg. Verwirrt lief ich stolpernd die letzten Schritte zum Strand, sah mich noch einmal um und Hoffmann war fort. Ich schüttelte mich, verfluchte zuerst Heiko für den Scheiß, den er mir gegeben und dann mich selbst dafür, dass ich ihn dazu gezwungen hatte. Ich wollte nur noch so schnell wie möglich ins Hotel und ins Bett, um die letzten Reste des Giftes herauszuschlafen. Ich brauchte unbedingt wieder einen klaren Kopf. Im entfernten Vorbeigehen schaute ich kurz hoch zum Schmugglermuseum und sah, wie der junge Direktor sich vor der Tür mit einem Mann unterhielt, es war Schumacher, der Gast aus dem Hotel. Und in dem Moment, wo ich die beiden erblickte, drehten sie mir gleichzeitig ihre Köpfe zu, brachen ihre Unterhaltung ab und stoben in verschiedenen Richtungen auseinander. Ich versuchte Schumacher zu verfolgen, doch kaum war ich an der nächsten Ecke hinter dem Museum angekommen, konnte ich ihn nicht mehr entdecken. Stattdessen sah ich drei Gestalten, die am Ende der Straße nebeneinanderstanden und mich ansahen, als hätten sie dort auf mich gewartet. Es waren zwei Männer und eine Frau. Das wurde mir dann zu unheimlich. Ich machte auf meinem Absatz kehrt und hetzte zurück ins Hotel. Hoch die Treppe, in mein Zimmer, Tür zu und noch einen letzten Blick aus dem Fenster. Niemand war zu sehen. Ich setzte mich auf den Stuhl vor dem kleinen Schreibtisch mit Leselampe neben dem Fenster und atmete gefühlt das erste Mal wieder aus, seit sich Hoffmann mir offenbart hatte. Ein und aus, ein und aus. Was war da eben passiert? Hoffmann hatte mir einen Mordsschrecken eingejagt, war aber ganz klar eine Halluzination gewesen, so weit hatte ich meinen Verstand noch beisammen, aber was war mit Schumacher und dem Museumsdirektor? War das auch eine Einbildung oder Realität gewesen? Und die drei Gestalten auf der Straße? Wer waren die? Wie sollte mein Verstand die ausspucken, wenn ich nicht einmal wusste, wer das war? Verdammte Scheiße, ich kann kaum erklären, was das mit mir machte. Ich glaubte, meinen verdammten Verstand zu verlieren. Als einzige Lösung sah ich, dass ich Ruhe benötigte, Schlaf zum Verarbeiten, egal, wie lange dafür nötig war. Ich zog mich aus und kroch unter die Decke. Keinen Wecker gestellt, wenn ich nicht aufwachen und die Verabredung mit Jansen verschlafen würde, wäre das auch in Ordnung, wenn es mir half. Jansen würde ich morgen erklären können. Ich war so müde, dass es bereits wehtat. Ich schloss meine Augen und Bilder zuckten wie Blitze unter meinen Lidern durch. Drei-, viermal schreckte mein Körper auf wie unter Strom gesetzt, bis ich endlich zur Ruhe kam, doch nur kurz.

Kapitel neunzehn

Als Nächstes spürte ich nur Enge. Ich konnte kaum atmen, meine Beine, meine Arme, mein ganzer Körper waren gefangen. Ich quälte mich aus dem Tiefschlaf, um mich zu befreien. Schlug die Augen auf und sah zwei vermummte Gestalten, die rechts und links von meinem Bett standen und die Bettdecke mit aller Kraft über die Kanten des Bettes nach unten zogen und mich so festhielten. Ich konnte nur noch Füße und Kopf bewegen. Ich wollte losschreien, doch in dem Moment kam eine dritte Person in mein Blickfeld und klebte mir den Mund zu. Ich wand mich, bäumte mich auf, versuchte meine Arme zu befreien, doch es machte keinen Sinn, ich konnte mich keinen Millimeter bewegen. Nachdem ich keine Kraft mehr hatte und mich beruhigen musste, trat die Person, die mich zum Schweigen gebracht hatte, wieder an mich heran, hielt demonstrativ eine Spritze hoch, nahm ein kleines mit Flüssigkeit gefülltes Glasgefäß dazu, stach mit der Spritze hinein, zog sie mit der Flüssigkeit auf, zog sie wieder heraus, klopfte die letzten Luftblasen aus der Flüssigkeit und setzte sie mir in den Hals. Schnell strömte Wärme durch meinen Körper wie ein Tropenfluss ins kalte Meer. Ich entspannte mich mit jeder Sekunde tiefer, bis ich keinen Widerstand mehr leisten konnte. Es war, wie in eine warme Decke eingewickelt zu werden nach einem langen, harten Wintertag. Dann schlief ich ein.

Langsam kam ich dann irgendwann wieder zu mir.

Ich bekam gerade noch mit, wie mir eine weitere Spritze aus der Armbeuge gezogen wurde.

Mir war schlecht, schwindelig und alles fühlte sich wie in Watte eingepackt an. Ich hatte pochende Kopfschmerzen und einen Geschmack von Marzipan im Mund. Ich musste würgen und kämpfte darum, mich nicht zu übergeben, denn dann wäre ich vielleicht an meiner eigenen Kotze erstickt, ich hatte noch das Klebeband über meinem Mund. Der Rest meines Körpers war von Schmerz durchzogen, als hätte mich Mike Tyson zwei Runden lang von oben bis unten durchgewalzt. Ich saß an Händen und Füßen mit Kabelbindern festgezurrt nackt auf einem Stuhl. Mein Oberkörper war zusätzlich mit einem Seil an die Rückenlehne festgebunden, um nicht vornüberzukippen. Erleichtert stellte ich fest, dass der Stuhl kein Loch in der Mitte hatte, sodass mein Gehänge nicht durchbaumelte, das hätte schlimmste Vorahnungen für die weitere Vorgehensweise transplantiert. Vorsichtig hob ich meinen Kopf und versuchte die Umgebung zu erkennen, doch es dauerte eine Weile, bis ich aus meinem tranceartigen Zustand in die Realität zurückschlüpfen konnte. Das Seil drückte mir auf die Brust, sodass das Atmen schwerfiel und das Klebeband über meinem Mund half auch nicht dabei zu entspannen. Ich presste die Luft durch meine Nasenlöcher tief ein und aus, um eine mögliche Panik zu verhindern. Um den Druck von meiner Brust zu nehmen, setzte ich mich so aufrecht wie möglich hin und mit jedem Atemzug suchte ich danach, das Gift, welches mir verabreicht wurde, wieder aus meinen Venen zu spülen.

Mein Herz hüpfte unkontrolliert aus dem Takt.

Nach und nach bildeten sich Konturen aus dem trüben, dunklen Graugemisch um mich herum heraus und Formen ergaben einen Sinn.

Es war ein dunkler Raum, in dessen Mitte ich drapiert worden war. Nur eine verstaubte Leuchte, die gleich über meinem Kopf baumelte, erhellte den Raum mit ein wenig Licht.

In der rechten Ecke standen drei Personen mit dem Rücken zu mir und tuschelten. Sie hatten Sturmmasken auf. Ich konnte erkennen, dass es zwei Männer und eine Frau waren. Alle drei hatten schwarze Lederstiefel an, dunkle Stoffhosen und Rollkragenpullover mit hochgekrempelten Ärmeln.

Es war kalt, und zwar *so* kalt.

(Ich möchte Sie nun bitten sich vorzustellen, wie ich mit meinem Daumen und Zeigefinger einen Spalt von circa drei Zentimetern darstelle.)

Das war mir sehr unangenehm. Ich hoffte, sie würden die Umstände berücksichtigen, wenn sie mich betrachteten.

Unmittelbar wägte ich meine Chancen ab, prüfte, ob sich eine Fesselung lösen ließe oder ich aus einer herausschlüpfen konnte, doch das schien mir gleich unmöglich und zudem, was dann? Meine Entführer standen drei Meter von mir entfernt in einem Raum, der circa zwanzig Quadratmeter groß war. Wie hätte ich mich unbemerkt rausschleichen sollen oder freikämpfen? Das war kein James-Bond-Film oder eine Markus-Wolf-Geschichte.

Die Frau stupste den Mann zu ihrer Rechten an, er stand mit dem Rücken zu mir und drehte sich dann um. Er nickte den beiden zu und kam zu mir herüber, nahm eine Seite des Klebebandes und riss es mit Schwung von meinem Gesicht, ich spürte es kaum, zu hoch war die Dosierung noch in meinem Körper. Ich atmete drei-, viermal kräftig durch, dann versuchte ich zu reden.

„Entschuldigung", kratzte mein Hals gerade einmal hervor, dann bekam ich einen Hustenanfall.

Mein Entführer wartete geduldig, bis ich mich wieder beruhigt hatte, und dann antwortete er:

„Einen Moment bitte, wir sind gleich bei Ihnen."

„Natürlich", quetschte ich heiser heraus, „es ist nur, dass ich furchtbar friere, hätten Sie eventuell eine Decke? Sonst erkälte ich mich."

Er schaute seine beiden Kollegen kurz an, seufzte dann leicht, beugte sich auf Augenhöhe, sah mich eine Weile an und sprach:

„Selbstverständlich. Reicht Ihnen auch eine Jacke? Mehr haben wir hier nicht."

„Nun, wenn nichts anderes zur Verfügung steht, dann ja, danke."

Er nickte der Frau zu, die sich sofort zum anderen Ende des Raumes hinter mir begab, und ich befürchtete für meine unverschämte Bitte einen Schlag auf meinen Kopf oder Schlimmeres. Doch es raschelte kurz und dann legte sie mir eine gefütterte Lederjacke über die Schultern.

„Danke", sagte ich.

„Gerne."

Er richtete sich wieder auf und ich setzte nach:

„Könnte ich vielleicht auch meine Hose wiederhaben, es ist mir ein wenig unangenehm, so nackt, bei den Temperaturen, vor ...", ich wippte meinen Kopf leicht zu der Frau, die nun neben mir stand. Der Mann schaute zu der Frau und dann wieder zu mir.

„Tut mir leid, das geht nicht, dürfen wir jetzt unsere Unterhaltung zu Ende führen?"

„Ja klar, bitte, lassen Sie sich Zeit."

„Danke."

Beide machten sich zurück auf den Weg in ihre Ecke.

Meine Synapsen lösten sich derweil mehr und mehr von ihren chemischen Fesseln und schickten wieder ungehindert ihre Botenstoffe umher. Und eigentlich wollte ich nicht warten, bis sie ihre Unterhaltung abgeschlossen hatten, ich wollte wissen, wie es weitergeht.

„Womit haben Sie mich betäubt? Propofol? Gut, dass ich keine Herzrhythmusstörungen habe, sonst säßen Sie jetzt hier allein. Oder dann doch lieber Etomidat? Dann müssen Sie schon genau wissen, was Sie tun, ein paar Milligramm zu viel und das wäre es für mich gewesen."

Auf halbem Weg blieben sie stehen und sahen mich wieder an.

„Wie bitte?"

„Etomidat", wiederholte ich, „damit wurden in den USA Hinrichtungen durchgeführt."

Ich machte eine kurze Pause. Die beiden sahen sich an.

„Ich hätte sterben können."

„Geht es Ihnen gut?", fragte der Mann.

„Ja, schon, mein Kopf fühlt sich an wie von einem Vorschlaghammer geküsst und wie bereits erwähnt ist mir kalt, aber ansonsten ...",

„Sehen Sie, Sie sind stark, alles in Ordnung."

Beide gingen zurück in ihre Ecke, doch ich wollte das Ganze am Laufen halten.

„Was haben Sie mir denn jetzt gegeben?"

Der offensichtliche Wortführer ließ genervt kurz Schulter und Kopf hängen, atmete durch und sprach, ohne sich umzudrehen:

„Ketamin und zum Aufwachen Naxolon. Wenn Sie uns jetzt bitte einen Augenblick geben würden, sonst müsste ich Ihnen noch eine Dosis verpassen."

Das war dann mein Stichwort.

„Ketamin, okay, das ist in Ordnung, entschuldigen Sie die Unterbrechung, ich werde jetzt still sein."

Denn auf einen weiteren Schuss hatte ich keine Lust, ich hatte mich ja kaum von dem letzten erholt. Also schwieg ich, ich konnte nichts anderes tun als sitzen, frieren und warten.

Sehr demütigend, wie Sie sich sicher vorstellen können.

Nach einer gefühlten Ewigkeit hatten sie ihr Gespräch beendet und drehten sich zu mir um. Dann ging ein Mann in die vordere rechte und die Frau in die vordere linke Ecke des Raumes. Ihre Oberkörper verschwanden im

Schatten des Lampenschirms über mir. Der dritte Mann, der, offensichtliche Wortführer, kam bis auf zwei Schritte an mich heran, dann blieb er stehen und begann zu sprechen:

„Sie sind Benedikt Mulder, geboren am 03.08.1947 in Hohenstein, Gemeinde Friedland, Mecklenburg-Vorpommern. Momentaner Wohnort Dietrich-Bonhoeffer-Straße 14, in 1058 Berlin. Ehemals Hauptmann der SEKTP, ehemals Oberleutnant der Morduntersuchungskommission Ostberlin. Abgeschlossenes Jurastudium, welches Sie während Ihrer freiwilligen vier Jahre bei der Volksarmee absolviert haben. Ihre Frau Charlotte, die Sie während Ihres Studiums kennengelernt haben, war ebenfalls Juristin und für AGFA Berlin tätig. Sie ist vor vier Jahren an den Folgen einer Krebserkrankung im Brustbereich verstorben. Ihre Mutter Martha Mulder, geborene Sneijder, war Grundschullehrerin und Hausfrau, sie ist 1967 im Alter von 42 Jahren ebenfalls an einer Krebserkrankung verstorben. Ihr Vater Max war Landwirt, hat im Alter von 24 Jahren acht Hektar Land inklusive Hof zugewiesen bekommen und trat 1965 der LPG bei. 1972 nahm er sich im Alter von 47 Jahren das Leben. Sie haben Ihr Zuhause früh verlassen, waren erfolgreich in Schule, Volksarmee, Studium und Polizei. Sie haben viele Auszeichnungen erhalten. Ehrenzeichen der deutschen Volkspolizei, Verdienstmedaille in Silber und Gold. Mit Ende zwanzig bereits zum Hauptmann befördert, ihre Vita ist wirklich beeindruckend, zumindest bis Mitte 1986, danach ging es ja wohl nur noch bergab."

„Soll mich das beeindrucken? Das sind die ersten paar Seiten meiner Personalakte, da haben Sie keine fünf Minuten für gebraucht."

Seine Augen blieben ausdruckslos. Mehr konnte ich unter der Maske nicht erkennen.

„Sie sind Alkoholiker und tablettensüchtig. Unmittelbar nach dem Mauerfall haben Sie einen Offizier des Staatssicherheitsdienstes niedergeschlagen, sind suspendiert worden und waren für Monate verschwunden, haben sich durch ganz Berlin gesoffen, um dann, wie Phönix aus der Asche, wieder aufzutauchen und sich als Privatschnüffler zu versuchen, lief aber nicht so dolle, oder?"

Ich antwortete nicht.

„Sie sind verantwortlich für den Tod von mindestens zwei Männern, ein dritter, von dem wir wissen, dass Sie mit ihm in Kontakt standen, wurde vor ein paar Wochen, halb verwest, in einem verlassenen Haus in der Immanuelkirchstraße Nummer elf in Berlin gefunden, er wurde erschlagen."

Wieder machte er eine kurze Pause und wieder rührte ich mich nicht.

„Sie treiben sich in zwielichtigen Kneipen herum, *Oderkahn*, *Metzer Eck*, *Zur letzten Instanz* et cetera und Ihre Stammkneipe ist das *Willy Bresch* in der Danziger Straße. Zu Ihren Freunden zählen Sie einen Mann namens Dr. Ewald Becker, genannt Doc. Er ist der größte Hehler und Kuppler in Ostberlin und über seine Grenzen hinaus …",

„Er ist nicht mein Freund", unterbrach ich ihn. *War er aber einmal*, dachte ich stattdessen.

„… Sie fühlen sich verantwortlich für den Tod von Sandro Schuhmann und dafür, dass seine Frau Sarah Schuhmann wegen des Mordes an ihrem Mann im Gefängnis sitzt."

Noch eine kleine Unterbrechung für die Dramatik und dann abschließend.

„Und Sie sind Katholik."

Ich war nicht beeindruckt, vielleicht ein wenig überrascht, aber nicht beeindruckt und antwortete dann:

„Das haben Sie ja ganz reizend vorgetragen, mussten Sie mich dafür entführen und fast töten, um mir meinen Lebenslauf vorzutragen und irgendwelche wilden Vermutungen zu äußern, das hätten Sie auch im *Störtebeker* bei Bier und Leberwurstbrot tun können, also, was soll das alles hier?"

Er ging um mich herum, nahm sich einen freien Stuhl, der hinter mir gestanden hatte, und zog ihn laut schleifend hinter sich her. Stellte ihn einen halben Meter vor mir ab und nahm Platz.

„Wir wissen, warum Sie hier in Vitt sind."

„Toll", sagte ich, „war auch kein Geheimnis."

„Sie wollen beweisen, dass Philipp Eichstädt unschuldig ist, und ihn aus dem Gefängnis holen, damit er Sarah Schuhmann vor Gericht vertreten kann."

„Falsch. Ich brauche ihn, damit er sie aus der Untersuchungshaft holt."

„Verstehe, aber sehen Sie, Herr Mulder, so funktioniert das leider nicht."

„Was meinen Sie?"

„Ich meine, dass, egal, was Sie auch tun oder meinen tun zu können, es keinerlei Einfluss darauf haben wird, was mit Eichstädt passiert."

Und wie wir ja schon zuvor festgestellt haben, hatte er damit dummerweise recht. Wenn Jansens und meine Vermutungen richtig waren, wer die Morde zu verantworten und an ihrer Vertuschung teilgenommen hatte, hätten wir kaum etwas tun können. Ich hatte diesen Fakt bisher vor mir hergeschoben und gehofft, dass mir mit meiner unersättlichen Weisheit und Intelligenz zum richtigen Zeitpunkt irgendetwas einfallen würde, doch jetzt hier, in diesem Loch und den Spiegel so nah vor Augen gehalten, war ich schachmatt gesetzt. Irgendwie hatte ich immer gehofft, irgendwann Berlin zu informieren und einzuweihen, doch realistisch betrachtet hätten die mir sicher nur geantwortet: *„Wenden Sie sich an Rostock."* Die waren mehr damit beschäftigt, ihren Platz im neuen System zu finden, als sich in die Angelegenheiten eines anderen Staatsanwalts einzumischen.

„Aber lassen Sie uns darauf bitte später zurückkommen", unterbrach er meine Gedankenspiele. „Ihr Einverständnis vorausgesetzt, würde ich gerne folgendermaßen jetzt erst einmal fortfahren. Ich sage Ihnen, was wir wissen, was Sie wissen, und dann lasse ich Sie ein paar Fragen stellen, in Ordnung?"

Das brachte mich aus dem Konzept und es entfuhr mir: „Warum?"

Doch er hob nur seine rechte Hand und gebot mir so zu schweigen, dann:

„Sie wissen, dass Eichstädt unschuldig ist, weder hat er Bernhard Lotzo noch sonst irgendjemanden an dem

Abend im *Smutje* getötet. Sie wissen, dass Eichstädt und Lotzo sich kannten, dass Lotzo von Eichstädt betreut worden ist, Sie wissen nur nicht, was diese Betreuung genau umfasste. Sie wissen, dass Polizei, Staatsanwalt und Spurensicherung in die Morde eingeweiht waren, oder zumindest in deren Verschleierung. Sie wissen von dem Versteck im *Smutje*, unter dem Tisch, und dass mehr Männer von der Spurensicherung aus der Kneipe herausgekommen als vorher hineingegangen sind."

Das tat kurz weh, denn das konnten sie nur von Jansen haben.

Er schwieg dann und sah mich erwartungsvoll an, doch ich war noch nicht so weit, bis er sagte.

„Das war es im Groben, Sie dürfen jetzt Fragen stellen."

Die dringendste, die mich weiterhin beschäftigte, war: „Warum, warum darf ich Fragen stellen?"

Er schüttelte den Kopf.

„Nicht jetzt, das ist die falsche Frage, jetzt, das kommt später."

Es fiel mir schwer, das „Warum" so einfach zu verdrängen, mich auf den Fall und die tausend offenen Fragen zu konzentrieren, wenn ich nicht wusste, wohin das alles am Ende führen sollte. Es fiel mir schwer, gleichzeitig aufmerksam zu sein, nicht das Falsche zu sagen oder etwas zu überhören, was er sagte und was vielleicht wichtig für den Ausgang dieser Situation war, und zur selben Zeit nicht das Wesentliche, das, worum es eigentlich ging, zu vernachlässigen, Sarah.

„Warum lebe ich noch?"

„Damit wir reden können."

„Warum wollen Sie mit mir reden?"

Er seufzte kurz und antwortete:

„So drehen wir uns im Kreis, Herr Mulder, Sie müssen sich konzentrieren und endlich die richtigen Fragen stellen."

Ich schüttelte meinen Kopf und versuchte ihn freizubekommen, alles um mich herum zu vergessen. Zu vergessen, dass ich nackt gefesselt auf einem Stuhl saß, dass ich betäubt und entführt worden war und dass ich schwer davon ausgehen musste, aus diesem kalten, dunklen Raum nicht mehr lebend herauszukommen. Vergessen, was das für Sarah bedeuten würde.

„Wer ist Bernhard Lotzo?"

Sein Blick entspannte sich unter der Maske und er lehnte sich in seinem Stuhl zurück. Natürlich war dies die offensichtlichste und vorrangigste Frage und doch schien er fast überrascht, sie zu hören.

Er wartete noch einen Moment, schien seine Gedanken neu ordnen zu müssen, um dann zu antworten:

„Bernhard Lotzo war ein ehemaliger Bürger der BRD. Er war Mitglied der sogenannten zweiten Generation der RAF, der Roten Armee Fraktion und mitverantwortlich für zahlreiche Terroranschläge gegen das kapitalistisch-faschistische Regime der Bundesrepublik Deutschland. Er und zwei seiner Mitstreiter sind im Zuge eines Gefangenenaustausches Anfang der achtziger Jahre in die DDR ausgeliefert worden."

Das warf mich komplett aus der Bahn und in meinem Kopf poppten mehr Fragen als Antworten auf.

„Warum?", warf ich gleich an und realisierte, dass dies offensichtlich meine vorrangige Frage bei allem war, deswegen schob ich etwas Präzision hinterher: „Also ich meine, das verstehe ich nicht, warum sollten die Westdeutschen gefangene Mitglieder der RAF in die DDR abschieben, austauschen oder was auch immer, warum nicht vor Gericht stellen und verurteilen, das würde doch jedem Politiker guttun, solch ein Erfolg, und warum lässt sich unsere Regierung darauf ein, was haben die davon, solch wichtige Plätze für Terroristen zu verschwenden? Gab es keine Spione mehr, die wichtiger gewesen wären, um sie zurückzuholen?"

„Ich versuche das mal zu strukturieren", antwortete mir mein Gegenüber. „Der Grund, warum die westdeutschen Behörden Bernhard Lotzo und zwei seiner Kumpane an uns ausgeliefert haben, war, dass dies zu einem Geschäft gehörte, welches Lotzo mit den westdeutschen Behörden abgeschlossen hatte. Verrat gegen Freiheit. Lotzo und seine Kollegen offenbarten Geheimnisse, Namen, Standorte und Sympathisanten der RAF und dafür durften sie unbestraft zu uns ausreisen. Offensichtlich war das, was sie wussten und kundtaten, wichtiger und größer für die weitere Verfolgung und Zerschlagung der RAF als die Vergehen, für die man sie hätte bestrafen und wegschließen können. Für unsere Regierung wiederum war es eine Chance, über Lotzo und Co. Kontakte in eine Organisation zu knüpfen, deren vorrangiges Ziel es war, den westdeutschen Staat zu vernichten, seinen Führern zuzusetzen und ihnen den Garaus zu machen. Ich liebe den Verrat und hasse den Verräter, Julius Cäsar", rezitierte er. „Zu Lotzos und dessen Anhänger Glück kam hinzu, dass wir zu dieser Zeit tatsächlich niemanden Wichtigeres in Gefangenschaft in der BRD zum

Eintauschen hatten. So sah unsere Regierung eine Chance, zwei Fliegen mit einer Klappe zu schlagen, Informationen aus der Sicht der Terroristen, und die westdeutschen schuldeten uns einen Gefallen."

Oh, verdammt, dachte ich, und mir wurde zum ersten Mal bewusst, in welche Dimensionen ich da vorgestoßen war. Ein Dreifachmord hatte dafür nicht ausgereicht, das musste schon staatsübergreifende und systemvernichtende Ausmaße erreichen.

„Was hat Eichstädt damit zu tun?", fragte ich als Nächstes.

„Er war für Lotzo verantwortlich. Er war sein Kontaktmann. Er kümmerte sich um seine Wohnorte, seine Finanzen und dass er seine Termine mit dem MfS einhielt. Er war sein Seelsorger, sein rechtlicher Beschützer und Mutmacher. Er sollte dafür sorgen, dass er überlebte und nicht dem Suizid verfiel, denn mit dem Überlaufen in die DDR war sein altes Leben passé. Sein neues Leben drehte sich darum, den Herren so lange wie möglich so viele Informationen und Kontakte wie möglich zu vermitteln, denn wenn diese einmal versiegen würden, wäre sein Überleben, mehr denn je zuvor, abhängig von der Gunst der skrupellosesten Arschlöcher, die man sich vorstellen kann."

Das musste er mir nicht erklären. Ich wusste, was für Typen da zu Werke gingen.

„Was haben die beiden an dem Abend im Smutje besprochen?"

Er überlegte kurz, dann:

„Nachdem die Mauer gefallen war, das MfS offiziell nicht mehr existierte und die Regierung nur noch danach sann, den westdeutschen die Eier zu polieren, wollte man sich seines Abfalls entledigen. Eichstädt musste Lotzo erklären, dass sie ihn fallen ließen, dass er von nun an selbst für sich verantwortlich war. Kein Schutz mehr, kein Geld, keine Wohnung, und das war Teil des Deals mit der BRD, egal was passiert, unter keinen Umständen dürfte es je publik werden, dass Terroristen laufen gelassen wurden."

„Jetzt hören Sie aber auf, Sie wollen mir erzählen, dass die westdeutsche Regierung verlangt hat Lotzo zu töten?"

„Nein, nicht direkt, doch wie gesagt, war es Teil des damaligen Abkommen."

„Und dem fühlten Sie sich noch verpflichtet? Sosehr, dass Sie ihn töten ließen?"

„Er war gefährlich geworden. Er kannte viele Namen und Gesichter. Richter, Anwälte, Politiker und hochrangige von Behörden, hüben wie drüben, sie alle wollen weitermachen, Teil der neuen Ordnung werden und bleiben. Niemand möchte seinen Rang verlieren, wegen solch einer alten Geschichte, dass verstehen Sie doch."

Es war widerlich. Und doch logisch. So läuft es schließlich immer, und alle wissen es, und alle kotzt es an, und trotzdem lassen wir es geschehen.

„Wusste Eichstädt, dass Lotzo an dem Abend getötet werden sollte?"

„Nein."

„Zwei weitere unschuldige Männer sind ebenfalls getötet worden."

„Das ließ sich nicht vermeiden."

„Und warum? Warum ließ sich das nicht vermeiden? Sie hatten Familie."

Er tat das ab wie nichts.

„Lotzo bestand darauf, sich in einem belebten Lokal zu treffen, und aus seiner Sicht war das nachvollziehbar. Er wusste, dass er seit dem Mauerfall in Gefahr ist, dass er seinen Schutz verlieren würde, wahrscheinlich hoffte er darauf, dass man ihm für seine treuen Dienste noch ein letztes Schlupfloch gebastelt hatte, doch tatsächlich interessierte sich niemand mehr für ihn. Und so schnell, wie das alles ging, hatte auch niemand Zeit, sich darum zu kümmern. Er war nur noch ein lästiges Anhängsel. Jedenfalls war es Lotzo wichtig, dass sich potenzielle Zeugen am Treffpunkt befinden würden, er glaubte, das beschütze ihn. Das *Smutje* war dann mein Vorschlag. Ich kenne es schon seit vielen Jahren und ich hielt es für perfekt. Weit genug weg vom Schuss, dass es keine Überraschungen geben würde, klein genug, dass sich nicht zu viele Menschen dort aufhalten würden, aber ausreichend Opfer, um das eigentliche Motiv verschleiern zu können. Wir hielten das für nötig."

Mir war zum Kotzen, und nicht nur wegen der Chemikalien, die sie mir verabreicht hatten. Die Gleichgültigkeit und Kälte, mit welcher er den Tod unschuldiger Menschen mit einkalkuliert hatte, traf mich tief im Magen. Nicht, dass mir solche Typen neu waren, aber wenn man zwangsweise eine Beziehung zu den Opfern, deren Familien, Freunden und Leben aufgebaut hatte, wenn auch nur eine sehr oberflächliche, wirken solche erbarmungslosen Aussagen vielfach so hart. Jetzt wollte ich es wissen.

„Wer hat Bernhard Lotzo, Adrian Kint und Edgar Walls getötet?"

Ich wollte noch einmal ihre Namen nennen, damit ihm bewusst wurde, dass es sich um Menschen gehandelt hatte und nicht bloß um Kollateralschäden.

„Einer unserer Männer."

„Schumacher, der Handelsvertreter?"

Er zögerte mit der Antwort, das fiel ihm nicht leicht. Er sah das sicher als eine Art Verrat an, doch erstaunlicherweise bestätigte er mit einem schlichten:

„Ja."

Was mich nicht entspannte. Schlagartig wäre mir lieber gewesen, er hätte mir das nicht erzählt. Sie würden mich töten, ganz klar, warum sonst sollten sie mich in all das einweihen. Ich musste kurz durchatmen, mich sammeln, ließ meinen Kopf hängen und suchte danach, mich neu zu sortieren.

Er sagte nichts weiter.

Um meine Ängste zu verdrängen, fing ich an zu plappern.

„Schumacher war an diesem Abend auch im *Smutje*, ich weiß das, weil weitere Zeugen das bestätigt haben. Irgendwann, als sich die Besucherzahl angemessen verringert hatte, stand er auf, nahm sich einen Prügel aus dem Regal oberhalb der Theke und schlug Eichstädt nieder, dann tötete er Lotzo und Kint, der an einem Tisch saß, je mit einem Kopfschuss. Danach den Wirt Walls mit einem Bauchschuss, bei ihm sollte es so aussehen, als wäre er nicht gleich tot gewesen, was wahrscheinlich auch so war, und dass er noch Kraft gehabt hatte, um Eichstädt niederzuschlagen. Er benutzte eine Walther PP mit Schalldämpfer, schraubte diesen ab, legte Eichstädt die Waffe in die rechte Hand, wartete, bis Walls an seiner

Bauchwunde gestorben war, legte ihm den Knüppel in die Hand und versteckte sich dann in dem Loch unter dem Tisch. Jansen kommt, die Polizei kommt und die Spurensicherung mit Staatsanwalt. Sie sind viel zu schnell am Tatort, das war unmöglich, in so kurzer Zeit zu schaffen von Rostock bis nach Vitt, wahrscheinlich warteten sie in Greifswald?"

Er nickte leicht.

„Sie wussten um das Risiko, dass das auffallen könnte, doch hielten sie es für eingehbar, wer sollte schon danach fragen? Der Trottel von Dorfpolizist? Und selbst wenn, das hielten sie für händelbar, wichtiger war, dass schnell jemand am Tatort ist, der für Sie dorthin gehörte, damit nicht zu viel herumgeschnüffelt werden konnte. Dann werden als Erstes Jansen und die Polizei aus der Kneipe geschmissen, Schumacher wird aus dem Loch geholt, in einen weißen Schutzanzug gesteckt und mit der Spurensicherung weggeschafft. Ein paar Dinge haben Sie aber übersehen."

„Ach ja, und welche?"

„Eichstädt ist Linkshänder, die Waffe lag aber in seiner rechten Hand. Niemand hat die Schüsse gehört, also war klar, dass ein Schalldämpfer auf der Waffe gewesen sein musste. Eine Makarow hat aber keine Vorrichtung für einen Schalldämpfer, das musste irgendwann auffallen. Zudem hat Jansen die Waffe erkannt, und er fragte sich zu Recht, woher Eichstädt eine Walther mit Schalldämpfer haben sollte, da wäre es einfacher gewesen, einen Flammenwerfer zu organisieren. Zudem würde niemand mit einer tödlichen Bauchwunde als letzten Akt versuchen, einen Mann mit Waffe k.o. zu schlagen, wozu, wenn schon alle tot waren, er würde sich eher selbst totstellen, um zu überleben, oder maximal versuchen zu fliehen. Wie soll er das überhaupt anstellen mit so einer Wunde, an ihn ranschleichen, ausholen und so kräftig zuschlagen, dass Eichstädt k.o. geht? Das ist vollkommen unmöglich. Und zuletzt können Sie nur schwer sicherstellen, dass nicht einer von den ganzen vielen Beteiligten irgendwann mal sein Gewissen erleichtern möchte oder muss und auspackt."

„Och, so viele sind das gar nicht. Weder die Polizisten aus Stralsund noch die aus Rostock wissen genau, was passiert ist, oder waren dabei, als wir Schumacher aus dem Versteck geholt haben. Ihnen wurde im Vorfeld erzählt, dass der Staatsanwalt von einem geheimen Treffen eines Staatsfeindes mit einem ehemaligen Agenten des MfS informiert worden sei und sie sich in Greifswald zum schnellen Eingreifen bereithalten sollten. Das Ganze ist dann unglücklicherweise eskaliert. Daraufhin wurden sie angewiesen, alle Akten und Notizen einzusammeln und den Fall der Staatsanwaltschaft zu übergeben. Von der Spurensicherung waren zwei Mann eingeweiht, notgedrungen, und die waren handverlesen. Die anderen beiden wurden rausgeschickt, als wir Schumacher aus einem Versteck holten und in einen Anzug steckten. Den beiden wurde dann gesagt, dass Schumacher ein Polizist sei, der durch Ungeschick den Tatort verunreinigt und nun Schutzkleidung bekommen hatte, um eventuelle Beweise, die er an sich trägt, zu schützen. Den Kollegen aus Rostock haben wir erzählt, dass Eichstädt einer der Rädelsführer der Montagsbewegungen gewesen sei und Lotzo der Mann, den er getötet hat, ein ehemaliger

Offizier des MfS, der für ihn verantwortlich gewesen war. Eichstädt hat das herausgefunden und ihn kaltblütig ermordet, das war das kleinste Problem."

Das erklärte, warum die so aggressiv und angepisst waren, weil ich Eichstädt helfen wollte.

„Bleiben also der Staatsanwalt und zwei von der Spurensicherung, ein kalkulierbares Risiko", fuhr er fort, dann: „Apropos Risiko, wir vermissen einen Polizisten in Rostock, eigentlich ein zuverlässiger Mann, er hatte an dem Abend das Kommando über die Rostocker Kollegen, sein Name ist Hauptwachtmeister Michael Hoffmann, Sie wissen nicht zufällig irgendetwas über seinen Verbleib?"

„Nein."

„Hmm, wir werden sehen."

„Woher wussten Sie eigentlich von dem Versteck?", schob ich schnell nach, um vom Thema abzulenken.

Er bauschte sich auf wie ein Pfau und ich konnte an seinen Augen sehen, dass er ein fettes Grinsen aufgelegt hatte.

„Vom Wirt selbst, also nicht von Herrn Walls, sondern von seinem Vorgänger. Hat er mir freundlicherweise einmal erzählt, das war vor ein paar Jahren, an einem späten Wintertag im Februar. Ich war früher häufig mit meiner Familie dort, wir mochten den Ort, seine Abgeschiedenheit und Ruhe, und eines Abends war ich der letzte Gast in der Kneipe gewesen. Wir kannten uns da schon ein bisschen, daher war es sehr vertraut, jedenfalls kam er zu mir, wir plauderten und tranken und irgendwann zeigte er mir das große Geheimnis des *Smutje*.

Er war ein netter Kerl, ist zwei Jahre später an einem Herzinfarkt gestorben, wirklich eine Schande."

Ich fragte mich, ob noch weitere Einwohner von dem Versteck wussten. Und ich fragte mich, ob dies der Grund war, warum Schumacher mit dem jungen Museumsdirektor gesprochen hatte, um ihm zu drohen? Und schließlich fragte ich mich, wie meine Entführer und Mörder sich so sicher sein konnten, dass sonst niemand von dem Versteck wusste, das könnte ein Problem werden, wenn da mal richtig nachgeforscht würde, doch offensichtlich waren sie, was das anging, äußerst entspannt, denn, als hätte der Kerl mir gegenüber meinen Gedanken gelesen, fuhr er fort.

„Sie denken sich, dass das ein Risiko ist, richtig? Dass weitere von dem Versteck wissen könnten und dass das mal ein Problem werden kann", und bevor ich antworten konnte:

„Das ist überschaubar. Der damalige Wirt, wie war noch gleich sein Name", und er machte eine Pause, in der er scheinbar überlegte, „Herzog, Uwe Herzog, so hieß er, vertraute es mir damals als Geheimnis an. Ich fragte ihn, warum das ein Geheimnis wäre, und er antwortete, dass er nicht wollte, dass irgendjemand aus dem Dorf oder der Umgebung davon wüsste, da er befürchtete, dass damit Unfug getrieben würde."

„Und warum erzählte er Ihnen davon?"

„Wir waren betrunken und irgendwann flutschte es so aus ihm heraus. Ich glaube, er wollte sich und seine Kneipe ein bisschen interessanter machen. Sie wissen schon, ein bisschen von dem Phlegma nehmen und da ich immer nur kurz zu Besuch sei, mit Familie und offensichtlich seriös, wäre es wohl gut bei mir aufgehoben."

„Und darauf haben Sie gebaut? Wer weiß, bei wem ihm das noch alles rausgerutscht war, das kann unmöglich ihre Sicherheit gewesen sein."

„Doch schon. Wie gesagt, ein letztes Risiko war da, und wenn es noch irgendjemand weiß und sich erinnert, was soll schon passieren? Wir haben alles im Griff, es gibt keinen Grund, das auszupacken und aufzubringen. Wir haben einen Mörder und ein Motiv. Kein Grund, nervös zu werden, und selbst wenn, das bekommen wir erledigt, ersticken wir im Keim."

„Und als Sie eine entsprechende Lokalität benötigten …"

„Fiel mir das *Smutje* wieder ein und der Plan ist gewachsen, genial, oder?"

Da konnte ich ihm nicht widersprechen.

„Und Eichstädt war das Bauernopfer."

„Das ist richtig."

„Wie können Sie sich so sicher sein, dass er nicht auspackt?"

„Er kennt die Konsequenzen und weiß, dass wir das niemals zulassen würden."

„Deswegen wurde er nicht verhört, es gibt nichts zu verhören. Er muss sich seinem Schicksal stellen oder sterben."

„So war es geplant."

„War?"

„Ist es zurzeit noch."

„Was ist mit Jansen", fragte ich dann, „es gibt eine Verbindung zwischen ihm und Eichstädt, hängt er da auch mit drin? Hat er mich die ganze Zeit an der Nase herumgeführt? Die Information, dass ich von der Anzahl der Mitarbeiter der Spurensicherung, die das Lokal verlassen haben, weiß, können Sie nur von ihm bekommen haben."

„Ja, das hat uns Jansen erzählt, aber ansonsten war er genauso ahnungslos wie Sie. Und was seine Beziehung zu Eichstädt betrifft, gibt es da keine, zumindest keine, von der Jansen weiß."

„Was soll das heißen?"

„Jansen hat Ihnen erzählt, warum er sich hat versetzen lassen?"

„Ja, er hat einen Mann erschossen, der seine Frau mit einem Messer angegriffen hat."

„Nun, das ist Blödsinn. Er hat einen Mann erschossen, ja, und der Mann hatte auch ein Messer, aber tatsächlich wollte er Jansen an den Kragen, weil Jansen seine Frau gefickt hat. Zu erwähnen wäre vielleicht noch, dass die Frau eine Nutte war, in die sich Jansen verliebt hatte. Doch das sollte vertuscht werden. Ein Hauptwachtmeister, Vorbild der Gemeinde mit Frau und Kind, erliegt dem Charme einer Prostituierten, das wäre ein Skandal gewesen und durfte nicht öffentlich werden. Also wurde etwas konstruiert. Eichstädt als angeblicher Anwalt von Jansen installiert und Jansen an die Ostsee versetzt."

„Und degradiert."

„Wie bitte?"

„Jansen wurde infolgedessen vom Hauptwachtmeister zum Wachtmeister degradiert."

Karl Faisst hatte immer vom Hauptwachtmeister Jansen gesprochen, seine Degradierung war offensichtlich nicht dokumentiert worden.

„Verstehe", antwortete er.

Dann gingen mir die Fragen aus und mir wurde mulmig. Es näherte sich dem Ende. Ich konnte in seinen Augen sehen, dass er das Gleiche dachte. Langsam kroch wieder Panik hervor und wuschelte mir durchs Hirn, mir fiel nur noch eine Frage ein und es war klar, dass dies meine letzte sein würde.

Ich zögerte und er blieb stumm.

Ich überlegte, wie ich noch Zeit schinden konnte, um einen Ausweg zu finden. Nur noch zehn Minuten. Nur noch eine Minute, doch es war alles gesagt, bis auf:

„Warum lebe ich noch?"

Er blieb entspannt zurückgelehnt im Stuhl.

„Was glauben Sie?", fragte er.

„Ich weiß es nicht, Gewissensbisse?"

Er lachte kurz und schnaufte dabei. Dann lehnte er sich vor und schaute mir geradewegs in die Augen.

„Nun, Mulder, ich will ehrlich zu Ihnen sein", wieder machte er eine kurze Pause, er stand offensichtlich auf Drama, „wäre all das hier ein paar Monate früher passiert, wären Sie bereits tot. Nach Ihrem ersten Gespräch mit Jansen hätten wir Sie erledigt, verschwinden lassen, auf Nimmerwiedersehen eingestampft, bevor Sie weiter hätten herumschnüffeln können. Sie wären prädestiniert dafür gewesen, keine Familie, keine Arbeit, keine Freunde, kein Schwein hätte Sie vermisst und nachgefragt."

Ich musste heftig schlucken.

Trotz Maske konnte ich erkennen, dass er grinste.

„Heute aber ist alles anders. Sehen Sie, Mulder, ich bin ein aufgeschlossener Mensch, ich weiß, dass Veränderungen zum Leben dazugehören, dass sie wichtig sind, für eine Gesellschaft und für jeden Einzelnen, Stillstand ist der Tod, oder wie sagt man so schön?"

Er machte eine Pause und wartete offensichtlich auf Zustimmung.

Ich gab sie ihm und nickte.

„Ja genau, jedoch muss ich zugeben, dass mir die Veränderungen seit September letzten Jahres einen Hauch zu viel und zu schnell waren, verstehen Sie, was ich meine?"

Ich nickte wieder.

„Innerhalb von Wochen ist ein ganzes Land, ein ganzes politisches System, das halb Europa überdeckt hatte, durchlöchert und ausgeblutet worden, das hat logischerweise viele einschlägige Konsequenzen nach sich gezogen, für einzelne Menschen hier, für ganze Institutionen."

„Ich würde sagen, für uns alle", unterbrach ich ihn und schwieg sofort wieder.

Er sah mich ausdruckslos an, dann zeichnete sich ein Lächeln in seinen Augen ab, „sicher, da haben Sie wohl recht, für uns alle".

Stand auf, schob den Stuhl beiseite und sah auf mich hinab.

„Auch für uns beide. So konnten Sie unbehelligt herumschnüffeln, bis so viele Unbeteiligte mit reingezogen worden sind, dass nun Fragen aufkommen würden, wenn wir Sie verschwinden lassen, und wir, das muss ich fairerweise eingestehen, haben bei Weitem nicht mehr die Möglichkeiten oder die Rückendeckung wie noch vor einem Jahr, um Sie einfach so zu eliminieren, verstehen Sie, was ich sage?"

„Leider, ja."

„Nicht, dass wir uns falsch verstehen, Mulder, wenn es hart auf hart kommt, bekommen wir das noch hin, also Ihre Eliminierung, es ist wahnsinnig aufwendig, sehen Sie nur, was wir für Lotzo alles auf die Beine stellen mussten, aber es ist immer noch möglich", er kam kurz ganz nah zu mir runter und flüsterte in mein Ohr. „Es gibt noch eine ganze Menge von uns da draußen", stellte sich wieder aufrecht hin, drehte mir den Rücken zu, ging an die gegenüberliegende Wand, lehnte sich an, griff nach hinten in seinen Hosenbund, zog seine Waffe und hielt sie mit beiden Händen vor seinem Bauch fest.

Mehr und mehr Panik schob sich aus meinem Schoß über den Rücken in den Kopf.

„Sie müssen jetzt eine Entscheidung treffen, Mulder, zwingen Sie uns, einen Riesenaufwand zu betreiben, oder finden wir eine alternative Lösung, eine Lösung, die vielen Menschen Schmerz und Kummer erspart?"

Das beruhigte mich nicht allzu sehr, denn ich konnte mir keine Lösung vorstellen, an deren Ende ich nicht sterben würde, im Gegenteil ließ mich die Art und Weise, wie er das sagte, erschauern. Ich wusste nicht, was ich antworten sollte.

Er starrte mich nur weiter an.

„Ich bin für alles offen", antwortete ich schließlich.

Keine Reaktion.

Dann:

„Perfekt, das hilft schon einmal und macht die Sache einfacher." Er stieß sich von der Wand ab, steckte die Pistole wieder in seinen Hosenbund und ging zu der Dame, die immer noch links von mir stand und sich bis jetzt nicht geregt hatte. Flüsterte ihr etwas zu und stellte sich dann wieder vor mich hin. Die Dame ging zu dem kleinen Tisch in der hinteren rechten Ecke und kramte in einer Plastiktüte. Ich konnte nicht sehen, was sie tat, doch ich konnte hören, wie sie einen Revolver lud. Da bekam ich richtig Angst, ich hasste es, recht zu haben.

„So, wie ich das sehe, gibt es nun, da wir gemeinsam beschlossen haben, den aufwendigen Weg zu verlassen, zwei Optionen, geschmeidig und mit so wenig Kollateralschaden wie möglich aus der Sache wieder herauszukommen", fuhr er dann fort, „erstens: Wir binden Sie los, bringen Sie nach oben, geben Ihnen einen Revolver und Sie schießen sich in den Kopf."

„Der Brief", sagte die Frau, die sich mittlerweile mit dem Revolver in der Hand umgedreht hatte.

„Richtig, entschuldigen Sie bitte, das hätte ich fast vergessen, sehen Sie, für mich ist das hier auch nicht einfach, nun, Sie müssten natürlich zuerst noch einen Abschiedsbrief schreiben, in dem Sie erläutern, dass Sie in eine Sackgasse geraten sind, mit der Schande, Ihre Freundinnen im Stich gelassen zu haben, nicht mehr leben können et cetera, Sie wissen schon."

„Sicher", und mir wurde schlecht. Ich hatte Angst vor meiner nächsten Frage, doch musste diese unweigerlich gestellt werden. „Und zweitens?"

Sein Blick blieb starr, er ließ sich Zeit mit „zweitens", drehte seinen Kopf in den Nacken wie ein Boxer, bevor der Gong dröhnt, ihm schien die zweite Option nicht zu gefallen und ich bekam endgültig meine volle Panikattacke, wenn einem Kerl wie ihm die letzte Option schon nicht schmeckte, was würde sie für mich bedeuten?

„Sie versprechen, niemals auch nur ein Wort hierüber zu verlieren, wir bringen Sie in Ihr Hotel zurück, morgen früh stehen Sie auf, frühstücken, fahren nach Berlin zurück, besaufen sich und vergessen, was passiert ist."

Das hatte gesessen. Das musste ich erst mal sacken lassen.

„Wie jetzt?", fragte ich. „Sie wollen mich laufen lassen, einfach so?" Und ein Funken Hoffnung keimte auf. „Wieso? Und was wird mit Eichstädt, was wird mit Jansen?"

„Nicht einfach so", äffte er mich nach, „Sie müssen mir vorher Ihr Versprechen geben."

Ich war sprachlos. Wo war der Haken?

„Und Eichstädt?"

„Kommt frei."

Da fiel ich komplett vom Glauben ab.

„Kommen Sie, Sie spielen mit mir, wo ist der Haken? Versuchen Sie mich nur zu beruhigen und in dem Moment, wo ich aufstehe, mich umdrehe, schießen Sie mir von hinten in den Kopf?"

„Nicht, wenn Sie das nicht wünschen und mir Ihr Versprechen geben."

„Was ist mit Jansen?"

„Ihm geschieht nichts."

„Wie wollen Sie das anstellen, er wird sich nicht damit zufriedengeben, bis er weiß, wer seinen Freund getötet hat."

„Das wird er, vertrauen Sie mir, denken Sie an seine eigene Geschichte."

Da hatte er vermutlich recht, da war genug Druckstoff drin, um ihn ruhigzustellen, und wenn nicht, würde den Brüdern schon etwas einfallen.

Ich versuchte mich zu konzentrieren, zu verstehen, was da gerade passierte. So etwas gab es eigentlich nicht, nicht mit solchen Typen. Ich musste meinen Kopf frei bekommen, schüttelte ihn, doch es war schwer, klar zu denken, zu viel war gerade passiert.

„Hören Sie zu, Mulder ...", begann er erneut und wenn seine Augen bis dahin schon beeindruckend kalt und durchdringend gewesen waren, legten sie jetzt noch einmal eine Schippe drauf. Und hatte er bislang jegliche Art von Sympathie oder Antipathie beiseitegelassen, funkelte nun Hass und Wut aus ihnen heraus, „... mir schmeckt das alles nicht, glauben Sie mir, wenn es nach mir ginge, säßen Sie längst mit Kopf nach unten, vollgepisst und vollgeschissen, mit einem großen runden Loch in ihrer Brust auf dem Stuhl und würden langsam verrecken. Sie interessieren mich nicht die Bohne und seien Sie versichert, dass wir auf Sie aufpassen und dass wir beim kleinsten falschen Pieps von Ihnen wiederkommen und dann Ernst machen. Der einzige Grund, weshalb Sie diese Option bekommen, ist, dass jemand von da oben seine Hand schützend über Sie hält, warum auch immer. Vielleicht nur, um Gras über die Sache wachsen zu lassen, ich weiß es nicht, ich befolge hier nur Befehle und mein Befehl lautet, Ihnen das klarzumachen und Sie dann gehen zu lassen. Um Eichstädt und Jansen kümmern sich andere."

„Ich wusste gar nicht, dass es noch jemanden da oben gibt."

„Tut es. Und wenn Ihnen das noch nicht reicht, denken Sie an ihre, *Freunde*, dabei zeichnete er mit beiden Zeige- und Mittelfingern zwei Apostrophzeichen in die Luft, „Grete, die Wirtin aus dem *Willy Bresch*, Sarah Schuhmann, aber auch Jansen und Eichstädt, sie würden alle die Konsequenzen tragen müssen."

„Hat Karl Faisst hiermit etwas zu tun?"

Sein rechtes Auge zuckte kurz und seine Pupillen verengten sich. Er kannte den Namen und dass ich danach fragte, machte etwas mit ihm.

Er drehte sich wieder der Frau zu und sagte:

„Gib mir das Schreiben."

Sie griff auf den kleinen Tisch und überreichte ihm einen Zettel.

„Das hier ist eine unterschriebene Erklärung von Eichstädt, auf der er den Ablauf des Abends erzählt und erklärt, dass er nach dem Schlag auf seinen Kopf eine Amnesie erlitten hat, sich jetzt aber wieder an alles erinnern würde. Er erklärt, dass er in Vitt war, weil er einen Tag am Strand verbringen wollte. Danach noch etwas trinken und im *Smutje* mit einem ihm bis dato fremden Mann ins Gespräch kam. Irgendwann stand ein weiterer ihm unbekannter Mann von einem der anderen Tische auf, ging zur Theke, schnappte sich einen Prügel und bevor irgendjemand reagieren konnte, schlug der fremde Mann ihn nieder. Doch er war nicht gleich bewusstlos. Er sah aus seinen Augenwinkeln, wie der Mann eine Waffe aus seinem Hosenbund zog und dreimal abfeuerte, erst dann fiel er ins Koma. Das Ganze ist vom Staatsanwalt, Eichstädt und der Kanzlei Simon unterschrieben."

Ich war baff.

„Den Scheiß glaubt Ihnen doch kein Mensch. Und wie ist der Täter entkommen, wenn alle Türen und Fenster von innen verschlossen waren?"

„Genauso, wie er es tatsächlich getan hat. Er versteckt sich im geheimen Unterschlupf, wartet bis sich alle wieder verpisst haben, und flieht dann durch die zerbrochene Hintertür. Tschüssikowski und vorbei."

„Und warum tötet er Eichstädt nicht?"

„Wieder aus dem gleichen Grund wie tatsächlich, um von sich abzulenken und ein Bauernopfer zu haben."

„Das ist ein Witz, oder?"

„Ja, mag sein, aber vom Staatsanwalt bestätigt und abgehakt. Niemand wird mehr nachfragen und in dem Moment, wo Sie uns das hier unterschreiben", er griff zur Seite, nahm ein weiteres Schreiben entgegen und hielt es mir unter die Nase, „wird Eichstädt in Rostock auf die Straße gesetzt."

Ich kniff meine Augen zusammen und versuchte zu entziffern, was auf dem Zettel geschrieben war, aber es war zu düster und der Kerl wackelte zu sehr hin und her.

„Was steht da?"

Er seufzte kurz und antwortete: „Lesen Sie."

„Es ist zu dunkel."

Er schaute auf das Schreiben, kniff nun selbst die Augen zusammen und gab zu, „nun gut. Kurz gesagt steht da, dass Sie bis dato noch gar nichts in dem Fall herausgefunden haben. Sich eine schöne Zeit gemacht, mit Jansen gesoffen und in Rostock nur ein bisschen Sightseeing betrieben haben, Sie unterzeichnen das und bestätigen damit der Anwaltskanzlei Simon, dass Sie kein Geld bekommen, weil Sie keine Leistung erbracht haben."

Ich war empört.

„Das unterschreibe ich nicht. Das ist unverschämt", echauffierte ich mich.

Er zog eine Augenbraue hoch.

„Ernsthaft jetzt, Mulder, Sie setzen Ihrer aller Leben aufs Spiel, weil Sie eitel sind? Sie?"

„Das zerstört meinen Ruf."

Er lachte einmal kurz laut auf.

„Was für einen Ruf? Den des Säufers und Versagers? Kommen Sie, Mann, Sie wollen mich verarschen, oder?"

Doch das steckte ich nicht so einfach weg. Das ging mir mächtig gegen den Strich, nach allem, was ich getan hatte. Aber klar war auch, dass es keine Alternative gab und ich unterschreiben würde, doch wollte ich mich noch ein bisschen sträuben, um ihnen zu zeigen, dass ich einen letzten Funken Selbstachtung besaß, auch wenn sie das einen Scheiß interessierte.

„Niemand wird davon erfahren, wenn Sie dichthalten."

„Darf ich jetzt gehen?", fragte ich. „Und bekomme ich bitte meine Hosen wieder."

„Nein, tut mir leid, so einfach ist das nicht. Wir werden Sie jetzt noch einmal kaltstellen müssen und dann bringen wir Sie zurück."

„Sie meinen, Sie geben mir eine weitere Dosis Ketamin?"

„Das ist richtig und dann wecken wir Sie mit Naxolon wieder auf, wie gehabt", grinste er.

„Wenn ich in zwei Jahren dement bin, weiß ich ja, woran es gelegen hat."

Er nahm die aufgezogene Spritze entgegen, beugte sich zu mir runter, setzte an und gab mir den Schuss.

„Genau, Mulder, dann liegt das an den zwei Spritzen, die wir Ihnen gegeben haben, an sonst nichts, sehen Sie, haben Sie was zum Schönreden, wenn Sie im Rollstuhl sitzen und sich einnässen, weil die Krankenschwester nicht schnell genug gekommen ist. War alles nicht Ihre Schuld, sondern die der bösen Männer mit Maske."

Kapitel zwanzig

Ich sah gerade noch die verschwommene Kontur eines lächelnden Frauengesichts aus meinem Blickfeld huschen, dann war ich allein. Ich saß auf einer Bank, bekleidet und ohne Fesseln. Mir war immer noch übel und der Kopfschmerz zog schleichend durch die Betäubung in die Wahrnehmung zurück. Langsam formte sich die Realität zu bekannten Bildern um mich herum. Ich sah einen Strand und dann das Meer. Rechts von mir spürte ich die ersten Sonnenstrahlen auf dem Gesicht und ich konnte zusehen, wie sich Schatten und Konturen der Wellen auf dem Wasser abhoben. Hinter mir war eine Häuserreihe, die mich vor dem kalten Wind schützte. Trotzdem fror ich immer noch. Meine körpereigene Abwehr lag misshandelt und bis auf den letzten Tropfen ausgelutscht in irgendeiner Ecke meiner geschundenen Eingeweide.

Ich saß bloß da und atmete tief ein und wieder aus.

Ich zitterte schubweise und unternahm jede Anstrengung, um meine Arme und Beine funktionsbereit zu bekommen.

Das Hotel war keine zweihundert Meter links von mir entfernt, und doch schien mir dies ein unüberwindbares Hindernis.

Nach und nach waberte die letzte Nacht in meine Erinnerung und das gab mir Kraft und die Freude, dass es nun weitergehen würde, schob Adrenalin durch meine Venen bis in die Extremitäten.

Es war vorbei.

Als ich durch die Hoteltür trat, kam mir Frau Wolters entgegen. Ihr zuvor konzentrierter Gesichtsausdruck wechselte in ein Freudenstrahlen.

„Herr Mulder, so früh schon wach", dann in Besorgnis, „wie sehen Sie denn aus? Ist alles in Ordnung? Haben Sie nicht schlafen können?"

Ich brauchte einen Moment, um Kräfte aus meinen Beinen in meine Zunge und Lungen umzuleiten.

„Es geht mir gut", log ich, „ich brauche nur etwas Ruhe."

„Möchten Sie frühstücken? Ich bin noch nicht ganz so weit, aber wenn Sie einen Moment haben, bringe ich Ihnen schon einmal einen Kaffee?"

„Nein danke. Das ist nett von Ihnen, aber ich möchte nur in mein Zimmer."

„Natürlich, wenn Sie etwas brauchen, sagen Sie mir Bescheid."

Im Zimmer angekommen, stellte ich mich unter die heiße Dusche. Das war wie eine Kur. Alles Schmutzige, jegliche Scham und Pein spülte das siedende Wasser von meiner Schulter und meiner Seele.

Eigentlich hatte ich vor, gleich zu telefonieren, um Grete die freudige Mitteilung zu machen, doch ich war viel zu erschöpft und ging davon aus, dass Eichstädt das erledigen würde. Ich kroch ins Bett, zog mir die voluminöse Daunenbettdecke über den Kopf, nahm Embryoschonhaltung ein und fiel unmittelbar in einen komatösen Tiefschlaf.

Dann hämmerte es an meine Tür und der Albtraum sollte zu seinem Höhepunkt kommen. Ich quälte mich aus dem Bett, alles drehte sich, schwarze Sprenkel tanzten vor meinen Augen und fast wäre ich stehend wieder k.o. gegangen, doch das nächste Hämmern fing mich auf.

„Einen Moment, einen Moment", rief ich und es wurde still.

Ich öffnete die Tür und Frau Wolters stand davor.

„Es tut mir wirklich sehr leid, Herr Mulder, aber die Dame ist wieder am Telefon und sie scheint sehr aufgeregt, sie ließ sich nicht abwimmeln und bestand darauf, dass ich Sie wecke."

„Wie spät ist es?", fragte ich.

„Drei Uhr am Nachmittag."

„Okay, ich komme sofort."

Ich zog mir Hose und Schuhe an, stolperte die Treppe hinunter, nahm den Hörer in die Hand und das Nächste, was ich wieder spürte, war Frau Wolters, die mir ein Glas Wasser reichte.

Grete war am Telefon gewesen. Ich hatte mich gefreut, von ihr zu hören, und war darauf vorbereitet, dass sie sich bedanken und wir uns verabreden würden, um die weiteren Schritte zu erörtern, wenn ich wieder nach Berlin komme. Ich war immer noch erschöpft, doch fühlte ich mich um Längen besser und die Freude über den Ausgang dieses Desasters, dass ich Grete helfen konnte und es Sarah nun bald sicher besser gehen würde, gab mir Elan. Doch es kam alles anders.

„Ben", begann Grete vorsichtig zögernd, kein Enthusiasmus, keine Freudenklänge. „Ben?", dann fragend, doch ich wollte nicht antworten, ich hatte keine Kraft mehr für schlechte Nachrichten und so wie Grete klang, würde dies eine werden.

„Ben, ich muss dir etwas sagen, du musst mir antworten, sonst weiß ich nicht, dass du zuhörst, und ich glaube nicht, dass ich das noch einmal wiederholen kann, hörst du mich, Ben?"

„Ja, Grete, ich bin dran."

Dann war eine Zeit Ruhe.

„Ben, es gibt keinen schonenden Weg, dir das zu sagen, deswegen muss ich es geradeheraus machen. Ben, hörst du mich?"

„Ja, Grete."

„Ben, Sarah Schuhmann ist tot."

…

…

…

„Trinken Sie Liebchen, das wird Ihnen guttun."

Ich trank einen Schluck.

Frau Wolters setzte sich mir gegenüber an den Tisch. Keine anderen Gäste waren anwesend.

Ich hatte nicht mehr viel mitbekommen von dem, was Grete Weiteres gesagt hatte, nur dass Sarah Schuhmann sich in ihrem Krankenbett umgebracht hatte. Sie hatte sich die Pulsadern aufgeschnitten. Die Genies vom Gefängniskrankenhaus hatten beim Abräumen des Mittagessens ein Schmiermesser übersehen. Ich fragte mich, wie scharf so ein Schmiermesser im Knast wohl war, sicher nicht rasierklingenscharf. Das muss eine ziemliche Qual gewesen sein, Adern damit zu durchtrennen.

Danach hatte sich alles gedreht, der Boden unter mir wurde zu Treibsand, in dem ich versank. Zunehmend driftete alles weg, als würde jemand seinen Finger langsam, immer fester auf die Zahnräder einer Uhr drücken, bis sie schließlich zum Stehen kam. Alles wurde still. Ich ließ den Hörer aus der Hand fallen, bückte mich, um ihn wieder aufzuheben, blieb dann aber neben ihm auf dem Holzboden des Hotels sitzen.

Frau Wolters nahm den Hörer, hielt ihn sich an ihr Ohr, antwortete nur, „ich verstehe", legte auf und half mir wieder auf die Beine.

„War sie Ihre Freundin?", fragte sie.

„Ich glaube schon, irgendwann einmal, zuletzt weiß ich es nicht. Ich befürchte aber, nein, eher nicht, nein, vielleicht hat sie mich sogar gehasst, wie es scheint, habe ich ihr offensichtlich nichts bedeutet, und vertraut hat sie mir auch nicht, sonst hätte sie sich nicht umgebracht, oder? Und wer könnte es ihr verübeln, nach dem, was alles passiert ist ...", plapperte ich drauflos und stammelte immer weiter sinnlos wild übereinandergestapelte Sätze hinterher, ohne Punkt und Komma.

Frau Wolters nahm meine Hand und drückte sie sanft. Das war dann zu viel. Ich stand auf, ging in mein Zimmer, packte meine Handvoll Sachen in meinen Sack, bezahlte und verließ das Hotel auf Nimmerwiedersehen. Wenn mir vorher einmal der Gedanke gekommen war, hierher immer mal für ein paar freie Tage wiederzukommen, hatte sich das dann erledigt. Ich würde niemals mehr wiederkommen können. Ich lief durchs Dorf zu meinem Wagen. Vorbei am *Smutje*, vorbei am Museum, vorbei am *Störtebeker*, ohne ein einziges Mal meinen Kopf zu heben. Vor der Polizeiwache stand Jansen im Türrahmen, da sah ich auf und nickte ihm kaum wahrnehmbar zu. Er nickte zurück.

Nach gut neunzig Minuten Fahrt musste ich tanken. Ich verließ die Autobahn und steuerte ein Kaff mit Namen Wanzka an. Dort gab es eine Tankstelle und dahinter gleich einen See mit einem langen Steg, der gut zwanzig Meter in den See hineinragte. Ich kaufte eine Packung Caminet und eine Flasche Nordhäuser. Parkte den Wagen neben der Tanke und ging runter zum See, auf den Steg und bis zu dessen Ende. Dort zündete ich mir eine Zigarette an, schmiss den Rest der Packung ins Wasser, öffnete die Flasche und setzte zu einem langen Zug an. Das schüttelte mich mächtig durch, ich nahm drei tiefe Züge an der Fluppe und setzte ein zweites Mal den Magensäuberer an, dann schmiss ich die Flasche auch in den See. Ich zog einen Schuh aus, dann den zweiten. Dann stand ein kleines Mädchen neben mir. Sie war vielleicht acht Jahre alt, blond, mit zwei geflochtenen

Zöpfen und zupfte an meinem Hosenbein. Ich schaute zu ihr runter, sah mich dann nach ihrer Mutter oder ihrem Vater um, doch sonst war niemand da.

„Springen Sie jetzt ins Wasser?", fragte sie.

„Äh, ich weiß noch nicht."

„Es ist noch sehr kalt, zu kalt, sagt meine Mama, ich muss noch warten, bis es wärmer wird, in ein paar Wochen vielleicht."

„Aha."

„Hier ist es nicht sehr tief, hier darf ich keinen Kopfsprung rein machen, ich übe gerade Kopfsprung in der Schule."

Ich sagte nichts, schaute stattdessen kritisch auf den See hinab und suchte nach dessen Grund, doch das Wasser war zu trüb, um etwas erkennen zu können.

„Ich gehe jetzt besser wieder zurück, sonst bekomme ich Ärger, ich darf eigentlich nicht allein auf den Steg, aber Sie sind ja hier, deswegen geht das, glaube ich, in Ordnung, oder?"

„Kann sein."

„Ich heiße Charlie, also eigentlich Charlotte, aber alle nennen mich Charlie", und sie sah mich erwartungsvoll an.

„Ben", antwortete ich und Tränen schossen mir in die Augen.

„Tschüss."

Ich hielt dann noch drei Sekunden aus, bis es endlich aus mir herausbrach. Ich biss mir in den Unterarm und schrie stumm auf den See hinaus, einmal, zweimal, dreimal, bis ich keine Kraft mehr hatte, fiel auf die Knie nieder und weinte wie ein orientalisches Klageweib. Bis keine Tränen mehr da waren. Und wenn ich gehofft hatte, dass es danach besser sein würde, musste ich lernen, dass dem nicht so war, es wurde schlimmer. Ich ließ den Schmerz zu, kramte ihn an die Oberfläche, um ihn loszuwerden, rauszubrüllen, sodass er nach und nach meinen Körper verlassen würde, doch das Gegenteil war der Fall. Er klammerte sich jetzt offen und in all seinen Facetten und Varianten an meine Realität. Ich war immer schon im Team Verdrängung und sah mich nun bestätigt. Scheiß auf Verarbeitung, dafür war ich nicht stark genug. Nicht mehr. Nicht, nachdem mich alle verlassen haben.

Ich fragte mich, wie es wohl sein würde, wenn die Kälte des Sees mich umschließt, wenn die brennenden Lungen mit kaltem Wasser gelöscht werden, die Schmerzen vergessen sind und die Wohltat der Erlösung einkehrt. Keine Schmerzen mehr, nie mehr. Es war zu verführerisch, um dem zu widerstehen.

Ich beugte mich vornüber. Ich würde einfach so weit hineingehen, bis es tief genug ist, das wäre kein Problem.

Aber du hast es versprochen, zuckte es durch den Schmerz.

Keinem Gott, keinem Götzen, keiner Kirche, keinem Propheten, das bedeutet mir alles nichts.

Aber meiner Frau, Charlotte.

Vor vielen Jahren.

Jetzt hätte ich es beinahe vergessen.

Epilog

Irgendwann war ich dann zurück in meiner Wohnung in Berlin. Ich saß auf meinem Stuhl in meiner Küche, vor mir eine Tasse Kaffee. Die Terrassentür stand offen und ich sah hinaus in den frühen Abendhimmel. Im Hintergrund lief *Dark Side of the Moon* und ich rang darum, meine sieben Sinne beisammenzuhalten.

Eichstädt war wie versprochen freigekommen. Doch das war nicht mehr wichtig für mich. Ich freute mich aber für Grete.
Ein paar Wochen später ist Eichstädt dann in den Westen, um Karriere als Politiker zu machen. Grete blieb zurück. Sie blieb im Kiez, in ihrer Kneipe, meinem letzten Anker. Gute Grete.

In den lokalen Zeitungen gab es vereinzelt Artikel zu den Morden im *Smutje*, es waren ungewöhnlich wenig Berichte für einen Dreifachmord, da hielt weiterhin jemand seinen Daumen drauf. Gefahndet wurde nach einem unbekannten Mann, circa eins achtundsiebzig groß, dunkelblondes Haar, schlank .... Eine Beschreibung, die so allgemein war, dass sie auf jeden Zweiten hier zutreffen könnte. Gesucht wegen Mordes aus niederen Beweggründen, also Raub oder Ähnliches. Es wurde nie jemand gefunden und das Verfahren dann eingestellt. Mord verjährt zwar nicht, aber selbst, wenn ich wollte, würde ich gar nicht in der Lage sein, etwas Hilfreiches zum Ergreifen des Mörders beizutragen.

Im Herbst des gleichen Jahres ist Wachtmeister Jansen bei einem Angelunfall auf dem Barther Bodden ums Leben gekommen. Er ist über Bord gegangen und ertrunken. An dem Tag war es windstill gewesen.

Martin Schöpf war auf der Suche nach mir. Wahrscheinlich wollte er sein Geld zurück und mir eine ordentliche Tracht Prügel verpassen. Das konnte ich gut verstehen und hätte ihn auch gewähren lassen, denn die hatte ich echt verdient. Stattdessen fanden wir später dann noch zusammen und ich kümmerte mich um seine vermisste Schwester, allerdings war es da schon fast zu spät, Menschen hatten bereits ihr Leben verloren und ich konnte nur noch minimale Schadensbegrenzung betreiben.

Dazu bald mehr.

Während ich so dasaß, auf meinem Küchenstuhl, in den Himmel schaute und vor mich hin sinnierte, drohte ich bald wieder nüchtern zu werden und das konnte ich nicht zulassen, so weit war ich noch lange nicht gewesen. Meine hauseigenen Mittelchen gingen mir aus und Alkohol allein war nicht ausreichend. Also entschloss ich mich, eine alte Bekannte zu besuchen. Die würde helfen können, mit allem, was ich brauchte.

Ich suchte Alex.

- ENDE -

Milton Keynes UK
Ingram Content Group UK Ltd.
UKHW042139031224
452078UK00004B/315